Disney

ゆがめられた世界
Disney Twisted Tale

ビューティ＆ビースト

上

リズ・ブラスウェル／著
池本　尚美／訳

Gakken

本書は2017年に小学館より『美女と野獣～運命のとびら～（上）（下）』として
刊行された"As Old As Time: A Twisted Tale"を改訳して再刊行したものです。

夫のスコットへ。あなたの支えと愛があり、本にかこまれ、楽しく幸せだと感じられる日々《ひび》があったからこそ、最後までやりぬくことができました。

そして、編集者《へんしゅうしゃ》のブリタニーへ。かかえきれないほど大きくて、ふわりとやわらかい〝ありがとう〟を贈《おく》ります。あなたの遊び心とすばらしいアイデアのおかげで、まるで何百枚ものページが飛びさっていくように、物語を書きすすめることができました。

――リズ・ブラスウェル

すばらしい　物語
おずおずと　ふれあうわ
指と指
ほんの少し
少しずつ
やさしさが　開いていく
愛の扉《とびら》

真実は
ただひとつ
幸せは　かくせない
だれの目にも

鏡

わたしは銀の衣《ころも》をまとい、いつも正しい。なんの先入観も抱《いだ》かない。

見えるものはなんであろうと、好悪《こうお》の情に曇《くも》らされずに

あるがままに、すぐさまのみこむ。

残酷《ざんこく》なのではなく、正直なだけ。

四つの角《かど》をもつ、小さな神の目だ。

たいてい向かいの壁《かべ》を見つめて思索《しさく》にふける。

壁は薄紅色《うすべにいろ》で、しみがついている。あまりに長く見つづけているので

わたしの心の一部になっているようだ。けれど壁はゆらめく。

いくども映《うつ》る顔や毎夜おとずれる暗闇《くらやみ》に、わたしたちは何度も隔《へだ》てられる。

いま、わたしは湖だ。ひとりの女がわたしのほうに身を寄せて

そこに映ったなかに自分のほんとうのすがたをさがしている。

それから、あのうそつきたち、ろうそくや月に顔を向ける。

わたしは女の背《せ》を見つめ、そのすがたを正確に映し出す。

女は涙《なみだ》を流し、手をはげしくふって、わたしに報いる。
わたしは女にとってなくてはならない存在《そんざい》だ。女はわたしの前を行きつ戻《もど》りつする。
毎朝、暗闇《くらやみ》にとってかわるのは女の顔。
わたしのなかで、女は少女を少しずつ溺《おぼ》れさせ
日を追うごとに老女がすがたをあらわす。
おぞましい魚のように。

――シルヴィア・プラス[*1]

*1 アメリカ合衆国《がっしゅうこく》の詩人、小説家（一九三二年―一九六三年）

PART 1

1 昔むかし

昔むかし、はるかなる王国の光りかがやく城に、ひとりのおさない王子が暮《く》らしていました。王子は望むものはなんでももっていたのに、身勝手で、わがままで、思いやりのかけらもありませんでした。

凍《こご》えるほど寒いある冬の夜、物乞《ものご》いの老婆《ろうば》が城をおとずれ、血のように赤い一輪のバラを差し出して「これと引きかえに、一夜の宿を恵《めぐ》んでほしい」と頼《たの》みました。王子は老婆のみすぼらしい身なりを見て顔をしかめ、差し出されたバラをあざ笑い、老婆を追いはらおうとしました。老婆は「外見に惑《まど》わされてはいけない、真《まこと》の美しさは心の内にこそ宿るものなのだから」と忠告《ちゅうこく》します。それでも王子が相手にしないでいると、醜《みにく》い老婆は美しい魔女《まじょ》に変身しました。

王子は詫《わ》びようとしましたが、手おくれでした。魔女は王子の心に愛がないことを知ってしまったからです。そして罰《ばつ》として、王子を醜い野獣《ビースト》のすがたに変え、王国と城と召《め》し使いたちにも強力な呪《のろ》いをかけました。

「おまえは二十一歳《さい》の誕生日《たんじょうび》の前夜までに、以前のすがたと同じくらい心も美しくならなければならない。そして、このバラの最後の花びらが散るまでに、だれかを心から愛することを学び、相手からも愛されなければ、おまえもこの王国も城も召し使いたちも、すべて呪われたまま、わすれさられることになるだろう——永遠に」

おのれの怪物《かいぶつ》のようなすがたを恥《は》じて、王子は城に引きこもりました。外の世界と王子をつなぐたったひとつの窓《まど》である、魔法《まほう》の鏡をかたわらに置いて。

一年、また一年と時が流れていくうちに、王子は絶望にしずみ、希望を失っていきました。野獣を愛してくれる者など、どこにいるというのでしょう。

一編《いっぺん》の魅力《みりょく》にあふれた物語。

暗い穴蔵《あなぐら》のような独房《どくぼう》で、冷たい石のベッドに拘束《こうそく》されている囚《とら》われびとの魔女《まじょ》にとって、この物語は心のなぐさみだった。

何年ものあいだ、頭のなかでこの物語を繰《く》りかえすことがよろこびになっていた。時には細かいところを少しちがえて思い出すこともあった。たとえば、バラの色が夜明けの海の薄紅色《うすべにいろ》になっていたり……。だが、たいていは〝血〟のような赤だった。

けれども、この物語のほんとうの結末は勇《いさ》ましいものでも華《はな》やかなものでもない。城を立ちさろうとした魔女《まじょ》は待ちぶせされ、黒い馬車に放りこまれ、夜の闇《やみ》へと連れさられてしまうのだから。こんなみじめな結末を魔女はいつも無視《むし》してきた。

ふつうなら、こんな状態では理性を失ってしまうだろう。こんな地下の独房《どくぼう》に何年も閉《と》じこめられていたら、自分がだれなのかをわすれてしまっても不思議ではない。

この魔女でさえ、頭のなかが空焚《からだ》きのやかんのようになって狂気《きょうき》が渦巻《うずま》きはじめることがある。気をつけていないと、その渦はどんどんスピードを増し、出口を求めて逃《に》げ出そうとする。

だが、魔女はまだ狂気をおさえつけて、なんとか正気《しょうき》を保つことができていた。

十年という時が流れ、魔女は自分がだれなのかさえわすれそうだった。それでもまだ、わずかばかりの正気が残っていた。

廊下《ろうか》から足音が近づいてくる。

その音が聞こえると、魔女はいつもぎゅっと目を閉じる。外からおそいかかる狂気が自分の内にある黒い狂気に入りこむのをこばもうとして。

何人かの話し声と足音。いつもじめじめしている床《ゆか》をふくモップの音。鍵《かぎ》と鍵がぶつかる音。

「そこはいいんだよ。どうせだれもいやしないんだから」

「でも、鍵がかかってるみたいだよ。だれもいないんなら、どうして鍵なんてかけるのさ?」

ほんとうなら、魔女はわめき声をあげたり、体をふるわせたり、怒《いか》りを爆発《ばくはつ》させたりせずにはいられないはずだ。この四千日近くものあいだ、来る日も来る日も代わりばえのしない、おろかな会話が繰《く》りかえされるのをとめることができるなら、なにをしようと不思議ではない。

「鍵がかかってるんなら、なかから物音が聞こえてもいいはずだろう？」

「ほら、やっぱり鍵がかかってる。あんたもたしかめてごらんよ」

「あらま、ほんとだ。だけど、ここにぶちこまれてるのはだれだったかね」

まるで、どんな結末にするかまだ決まっていない、この魔女の一生を描《えが》いた茶番劇《ちゃばんげき》で、こんな台詞《せりふ》がいいか、あんな台詞がいいか、と神があれこれ試しているかのようだ。

それからの二分間は、いつも似たようなやりとりが繰りかえされる。いたずらしたあとに親からあびせられる言葉と同じくらい、簡単《かんたん》に想像がつく。

鍵穴《かぎあな》のなかで鍵がまわる音。

ドアがきしんで開く音。

そのあとに、おぞましい顔があらわれる。いつもと同じ、おどろきを浮《う》かべたおぞましい顔。

この永遠の日々《ひび》が始まってから、毎日、見てきた顔だ。その顔の持ち主《ぬし》はトレイをもっているが、その手に鍵《かぎ》はにぎられていない。廊下《ろうか》にはモップを手にした女がいて、その後ろに大柄《おおがら》な男がむっつりと立っている。万《まん》が一《いち》、囚《とら》われびとが逃《に》げ出したときの見張り役だ。

魔女《まじょ》は自分でも気づかないうちに目を開けていた。狂気《きょうき》から身を守ろうとする本能よりも、今日の器《うつわ》はいくつだろうという好奇心《こうきしん》のほうが勝《まさ》ってしまうのだ。この日のトレイには器が四つのっていた。五つのときもあれば、三つのときもあり、ひとつしかないときもある。

トレイをもった女が、薄《うす》よごれたスカートとエプロンの内側でひざを折って身をかがめた。

「今日はついてるよ。ひとつ多いからね」

この台詞《せりふ》もいつもとまったく変わらない。

あふれる感情をこらえきれずに、魔女はさけんだ。水っぽいオートミールの粥《かゆ》。それが囚われびとが生きのびるための命綱《いのちづな》だ。毎日、待ちこがれずにはいられない。

モップの女がむっとした顔でつぶやく。

「また新しいやつが来てるなんて、聞いてないよ。こんな連中はとっくにみんな始末《しまつ》したものと思ってたからね」

「それが、まだひとり残ってたってわけさ。ほらよ。お食べ」

トレイの女はいつもと同じ見せかけだけのやさしさをしめすと、すぐさま器をかたむけた。魔女の首の横で器から粥がしたたり落ちる。魔女は拘束具《こうそくぐ》がぴんと張るのもかまわずに、無我《むが》夢中《むちゅう》で舌《した》をつき出した。器が引っこめられる前に一滴《いってき》でものみこめるように。

「こいつ、子どもがいてもおかしくない年だね」トレイの女が顔色ひとつ変えずにいった。「そう考えると、いまごろは子どもを育てていてもおかしくない」

「獣《けもの》だって子どもを育てる。こいつだって、それとおんなじさ。まったく、いつまで生かしておくんだろうね。さっさと殺しちまえばいいのにさ」モップの女が毒《どく》づいた。

「まあ、もうすぐだろうよ」トレイをもってきた醜《みにく》い女がしたり顔でいい、立ちあがった。「こんなところで、いつまでも生きていられるわけがない」

そんなことをいいつづけながら、いつの間にかもう十年もたってしまったのだ。

この日は、トレイの女はふりむきざまに、どうでもいいあいさつの言葉もいわずに独房《どくぼう》から出ていった。ドアを開けて外に出たとたん、いつものように魔女のことなどすっかりわすれてしまう。

明日になれば、トレイの女もモップの女も、まったく同じことを繰《く》りかえす。つぎの日も……そのつぎの日も……。

暗闇《くらやみ》につつまれると、魔女はこらえきれずにもう一度、叫《さけ》び声をあげた。

あの物語をまた始めなければならない。そうすれば、一時《いっとき》この苦しみから逃《のが》れられるだろう。

昔むかし、はるかなる王国の光りかがやく城に、ひとりのおさない王子が暮《く》らしていました……。

2 始まりの始まり

昔むかし、といってもそれほど遠いむかしではない時代に、いまではその名前も存在《そんざい》もわすれさられた王国があった。世界のほかの国々《くにぐに》が、海の向こうの国を支配するために戦ったり、おそろしい武器を開発したり、自分たちの宗教《しゅうきょう》をよその国のひとに無理やり押《お》しつけたりしているあいだも、この王国だけはずっと変わらなかった。

この王国には豊かな大地と、獲物《えもの》が豊富《ほうふ》な森林と、清潔《せいけつ》でこぢんまりとした村があり、絵葉書にあるような、それはきれいな城があった。

その王国は人里《ひとざと》はなれた谷間にあったので、いまよりもっと平和だったころに、特殊《とくしゅ》な力をもつひとたちが引きつけられて集まってきた。彼《かれ》らは〝シャルマントゥ〟と呼《よ》ばれた。ヨーロッパのほかの場所とちがって、まだ近代文明にあまり毒《どく》されていないこの王国へ逃《のが》れてきた魔法《まほう》使いや妖精《ようせい》たちだ。この小さな王国では、中世の暗黒時代もルネサンス期もおだやかにすぎさった。といっても、さすがにいまは近代文明の影《かげ》がしのびよりつつあった。

それでもこの王国にはまだ、未来をいいあてる占《うらな》い師《し》や、乾季《かんき》に石から水をとり出せる農民や、ほんとうに少年をハトに変えたり、ハトを少年に変えたりできる奇術師《きじゅつし》がいた。

この王国に集まってきたのは特殊《とくしゅ》な力をもつひとだけではない。生まれつきみんなとはちがう才能をもっているひとや、どこか変わっていたり、とびきり賢《かしこ》くて周囲となじめなかったりするようなひとたちも、ここなら安心して暮《く》らすことができた。ほかの国でつまはじきにされた空想家、詩人、音楽家、変わり者などが、ここに居場所を見つけたのだ。

モーリスという名の青年も、そんなひとたちのひとりだった。修繕師《しゅうぜんし》の父から放浪癖《ほうろうへき》と修繕の才能を引きついだが、モーリスにはさらに発明の才能もあった。また、父親とはちがい、歴史の香りただようヨーロッパに変化を感じとっていた。機械化というすばらしい変化だ。蒸気《じょうき》を利用した織布《しょくふ》工場、はるか遠くの国まで人びとを運ぶ気球、自動で料理する器具、未来はきっとそんなものであふれるはずだ、とモーリスは期待に胸《むね》をふくらませていた。

そんな未来の担《にな》い手になるには、まずは過去から学ぶことが大切だ。そう考えたモーリスは、ヘロン[*2]が考案した、蒸気《じょうき》を利用したさまざまなしかけについて調べてみた。それから、おどろくべき最新の科学技術については本から得た知識しかなかったので、そんな技術を直接目撃《もくげき》したというひとをさがしては、熱心に話を聞いた。さらに、ギアやピストンや化学実験をひと目見ようと、あちこちに足を運んだ。

だが、いつのころからか、モーリスは放浪暮《ほうろうぐ》らしをやめ、どこかに落ち着きたいと思うようになった。じっと思索《しさく》にふけることのできる場所、強い火力を必要とする機械や炉《ろ》を設置できる場所、たくさんのがらくたを保管できる場所が必要だった。

つまり、〝家〟がほしかった。

まず足をとめたのは、川ぞいにあるこぢんまりとした村だった。ここなら水車の力を存分《ぞんぶん》に利用できる。でも、村人たちはよそ者を受けいれようとはせず、モーリスの手押《てお》し車にあふれんばかりに積んである溶接用《ようせつよう》の保護《ほご》めがねや器具や本を目にして、こわがっているようだった。そんなようすを観察《かんさつ》しているうちに、モーリスはこの村は自分には合わないと気づいた。

そこで勘《かん》やうわさを頼《たよ》りに川をわたり、森をぬけ、さらに先へ進んでいくと、不思議な王国にたどり着いた。ヨーロッパの片《かた》すみにあるその王国は、それまでに行った場所とはちがっていた。ここでは、人前で黒猫《くろねこ》とささやき合ったり、その日の仕事を終えたあと、保護めがねをつけたまま煤《すす》だらけの格好《かっこう》で酒場《さかば》へ行ったりしても、へんな目で見られたりしない。モーリスは、ここならうまく暮らしていけるだろうと思った。

地元の若者《わかもの》たちともすぐに打ちとけ、そのうちのひとりといっしょに家を借りることになった。アラリックという名のその若者は機械よりも動物に興味があり、馬の世話をするために馬小屋で働いていた。その馬小屋のひとつの裏手《うらて》にある家を、アラリックが安い家賃《やちん》で借りられるよう話をつけてくれたのだった。

いつも馬のにおいがするその家は小さかったが、庭は広かった。モーリスはすぐに、鍛冶場《かじば》と炉《ろ》と作業台づくりにとりかかった。

毎日、きつい仕事にも打ちこんだ。夢の実現に少しでも近づくためと思えば苦にならなかった。畑の石を拾ったり穀物《こくもつ》の束《たば》を肩《かた》にかついだりしているあいだも、頭のなかでは、さまざまな金属を引っぱったときの強度や、合金《ごうきん》の組み合わせ方、研究をつぎの段階《だんかい》に進めるために必要なシリンダーを理想どおりの形にする方法などを、いつも考えていた。

仲間たちは、たくましい手でモーリスの肩《かた》をたたきながら「空想好きのモーリス君」という。だが、そんなふうに呼《よ》ぶとき、仲間はいつも笑顔だったし、尊敬《そんけい》の念をこめていた。酒場《さかば》の女中《じょ》のジョゼファを「黒い魔女《まじょ》」と呼ぶときと同じように。ジョゼファの繰《く》り出すパンチは強烈《きょうれつ》なことで有名だが、指をパチンとひとつ鳴らすだけで厄介《やっかい》な客にもっと強い衝撃《しょうげき》をあたえることができるのだ。

夏も終わりに近づくと、健康でじょうぶな若者《わかもの》はみな、畑の収穫《しゅうかく》作業に追われた。オーツ麦よりも馬のほうが好きなアラリックでさえもそうだった。真っ赤に日焼けし、腰《こし》も痛《いた》かったが、若者たちはふらふらの足取りで毎晩《まいばん》、酒場へ繰《く》り出した。そして、喉《のど》がからからになってもまだ歌いつづけた。もちろん、行き先はジョゼファのいる店だった。

ある晩、モーリスがいつものように酒場へ出向くと、店の前で騒《さわ》ぎが起きていた。モーリスは気になって足をとめた。

大きくてがっしりした男が、どうだといわんばかりに両足を踏《ふ》んばって立っている。目つきが凶暴《きょうぼう》だ。だが、モーリスが興味をもったのはその男ではなく、もうひとりのほうだった。

とても美しい娘《むすめ》が、男と向き合っていたのだ。モーリスはそんなにきれいな娘を見たことがなかった。踊《おど》り子のように軽やかな身のこなしに女神《めがみ》のように美しい体つき。髪《かみ》は夕日をあびて金色に輝《かがや》いている。だが、そのなめらかな頬《ほお》は怒《いか》りで赤くなり、緑色の目はぎらぎらと光を放っている。

娘は細い榛《はん》の木の杖《つえ》をふりかざし、きっぱりといった。

「わたしたちは自然に反してなんかいない！　なんであろうと、神がお創《つく》りになるものは自然よ。わたしたちは、みんな、神の子なのよ！」怒りのあまり、つばをはき出さんばかりだ。

「おまえは悪魔《あくま》の子だ」男は落ち着きはらっていった。まるで、勝負したって自分が勝つに決まっているというように。「このへらず口の魔女《まじょ》め。おまえらなんか、試しにこの世界に置いてやってるだけだ。大むかしのドラゴンのように、いずれ地球上から消えうせる運命なんだ。おまえらが穢《けが》れを清めないかぎりはな！」

「穢れを清める？」娘《むすめ》は今度こそ、ほんとうにつばをはいた。「わたしはモンシニョール*3から直々《じきじき》に洗礼《せんれい》を授かったのよ。だから、少なくともあんたなんかよりは一回多く身を清めてもらってるの。このブタ男！」

男はそっと自分の腰《こし》に手をのばした。人のいいモーリスでも、あちこち旅をしてきたおかげで、その動きがなにを意味するのかわかった。ナイフや銃《じゅう》をとり出すか、平手《ひらて》打《う》ちをくらわそうとしている。危険《きけん》だ。モーリスは娘を助けるために足を踏《ふ》み出そうとした。

だが、一歩も動かないうちにすべてが終わっていた。稲妻《いなずま》より明るい閃光《せんこう》が走ったかと思うと、なんの音もしなくなり、あたり一帯が真っ白になった。

しばらくして視界《しかい》がはっきりしてくると、娘が腹立《はらだ》たしげに立ちさろうとしているのが見えた。男はその場に立ちすくんでいる。片手《かたて》には思ったとおり銃がにぎられていたが、手はだらんとたれさがり、銃を撃《う》とうとしたことなどすっかりわすれているようだ。男の見た目にはそれよりももっと気になることがあった。男の鼻は、いまや、あざやかなピンク色のまるい鼻に変わっていた。

「このブタ男……って」モーリスは口もとをほころばせながらいった。「それでブタかあ！」

そして、小さく声を立てて笑うと、店のなかへ入っていった。

すると、アラリックをはじめとするいつもの仲間の輪のなかに、見慣れない顔があった。やせていて、やつれた顔の青年で、虫のように背《せ》をまるめてみすぼらしく肩《かた》を落としている。黒い服を着て、おどおどと陰気《いんき》なすがたは、なにからなにまで、となりにいる金髪《きんぱつ》で陽気なアラリックとは正反対だ。

モーリスはゆっくりと仲間のほうへ歩いていきながら、外でのできごとを思いかえしていた。頭に浮《う》かんでいたのは、閃光でも対決でもブタの鼻でもなく、夕日に照らされた娘の長い髪《かみ》だ。

アラリックが、ほら早く、というようにモーリスの腕《うで》を引っぱって、自分と冴《さ》えない顔つきの青年のあいだにすわらせた。

「待ってたんだよ！ドクターに会うのは初めてだったよな？フレデリックっていうんだ。で、こいつはモーリス」

モーリスはうわの空でうなずいてしまってから、すぐに無作法《ぶさほう》だったかなと気づいた。注文もしていないのに、ジョゼファがタンカード[*4]に入ったリンゴ酒《シードル》をモーリスの前に置いた。

「はじめまして」フレデリックが陰気な外見にそぐわない、はきはきとした口調でいった。

「ぼくは医者《ドクター》じゃないって、何度もいってるじゃないですか。医者になろうとしてただけで……」

「どうして医者になるのをやめてしまったんだい？」モーリスが、無作法《ぶさほう》を挽回《ばんかい》しようとしてたずねた。フレデリックの手にした小さなグラスには高級そうな飲み物が入っている。いかにも教養に富んだ知的な家庭で育ったという感じだ。

「両親が、卒業を待たずにぼくを退学《たいがく》させたんです。そして、この……すてきな場所へ追いやった。金をもたせて、ぼくを厄介《やっかい》ばらいしたんですよ」

「フレデリックにはな、特殊《とくしゅ》な力があるんだ」アラリックが帽子《ぼうし》のつばをさわりながら思わせぶりにこう続けた。「なんと、未来が見えるんだってさ」

「ほんとうに？」モーリスは目を見開いた。

フレデリックが首を横にふりながら答えた。「はっきりとじゃないし、いつも見えるわけでもない。ほんの少しだけですよ。そんな力でも、家族がぼくをここへ追いはらうにはじゅうぶんだった……。〝ぼくと同じような力をもつひとたち〟なら、〝ぼくの力を理解してくれるはずだから〟というわけですよ。それに、もっと強い魔力《まりょく》をもつひとがいれば、そのひとにぼくの力をとりのぞいてもらえるかもしれないって。ぼくは大学へ通ってたんです。もう少しで優《ゆう》秀《しゅう》な外科医《げかい》の弟子《でし》になるところだった。ほんとうは医者になるはずだったのに」

アラリックがフレデリックの頭ごしにモーリスを見て、顔をしかめた。

「おれたちといっしょに住もうって誘《さそ》ってるところなんだ」アラリックはそういうと、ビールをぐいっとひと飲みして、慣《な》れた手つきで口についた泡《あわ》をぬぐった。

「その必要はありません」フレデリックはことわったが、とげのある言い方ではなかった。「お金にはこまっていませんし、動物と住むのは遠慮《えんりょ》しておきます。お気持ちはありがたいですが。それに、わずかですが収入《しゅうにゅう》もあるんです。国王と王妃《おうひ》に、王子を診察《しんさつ》してほしいと頼《たの》まれていて。といってもただの風邪《かぜ》ですよ」フレデリックはあわててつけくわえた。「風邪以外に王子に悪い病《やまい》なんてありません。本物の医者ではなく、ぼくでも間に合う程度です。ぼくなんてしょせん素人《しろうと》のようなものですから。とにかく、城付きの医者としてときどき呼《よ》ばれるんです。だからお情《なさ》けはいりません」

「まあ、そういわずに、同じ年ごろの若者《わかもの》ふたりと枕《まくら》をならべるのもいいんじゃないか？　あちこち案内もしてやれるしさ。すきま風がびゅうびゅう吹《ふ》きこむ屋根裏《やねうら》部屋を借りて、ひとりさびしく暮《く》らすよりよっぽどいい」

「お心遣《こころづか》いには感謝します」とフレデリックはまたことわったが、今度もとげのある言い方ではなかった。きっとこういうばかていねいな言い方をするよりほかに、どう返事したらいいかわからないだけなのだろう。それでも会話はとぎれ、その場に微妙《びみょう》な沈黙《ちんもく》が流れた。

「アラリック、あの娘《こ》……」とモーリスが話題を変えた。「さっき店の前に……金髪《きんぱつ》の美しい娘《むすめ》がいて……男の鼻をブタの鼻に変えてしまったんだ……」

「ああ、ひょっとしてロザリンドのことじゃないか！　おもしろいやつだろ！」アラリックが笑いながらいった。

「少しやりすぎですよ。これだから魔女《まじょ》はこまるんだ」フレデリックが顔をしかめた。

「相手の男がすごく無礼《ぶれい》なやつだったんだよ」モーリスは、ついさっきまで名前も知らなかった娘をかばおうとしている自分に気づいておどろいた。「その娘《こ》に向かって、おまえは自然に反するとなじったり、魔法《まほう》は穢《けが》れてるなんていったりしたんだから」

アラリックが舌打《したう》ちした。「このごろ、そんなやつらが多くていやになるよ。モーリスやフレデリックがこの王国に来る前に、ひどい騒動《そうどう》があったんだ。ふたりの若者《わかもの》がひとりの娘をめぐって言い争った。若者のひとりはシャルマントゥで、もうひとりはふつうの人間だ。そのうち殴《なぐ》り合いになり、シャルマントゥが勝って、もうひとりは死んだ。シャルマントゥが魔法を使ったんだ。城の衛兵《えいへい》が騒動をおさめるために派遣《はけん》されたんだが、それぞれの仲間が非難《ひなん》をあびせ合い、乱闘《らんとう》が起きて衛兵が何人か巻《ま》きこまれ……命を落とした。それにくらべればブタの鼻なんて……まあ、ロザリンドは賢《かしこ》いから、つぎにブタの鼻の男に会ったときには、もとにもどしてやるだろうけどね」

フレデリックが苦々《にがにが》しげにいった。「アラリック、ふつうのひとたちを責めることはできませんよ。この王国には特殊《とくしゅ》な力をもつひとたちがいて、彼《かれ》らは、きみのようなふつうの人間にはできないことができる。たとえ衛兵であろうが、マスケット銃《じゅう》をもっていようが、彼らの行動をおさえこむことはできない。彼ら……つまり、ぼくたちは……管理されるべきなんです。そうしないと危険《きけん》は増すばかりだ」

「ふたりの若者《わかもの》がひとりの娘《むすめ》をめぐって争った、それだけのことだろ?」アラリックがいらだちをおさえながらいった。「よくあることさ。ふつうの決闘《けっとう》でも若者が命を落とすことはある。今回のは、たまたま魔法《まほう》がからんでいただけの話だ。そんなにかっかするなよ」

「せめて……特殊な力があるものは、その力をかくしたほうがいいんです。見せびらかしてはいけない。それに、魔法を使うと、結局はその報いが自分に返ってくる。そんなことわかりきっているのに。彼女《かのじょ》はそれを知るべきだ。つまり、そのロザリンドという娘は」

「ロザリンド……」その名を口にしてみたくて、モーリスがいった。

アラリックが目をまるくした。「まさか、モーリス！　そうじゃないといってくれ！　さっき会ったばかりだろ、おれというものがありながら！」

モーリスが物思《ものおも》わしげにいった。「あの髪《かみ》……ぼくの炉《ろ》のなかの色そのものだった。鉄をとかせるほど熱くなったときの」

「ああ、よかった。この調子ならおれたちはだいじょうぶだ」アラリックがほっと息をつき、親しげにフレデリックを肩《かた》で小突《こづ》きながらいった。「髪が炉の色と同じなんてへんてこな台詞《せりふ》をはくようなら、家に帰ったらドアにリボンが結んであって、おれたちはひと晩《ばん》よそですごさなきゃならない、なんて心配もないな」

「ぼくは、きみとはいっしょに住まないといったはずですよ」フレデリックがしんぼう強く繰《く》りかえした。

だが、モーリスの耳にはなにも聞こえていなかった。

＊2　古代ローマのアレクサンドリアの数学者、物理学者、技術者
＊3　ローマ・カトリック教会の位《くらい》の高い聖職者《せいしょくしゃ》にあたえられる尊称《そんしょう》
＊4　取っ手とふたのついた大ジョッキ

3 村の風変わりな娘《むすめ》

ベルはムッシュ・レヴィの書店へ行くとき、いつも人目《ひとめ》につかない道を通るのをわすれてしまう。本を読んでいたり、空想にふけっていたり、歌を口ずさんでいたりするからだ。外の世界にすっかり魅《み》せられているときもあれば、父とふたりきりのおだやかな暮《く》らしに思いを馳《は》せているときもある。そのせいで、村の中心を通ってしまい、ばったり会ったひとと言葉を交わすことになる。そのたびに、口さがない村のひとたちのうわさになるのだった。美人なのに、いつも本に夢中で変わった娘《むすめ》だね、と。

だが、ほんとうのところ、ベルはわざとそうしているのかもしれなかった。こぢんまりとした家での、父とふたりきりの暮らしは居心地《いごこち》がいいとはいえ、さびしいときもある。だから、ベルはいつもだれかと話がしたくてうずうずしていた。ところが、いざ話してみると、ありきたりな会話ばかりで、がっかりしてしまうのだ。

「いい天気だね、ベル」

「ベル、ロールパンを買わないかい？」

「雨になりそうだね、ベル」

「たまには本ばかり読むのはやめて……髪《かみ》の手入れをしたらどうだい？」

「ほら、わたしの赤ちゃん、かわいいでしょう。上の六人の子どもたちとおんなじで――」

「ガストンに、いい返事はしたのかい？」

ベルはムッシュ・レヴィ以外にも、自分と同じものに興味をもつひとに出会えたらいいのに、と思っていた。けれど、百人ほどしか住んでいないこの小さな村では、顔ぶれはいつも同じだ。ずっとここで暮《く》らしていて、これからもここで暮らしつづけるひとばかり。

その日、村はいつもより静かで、歩いているひとも、うわさ話をしているひとも少なかった。きっと、だれかの家のリンゴ酒《シードル》の仕込《しこ》みが終わってみんなでのんでいるんだろう。それとも、どこかでしっぽが二本ある子牛が生まれたとか。

まさか、この村で、そんな魔法《まほう》みたいなおどろくようなことが起こるわけがない。

ベルはため息をひとつつくと、ほつれた髪を耳にかけながら書店へ入った。

「おはようございます、ムッシュ・レヴィ」

「おはよう、ベル！」老店主《ろうてんしゅ》がにこやかにいった。いつもうれしそうにむかえてくれる。ベルがいつおとずれても変わらないやさしい笑顔だ。「親父さんは元気かい？」

「ええ、発明コンクールに出品する蒸気《じょうき》自動薪割《まきわ》り機の、最後の仕上げにとりかかってるわ」

おどるようにつま先立ちで歩きながら棚《たな》の本を見ていると、ひとつに束《たば》ねた茶色の髪《かみ》が背中《せなか》で跳《は》ねて、ベルは一瞬《いっしゅん》、おさないころにもどったような気がした。

「すばらしいじゃないか。モーリスなら賞がとれる。ようやく才能がみとめられるときが来たってわけだ！」レヴィが歯を見せて大きく笑った。

「そんなふうにいってくれるのは、この村ではレヴィだけよ。村のひとはみんな、父さんを変わり者だと思ってる。発明なんて時間のむだだって」ベルは悲しげに笑みを浮かべた。

「わしだって変わり者だと思われてるさ。この村には本好きなひとはあまりいないのに、書店なんか開いてるんだからね」レヴィはほほえみ、鼻にかかっためがねをもちあげると、レンズ越《ご》しにベルを見た。「だが、客があまり来ないのは静かでありがたいよ。おかげで好きなだけ本が読めるってもんだ」

ベルもレヴィにいたずらっぽい笑みを返したが、その笑顔には少しだけ皮肉の色もまじっていた。ベルはときどき、こんな笑顔を見せることがある。村人にはおなじみの皮肉のまじった笑顔を。

「今週はどんな本――」

「残念ながら、今週は新しい本は入ってないんだよ」レヴィはため息をついた。「マダム・ドゥ・ファナティックが注文した教会関係の小冊子《しょうさっし》ならあるけど読むかい？」

「哲学的《てつがくてき》？」ベルはなんでもいいから読みたかった。「ヴォルテール[*5]やディドロ[*6]の考えに対して書かれたものとか？　対立する考えを読みくらべるのは好きだから、そういうものだったら読みたい」

「ああ、いや、そんな哲学的《てつがくてき》なものじゃないよ。讃美歌《さんびか》すらのってない、すごく退屈《たいくつ》なやつだ。ほかには……気がめいる内容なんだが……ムッシュ・ダルクが……例の病院で使うといって注文した専門書《せんもんしょ》があるが……」レヴィは唇《くちびる》を曲げて顔をしかめた。「やっぱり見せるのはやめておこう。彼《かれ》のような特殊《とくしゅ》なひとにしか理解できそうにないからな」

ベルはため息をついた。「わかったわ。しかたないもの。前にも読んだことのある本を借りていってもいい？」

「どうぞご自由に」レヴィはにこやかに店じゅうの棚《たな》をぐるりと指さしながら答えた。「どれでもお好きな本を」

ベルには、もてあました時間を少しでも楽しくすごすためのものが必要だった。父が発明コンクールへ行ってしまったら、退屈《たいくつ》で静かな日々《ひび》をひとりですごさなければならない。父がもどってくるまでのあいだ、することといえば、冷たい空気の冴《さ》えわたる秋の空の下、家畜《かちく》にえさをやったり、代わりばえのしない散歩に出かけたりすることぐらいしかない。

いつの日か、胸《むね》がときめくようなすてきなことが起きたらいいのに、とベルはいつも思っていた。そんな日は、いつになったらおとずれるのだろう。

＊5 フランスの作家、思想家、啓蒙主義《けいもうしゅぎ》の代表的《てき》存在《そんざい》。理性と自由をかかげて専制《せんせい》政治と教会を批判《ひはん》（一六九四年―一七七八年）

＊6 フランスの作家、哲学者、啓蒙思想家。無神論《むしんろん》、唯物論《ゆいぶつろん》に近い立場をとった（一七一三年―一七八四年）

4 幸せな日々《ひび》

ぐうぜんなのか、そうでないのかはわからないが、モーリスは金髪《きんぱつ》のあの美しい娘《むすめ》を町のあちこちで見かけるようになった。娘は魔法《まほう》を使って農民や商店主が使う道具を修理していることもあれば、魔法で治した病気のバラを配達していることもあった。友だちと談笑《だんしょう》していることもあれば、酒場《さかば》でジョゼファとおしゃべりしていることもあった。ひとりで本を読んでいるのを見かけたこともある。

モーリスは、ひとがおおぜいいるところでは、決まって娘のすがたをさがした。といっても、娘はいつも金髪とはかぎらなかった。

目の色も。

背《せ》の高さも。

肌《はだ》の色も。

もとのすがたとはちがうことがあった。

魔法ですがたを変えているのだ。

だが、そんなことよりもっとモーリスがおどろいたのは、町の若者《わかもの》たちはだれひとり、いっしょにおしゃべりしたあと娘が立ちさっても、あとを追いかけようとはしないことだった。なぜだろう、とモーリスは不思議でならなかった。自分だったら追いかけずにはいられないのに。

そのうちに、仲間たちは「モーリスは恋《こい》の病《やまい》にかかっている」といいはじめた。こまったことにフレデリックなどは、魔法の力をもっていないふつうの娘を紹介《しょうかい》してきたりした。だが、アラリックだけは、勇気を出してあの娘《こ》に話しかけ、ちゃんと自己紹介《じこしょうかい》して自分の存在《そんざい》をアピールしろよ、と応援《おうえん》してくれた。

あとになってわかったことだが、モーリスはそんなことをする必要はなかった。というのも……。

ある日のこと。モーリスはいつもより早い時間にひとりで酒場《さかば》へ行った。手には、その日ずっと加工していた小さな金属片《へん》をふたつもっていた。一見《いっけん》するとその金属片は、田舎《いなか》の紳士《しんし》が酒をのみながら暇《ひま》つぶしするための知恵《ちえ》の輪のようだった。だが、よく見ると、ふたつの金属片はどちらも奇妙《きみょう》な形をしている。変色した小さな銅管《どうかん》と、くすんだ灰《はい》色の金属の塊《かたまり》。モーリスは椅子《いす》に腰《こし》かけると、このふたつをはめこもうと格闘《かくとう》しはじめた。

ふくろうのように目を大きく見開いて金属のとがった先に見入っていたとき、ふと、となりの椅子《いす》にだれかがすわっているのに気づいた。ふわりとしたスカートを椅子のほうへたぐりよせている。

「金属に話しかければいいのよ」

顔をあげ、となりを見たとたん、モーリスは目をぱちくりさせた。

緑色の目の金髪《きんぱつ》の娘《むすめ》がかすかに頬《ほお》をほころばせ、閉《と》じかけの本を手にして静かにモーリスを見つめている。

ふつうだったら、こんなときには「一杯《いっぱい》ごちそうします」とか、「このごろ町でよく見かけますよ」とか、いったりするのだろう。そうでなければ、しどろもどろに「おきれいですね」とか、「どうしてここにすわったんですか」などと口にしたりするはずだ。

だがいま、娘は金属に話しかければいいといったはずだ。どういう意味だろう？

「話しかける？」モーリスはきいた。

「金属にたずねるのよ。なにが必要なの、どうしてほしいのって。金属にくわしい友人が、そういってたわ」

「そんなこと、思いつきもしなかったよ」モーリスはため息をもらした。そして、小さくて不《ぶ》格好《かっこう》な金属片《へん》をもちあげて、咳《せき》ばらいしてから大きな声で話しかけた。「**こんにちは、金属さん。**

どうすれば、ぼくのいうとおりにしてくれるんだい?」

娘は声をあげて笑った。かすれたあまい声だ。意地の悪い響《ひび》きなどみじんも感じられない。モーリスも思わず笑った。いつも無愛想《ぶあいそう》なバーテンでさえ、笑いをこらえきれないでいる。

娘は顔にかかった金色の髪《かみ》を耳にかけると、本を閉《と》じてわきへ置いた。

「そうじゃないわ。わたしたちの言葉じゃなくて、金属の言葉で話さないとだめなのよ。わたしはロザリンド」娘はそういって手を差し出した。

「はじめまして《アンシャンテ》」とだけモーリスはいった。娘がロザリンドという名前だと、いま初めて知ったふりはしなかった。どんな響きか知りたくて、その名を夜中にそっとささやいてみたのも一度や二度じゃない。モーリスはロザリンドの手をとり、キスした。「ぼくの名前をいってなかったね。モーリスだ」

「あなたのこと、町でよく見かけるわ」ロザリンドは榛《はん》の木の杖《つえ》の先を店の外に向けながらいった。「カブを抜《ぬ》いているときも、石を積んでいるときも、畑をたがやしているときも、どんなときでもほかのことを考えてるでしょう? 金属のことをね。いつも金属をもちあるいてるし。それに、いつも鍛冶職人《かじしょくにん》みたいに煤《すす》だらけ。いったいなにをしているの?」

「〝実用・的な・蒸気《じょうき》・エン・ジン〟を開発してるんだ」モーリスは、その言葉を強調したくて、音節の切れ目に合わせてカウンターに金属片《へん》を打ちつけながらいった。「イングランドやスコットランドでは鉱山《こうざん》を採掘《さいくつ》するときにわいてくる地下水を排出《はいしゅつ》するのに蒸気エンジンを使うけど、いまの仕組みでは水をくみあげるのにコックを開閉する必要があったり……地下水を排出しきれなかったり、いろいろな問題が起きている。でも、ぼくが開発中のエンジンが実用化できれば、そんな問題を解決するどころか、もっとすごいことだってできるはずだ。ピストンを上下させる方式を使って……こんな話、おもしろい？」

「もちろん、おもしろいわ」ロザリンドは、にこりとほほえんだ。

モーリスはほんとうにそう思ってくれているのかたしかめたくて、ロザリンドをしばらく見つめていたが、そのうちにはにかむように笑った。「頭のなかにあるイメージどおりには、うまく言葉にできないよ。すばらしい可能性に満ちているんだけど……説明することが多すぎて、いっぺんには無理だ。とにかく、世界を変えられるようなものなんだよ」

「火薬みたいに？」

「いや、火薬とはちがう。これはなにかを建設したり、つくったりするためのものだ。火薬みたいに、だれかを殺したり征服《せいふく》したりするために使うものじゃない」

「火薬だって、いつもひとを殺すためだけに使われるわけじゃないわ。うっとりするような花火をつくる友だちがいるのよ。彼女《かのじょ》、ちょっとあなたに似ているかもしれない。いつだって、火薬や空に向けた大きな筒《つつ》を使って、より高く空へ打ちあがる花火をつくることばかり考えているの」

「魅力的《みりょくてき》な友だちがたくさんいるみたいだね」モーリスはため息まじりにいった。「ぼくも、会ってみたいな」

「それはだめ」ロザリンドは真剣《しんけん》なまなざしでいった。「だって紹介《しょうかい》しちゃったら、あなたはわたしの友だちとばかり話すに決まってるから。わたしじゃなくて」

モーリスはしばらくロザリンドを見つめていた。いまの言葉を、そのまま受りとっていいんだろうか……。

すると、ロザリンドがほほえんだ。そのまま受けとっていいのよ、というふうに。

思いがけない展開《てんかい》にうれしくて舞《ま》いあがったモーリスは、ロザリンドにアプローチしはじめた。いや、ロザリンドのほうがアプローチしてきたのかもしれない。モーリスにとっては、どちらだろうとかまわなかった。

モーリスはロザリンドをダンスパーティーにさそい出し、苦心《くしん》してつくった金属製のバラを贈《おく》った。そのバラをロザリンドはうれしそうにピンで服の胸《むね》のあたりにとめた。重くてたれさがってしまい、あまり見栄《みば》えはよくなかったが、それでもロザリンドはそのバラを外さなかった。

ロザリンドはモーリスを自分のバラ園へ連れていった。バラ園は小さな公園にあるのだが、魔法《まほう》の力で外からは見えない。瑞々《みずみず》しく可憐《かれん》なバラであふれ、うっとりするほどきれいだ。さまざまな色合いのピンクや赤のバラが咲《さ》きみちるなかに、これまで見たこともないような色のバラもあった。

そのうちにモーリスは、ロザリンドが自分の外見にすぐに飽《あ》きてしまうことに気づいた。しょっちゅう見た目や服装《ふくそう》を変えるのだ。危険《きけん》な炉《ろ》のある蒸《む》し暑い庭でモーリスの手伝いをするときは、エプロンと古いスカートすがただが、ふたりで散歩に出かけるときは、パリのおしゃれな婦人のあいだで流行しているローブすがたに変身する。時には、なぜか肌《はだ》の色が紫《むらさき》になることもあった。

だがモーリスは、ロザリンドがすがたを変える瞬間《しゅんかん》を見たことがなかった。いつも気づいたときには変わっているからだ。

ロザリンドの魔法は、バラとか服装とかブタの鼻なんかに使うだけでは終わらなかった。夏の終わりに町の西のほうにある泉《いずみ》の水が腐《くさ》ってしまったとき、町の代表者が、なんとかしてほしいと、ロザリンドのところへやってきた。

モーリスが何週間もぶっつづけで炉《ろ》や金属や道具と格闘《かくとう》するのと同じように、ロザリンドも昼も夜もなく大むかしの書物を読みあさり、ぶつぶついいながら同じ角度に杖《つえ》をふれるように練習を繰《く》りかえした。そして、モーリスが世界中の偉大《いだい》な科学者や発明家に手紙を書くのと同じように、ロザリンドも水にすがたを変えているはずかしがりやの水の精《せい》と話をしたり、偉大な魔力《まりょく》をもつ老婆《ろうば》をさがし出して助言を求めたりした。

そうした努力を重ねたおかげで、ロザリンドがさっと杖《つえ》をひと振《ふ》りしただけで、泉《いずみ》の水はもとのようにあまくおいしい水にもどった。町のひとはロザリンドをほめたたえたが、このひと振りを習得するのに、ロザリンドがどれほどの時間と労力をかけたか知っているひとはほとんどいなかった。

とはいえ、ふたりとも発明や魔法《まほう》のことにばかり夢中になっていたわけではない。モーリスはアラリックやフレデリックと、ロザリンドは友人のアドリーズやバーナードとのんで騒《さわ》ぐ夜だってあった。そんなときはふたりとも、科学や魔法のことなどわすれて、ひたすらのんで笑った。

こうして恋人同士《こいびとどうし》となったモーリスとロザリンドは、日中はそれぞれの仲間といっしょにいたり、仕事に没頭《ぼっとう》したりするものの、夜になると匂《にお》いたつバラの香りにつつまれて、おたがいの腕《うで》のなかで寄りそってすごすのだった。

ある日のこと、モーリスはふたりの若者《わかもの》が、十代くらいの少年を人目《ひとめ》につかない路地にこそこそと引きずりこんでいるのを目撃《もくげき》した。蹴《け》る音や叫《さけ》び声が聞こえてきたのであわてて駆《か》けこむと、若者たちが少年に暴力をふるっていた。

「やめろ！　その子から手をはなせ！　なにをしてるんだ！」モーリスは大声をあげた。

「あんたには関係ない。見ないふりをしたほうがあんたのためだ」若者のひとりがかみつくようにいった。

「こいつはシャルマントゥなんだよ」もうひとりが、こういえばなにをしようとしているかわかるだろう、とでもいうふうにいった。

「だから？　それだけで罪《つみ》になるのか？」モーリスは怒《いか》りととまどいの表情を浮《う》かべた。

「おまえだってナチュレル*7なら、自然に反することと自体が罪になることぐらい、いわれなくてもわかるだろう……おれたちは悪に染《そ》まって堕落《だらく》したやつらとはちがうんだ」

モーリスは手押《てお》し車から手をはなすと、戦う構《かま》えを見せた。よごれた服の上からでも、二の腕《うで》が太く、脚《あし》もがっしりしているのがわかる。

そのうえベルトには、このあたりの労働者ならいつももちあるいている長いナイフがある。モーリスはナイフの柄《え》に親指をかけた。

ふたりの若者《わかもの》は挑《いど》むような目つきでにらんでいるものの、ひるんでいるのが見てとれる。

「逃《に》げるなら、いまのうちだ」モーリスは怒鳴《どな》りつけた。「さあ！　早くしないと衛兵《えいへい》を呼《よ》ぶぞ。それともおれにやられるほうがいいか」

「悪魔《あくま》と交わるやつは悪魔と同じだ。この忌《い》ま忌ましいやつらと親しくしているあんたもな。いつかあんたも報いを受けるぞ！」

そうはきすてるようにいい、ふたりは足早に去っていった。モーリスは深く息をつき、少年のほうを向いた。「だいじょうぶか？」

「はい、今日のところは」そう答えた少年の口調には、感謝というより皮肉がこもっていた。少年は傷《きず》だらけの体をのばしたり、さすったりしている。モーリスはその顔を見つめた。高い頬骨《ほおぼね》、真珠《しんじゅ》のようになめらかな肌《はだ》、きゃしゃなあご……いかにもシャルマントゥという雰囲気《ふんいき》を身にまとっている。「あいつらは、またおそってくるにちがいない。助けてくれるひとがそばにいないときを狙《ねら》ってね。ぼくは……逃《に》げつづけなきゃいけないんだ……永遠に」

モーリスは、いらだたしげに歯ぎしりをした。「衛兵《えいへい》はこんなことを放置しているのか？　町のひとがひどい目に遭《あ》ってるのに」

少年はそれには答えず、路地の暗がりへあごを向けた。ふたりの衛兵が気だるそうに壁《かべ》によりかかっている。一部始終《いちぶしじゅう》を見ていたのだ。ふたりそろってモーリスに不信と嫌悪《けんお》のこもった視線《しせん》を向けている。

「なにか手を打たないと」モーリスはそういって少年のほうを向いた。

ところが少年はすがたを消していて、代わりにそこにいたのはロザリンドだった。ロザリンドはいきなり駆《か》けよってきたかと思うと、腕《うで》をまわしてモーリスにだきついた。

「ぜんぶ見てたわ。わたしと結婚《けっこん》して」ロザリンドはいった。

「えっ？　もちろん。だけど、あれ、どうなってるんだ？」モーリスはとまどった。

「あなたほどやさしくて勇気があって、すてきなひとはいないわ。一生、わたしといっしょにいると誓《ちか》ってくれる？」

「もちろんさ。でも、ひとつききたいことがあ――」

その言葉は熱いキスでさえぎられた。

モーリスはなんとか体を引きはなすと、気になっていることをきいた。

「あの殴《なぐ》られていた少年は、きみじゃないよね？　まさか、ぼくを試そうとしたとか？」

「ばかなこといわないで！　あなたをさがしにきたのよ。〝友人さがし〟の呪文《じゅもん》を使って。手《て》押《お》し車で重い荷物を運ぶのを手伝ってほしかったから」

「そうなんだ」

「それにもし、あいつらがおそったのがわたしだったら、ふたりとも、おぞましいすがたの魚に変えていたはずよ。さあ、いいからキスして！」そういうと、ロザリンドはモーリスの唇《くちびる》に自分の唇をぎゅっと重ねた。


こうしてふたりは結婚《けっこん》した。結婚式は〝秘密《ひみつ》の場所〟と〝守り〟の呪文《じゅもん》で外からは見えない秘密のバラ園でおこなわれた。参列者のなかにはいろいろなひとがいて、こびとがモーリスに金属のあつかい方を教えていたり、長い耳とひづめをもった娘《むすめ》たちがいらだたしげに足を踏《ふ》みならしながら、式を早く終わらせて、としきりに司祭《しさい》をせっついたりしていた。めがねをかけた図書館員や研究者、モーリスの酒飲み仲間のすがたもあった。式のあとのパーティーは、この王国でおこなわれたどのパーティーよりも熱気にあふれていた。

ただし、フレデリックだけは例外だった。フレデリックは冷めたようすで、ひと晩《ばん》じゅう居《い》心地《ここち》悪そうに不機嫌《ふきげん》な顔をしていた。おおぜいのシャルマントゥがいたからだ。

だが、その晩《ばん》、フレデリックのしかめっ面《つら》などどうでもいいと思えるほどたいへんなことが起きた。ブタが、おいしそうなにおいに誘《さそ》われて森からやってきて、バラを踏《ふ》みつけてめちゃくちゃにしたのだ。酔《よ》った参列者たちがようやくブタをとりおさえるまでに、かなりの数のバラがだめになってしまった。

「ここは秘密《ひみつ》のバラ園なのに、どうやって入りこんだんだろう？　おかしなことが起こるもんだ」とモーリスはつぶやいた。

「魔法《まほう》を使うと、結局はその報いが自分に返ってくるのよ」ほろ酔いのファウナ[*8]のアドリーズが指で鼻を上に向け、ブタの鼻をまねしながらいった。

その鼻を見た瞬間《しゅんかん》、モーリスはロザリンドの魔法でブタの鼻に変えられてしまった男を思い出した。ロザリンドは必死になってブタにわめいている。でも、シッシッと追いはらうだけで魔法は使っていないようだ。

「まさか……あのブタ、あのときの男じゃないよね？」モーリスが、ぎょっとした顔でいった。

「まさか！」ファウナはくすくすと笑った。「ただのブタよ！　でも、なんだって同じこと。結局はその報いが自分に返ってくる。愛だろうが憎《にく》しみだろうが、魔法だろうがブタの鼻だろうが。そういうものよ」

「そうかもしれない……」モーリスはアドリーズがいったことについて考えようとしたが、思っていたよりも酔っていて、うまく頭がまわらなかった。

とにかく、この場所もぼくの妻になった女性もなんてすばらしいんだろう、とモーリスは思った。最高の結婚式《けっこんしき》だ。ブタもふくめてなにもかも。

*7 フランス語で「自然の、ありのままの」という意味。本書では「魔法の力をもたないふつうの人間」という意味で使われている
*8 ヤギの角《つの》と脚《あし》をもつとされるローマ神話の森・牧畜《ぼくちく》の神。男性形はファウヌス

5 花嫁《はなよめ》にはならない

ベルは駆《か》け出したい気持ちをおさえながら、冷静をよそおって丘《おか》をのぼっていた。ほんとうは一刻《いっこく》も早くここから逃《に》げ出したいのに、それに気づかれないようにわざとゆっくりと歩いているせいで、ぎこちない動きになってしまう。

背後《はいご》の芝生《しばふ》では、結婚式《けっこんしき》のパーティーが開かれている。

ベルの結婚式のパーティーだ。

なんて美しいながめだろう。ベルもそれはみとめるしかなかった。

あまい香りの花で飾《かざ》りつけられた趣味《しゅみ》のよい日よけ。きれいなアーチを描《えが》く、紙製の鐘《かね》とピンクのリボンをぶらさげた花綱装飾《フェストゥーン》。真っ白なテーブルクロスの上にピンクのテーブルランナーが敷《し》かれたテーブルには、いいにおいのごちそうがところせましとならんでいる。銀製のシャンパンクーラーのなかの冷えたシャンパンのびんには真珠《しんじゅ》のような水滴《すいてき》がきらりと光っている。まるで絵のような光景だ。

楽隊もいた。うまくはなかったが、熱のこもった演奏《えんそう》だ。

うっとりするほどすてきなウエディングケーキもあって、ベルもあのケーキだけは心残りだった。三段《だん》重ねで、フォンダン[*9]の白とピンクは、テーブルクロスや飾りと同じ色。てっぺんには小さな花嫁《はなよめ》と花婿《はなむこ》の人形がのっていたが、こんな状況《じょうきょう》でなかったら、ベルは早くケーキにありつきたくて、よく見もしないで人形たちを投げすてていたにちがいない。ムッシュ・ブーランジェの菓子職人《かししょくにん》としての腕《うで》が一流なのはまちがいない。

もちろん、自称花婿のガストンもいた。ブタの水浴《みずあ》び場《ば》のなかで、ぶぜんとした顔であぐらをかいてすわっている。

ベルもそんなに強くつきとばすつもりはなかったのだ。でも、いざ泥《どろ》だらけになっている花婿を目にすると、いい気味《きみ》だという気持ちも少しはあった。

ベルの背後《はいご》は、いろいろな音であふれていた。金髪《きんぱつ》の三人娘《むすめ》の甲高《かんだか》い声、いまや用のなくなったチューバとアコーディオンの悲しげな音、本人はひそひそ声《ソット・ヴォーチェ》でガストンに話しかけているつもりだが、とても小声とはいえないル・フウの声。司祭《しさい》のこらえようとしてもこらえきれない笑い声。

司祭。

この司祭こそ、ベルの心がざわつくいちばんの原因だった。

恋《こい》の病《やまい》にかかって暴走した男が用意させた、でたらめな楽隊もケーキもテーブルも飾《かざ》りも、ぜんぶ冗談《じょうだん》として目をつぶることができる。でも、司祭だけはべつだ。司祭がいるということは、ガストンは本気だということ。〝死がふたりを分かつまで〟ベルと添《そ》いとげるとかたく決意しているのだ。

「愛はすべてに打ち勝つ《アモル・ウィンキト・オムニア》とはかぎらないのよ、まったく単純《たんじゅん》すぎていやになる」とベルはつぶやいた。「……相手からも愛して《アマト》もらわなきゃ意味ないのに！」

木のかげにさっと身をかくし、そこからようすをうかがっているうちに、ベルの心はしずんでいった。結婚式《けっこんしき》のパーティーの招待客だけでなく、念願《ねんがん》の花嫁《はなよめ》を手に入れて大得意のガストンをひと目見ようと、村じゅうのひとが集まっているようだった。銀細工師《ぎんざいくし》のムッシュ・ルクレール、かつら師で紳士《しんし》用服飾《ふくしょく》品店の店主でもあるムッシュ・エベール、裁縫師《さいほうし》のマダム・ボウデット……ほかにも精肉《せいにく》店の店主、パン職人《しょくにん》、燭台《しょくだい》職人……知った顔がみんないる。

だが、書店主のムッシュ・レヴィだけはいなかった。

レヴィはベルが夢見ている結婚相手がどんな男性なのか知っているからだ。

それは、まちがいなくガストンではない。

ベルの父のモーリスのすがたもなかった。発明コンクールに出かけているのだ。ベルの母もいなかったが、母はベルがおさないころにすがたを消したきりなので、いなくてあたりまえだった。

そよ風といっしょに、うわさ話がベルの耳に運ばれてきた。

「まったく信じられないわ。あの娘《こ》ったらどうかしてる……」

「ガストンをいやがるなんて。この村でいちばんのハンサムよ。あれほど結婚《けっこん》相手にふさわしい男なんていないのにさ」

「ほんと、ばかで生意気《なまいき》な小娘《こむすめ》よねえ。あたしだったら、いつでも左手の薬指を差し出すわ。ガストンから指輪がもらえるなら」

「何様のつもりなのかしらね？」

「もっとふさわしい相手がいるとでも思ってるんじゃないの」

「だったら、デュピュイの息子がいいんじゃない？　一日じゅう小石を数えてる、おばかなあいつがさ。そのほうがお似合いってもんよ」

ベルは怒《いか》りのあまり、にぎりしめたこぶしを木の幹《みき》に打ちつけた。ガストンは村じゅうの人気者……だれよりもハンサムで、目の青は深く、体格はがっしりとして、狩《か》りの腕《うで》だってばつぐんだ。そんなガストンにはベルなんてふさわしくない、と村のみんなが思っていた。

ベルにはガストンなんてふさわしくない、なんていうひとはいなかった。

この村のひとはみんなそうだ。

もう何年も、飽《あ》きもせずにベルとベルの父親のうわさ話ばかりしている。

〝ほんと、変わった親子だ〟

〝まったくおかしな娘《むすめ》だよ。いつも本ばかり読んで、友だちも恋人《こいびと》もいないじゃないか〟

〝モーリスはちっとも酒場《さかば》にのみにきやしない。まともな仕事もしてないし。奥《おく》さんはどうしていなくなっちまったんだか〟

それに、モーリスは家の地下にある作業場で悪魔《あくま》と交わっているらしい、といううわさもあった。

そんなうわさはでたらめだ、と証明したかったモーリスは、村人を家に招いて作業場を調べてもらうことにした。そして、だれを呼《よ》ぶか慎重《しんちょう》に考え、ムッシュ・ルクレールとマダム・バサドを選んだ。ムッシュ・ルクレールは銀細工師《ぎんざいくし》なので、科学技術と金属の知識が少しはあるし、マダム・バサドは村いちばんのおしゃべりなので、ここで目にしたものを村じゅうに広めてくれるだろう、と考えたのだ。はたして彼《かれ》らが見たものは、つくりかけの不可思議な機械とエンジンだった。ふたりとも作業場を見るなり、やっぱりモーリスはまともじゃない、と判断した。

このできごとのあとベルは思った。悪魔と交わっていると、とこわがられていたほうがまだましだったのかもしれない。いまのように哀《あわ》れだと思われたり、あざ笑われたりするよりは、と。

だが、ガストンはベルが風変わりなことなどどうでもよかった。イノシシを追う猟犬《りょうけん》のように、しつこくベルにつきまとった。ベルも父親も変わっていることには気づいていた。ただ、村でいちばん美人のベルを手に入れられればそれでよかったのだ。

それに、ガストンは自分ならベルをほかの娘のように変えられると思っていた。だれよりも勇ましくて腕《うで》っぷしの強い自分と結婚《けっこん》すれば、本を読みたいだの、考えにふけりたいだの、ひとりでいたいだのという願いなんか吹《ふ》っとんでしまうにちがいない、とうぬぼれていた。

こんなにハンサムな村いちばんの人気者に注目《ちゅうもく》されたら、ベルの心に変化が起きないわけがないじゃないか。もちろん、起きるに決まってる、と。

それにしても……とベルは思った。ムッシュ・ブーランジェが何時間もかけてつくったケーキはすばらしかった。

でも、あのケーキをがまんすればひとりにしてもらえるのなら……ガストンが自分を放っておいてくれるのなら、あんなにすばらしいケーキでさえ惜《お》しくはなかった。

いま、ベルがいる場所からは、パーティー会場にいるひとたちが小さく見える。もっと小さく見えるようにベルはあとずさりした。遠くに見える景色は、やわらかな午後の日差しにつつまれてきらきらと輝《かがや》いている。まるで現実の世界ではなく、小さな絵のようだ。ベルは親指をあげて、その指先を会場にいるひとたちの上に重ねて視界《しかい》から消した。

すると、本を読んでいるときと同じような感覚になった。

本を開いたとたん、このちっぽけな村は現実の世界や想像の世界の広大な地図の片《かた》すみへと追いやられる。

いま、親指の先で消されているひとたちは、あの川が曲がっている先にはどんなおもしろいことがあるのだろう、などと考えたりはしない。海の向こうのまだ見ぬ国や、東にある古い歴史のある国に思いを馳《は》せたりもしない。ほかの惑星《わくせい》にも月のようにやさしく空で輝《かがや》く衛星《えいせい》があるという発見も、たいしたことだとは思っていないのだ。

ベルはもっと知りたかった。もっともっと見たかった。いつだったか、フォークではなく箸《はし》というもので食事をするひとたちがいる国があると本で読んだことがある。そんな国へ旅してみたかった。

せめて、想像の世界でそこへ行くことくらい、自由にさせてほしい。

親指をさげると、村のひとたちがまた視界《しかい》に入ってきた。

深いため息をはき、草の上にどさっと腰《こし》をおろす。

ほんとうは……もう、読書だけでは満足できなくなっていた。

ページをめくるごとにあらわれる小さな窓《まど》。そこからさまざまな国をかいま見て、そこで暮《く》らすひとの考え方を文字で知るだけでは心が満たされない。じっさいに足を運んで、揚子江《ようすこう》の川の流れを見てみたかったし、異国《いこく》の神々《こうごう》しい笛の音を聴《き》いてみたかった。〝この地には虎《とら》数頭おれり〟と書かれた古い地図を頼《たよ》りに旅した勇敢《ゆうかん》な冒険家《ぼうけんか》が、かの地で食べた物を味わってもみたかった。

西の空を見やると、日も暮《く》れかけていて、いつも夢心地《ゆめごこち》な気分にさせてくれる果てしなく続く景色は見えなくなっていた。

代わりに、空をおおう分厚い黒雲《こくうん》が風に吹《ふ》かれて乱《みだ》れとび、時おりその雲間《くもま》から閃光《せんこう》が走った。すてき、とベルは思った。いまのわたしの気分に合っている。無意識にこぶしをにぎり、本に出てくる魔法《まほう》使いのように、嵐《あらし》よ早く来い、と願いをかけた。村人たちが逃《に》げ場を求めて家へと急ぐなか、風が吹《ふ》きあれ、雷鳴《らいめい》がとどろくこの丘《おか》のてっぺんで、すっくと立っていたかった。

そのときふと、父のことを思い出した。発明コンクールへ向かっている父は、この道の先のどこかにいるはずだ。

父に申しわけない気持ちになり、まるでほんとうに自分が天気をあやつっていたかのようにこぶしをゆるめ、肩《かた》の力をぬいた。

うつぶせになり、道に目を凝《こ》らす。けれど、もうとっくに森の奥《おく》深くへ入ってしまったのか、空中に舞《ま》う砂《すな》ぼこりにおおいかくされてしまったのか、父も愛馬《あいば》のフィリップも荷車も見えない。

ため息をもらすと、気まぐれにタンポポを一輪《りんつ》摘んだ。荷車の防水帆布《はんぷ》の下にある蒸気《じょうき》自動薪割《まきわ》り機は父の最高傑作《けっさく》だ。燃料を入れてきちんと動けば、大量の薪を男がふたりがかりでやる半分の速さで割ることができる。おどろくような発明品だ。きっと賞をとるにちがいない。

唇《くちびる》をすぼめて、タンポポの綿毛をふっと吹《ふ》いた。

残ったタンポポの綿毛を数えて時間をつぶそうか、それとも夢の世界を想像してみようか。

ベルは夢の世界を想像することにした。

父さんが発明コンクールで大きな賞をとったら、もっと大きな町へ引っ越《こ》そうと父さんを説得できるだろう。父さんがときどき話してくれる、わたしが赤ん坊《ぼう》のころに住んでいた町で暮《く》らせるかもしれない。そこでなら、父さんも発明に没頭《ぼっとう》できるはずだ。あいつは変わり者だ、なんて思っているひとたちにかこまれて、父と娘《むすめ》がつましく暮らしていくための生活費を稼《かせ》ぐ心配もしなくていい。

それにわたしだって、好きなだけ本が読めるにちがいない。わたしのことを変わった娘だとうわさするひともいないだろう。都会には、いろいろなひとが集まっているのだから。

貴族《きぞく》などの裕福《ゆうふく》なひとが、父さんの発明の才能をみとめて後援者《こうえんしゃ》になってくれるかもしれない。そして、おとぎ話に出てくる妖精《ようせい》みたいに、教養があって科学にくわしいひとがおおぜいいる世界へさっと連れていってくれるのだ。そんな夢のような場所だったら、希望にあふれ刺激《しげき》に満ちた毎日を送れるだろう。あんな不意打《ふいう》ちのばかばかしい結婚式《けっこんしき》をするようなひとがいる、こんな片田舎《かたいなか》の村からはなれて。

父さんがあの結婚式を見ずにすんでほんとうによかった。父さんだったらきっと、わたしみたいに怒《おこ》るのではなく、ただ途方《とほう》に暮《く》れてしまうだけだろう。父さんをこまらせたくなんかない。

両手を組んでその上にあごを置き、風が吹《ふ》きあれるなか、散り散りになって逃《に》げていく村人たちを見つめた。ル・フウが枝や椅子《いす》にウナギのようにぐるぐると巻《ま》きついているテーブルランナーをとろうとしている。村のひとはあと数分もすればみんないなくなるだろう。でも嵐《あらし》が本格的になる前に、わたしもみんなの目をかいくぐって少しでも早く家へ帰りたい。できれば家の東側からバラ園をぬけて……。

バラ園か……とため息をつくと、少しはなれたところに見える、きれいなピンクや白のバラが点々《てんてん》としている場所へ視線《しせん》を向けた。あのバラこそ、父がこの村の小さな家からはなれるのをしぶっているいちばんの原因だ。父は、いつか妻がバラと暮《く》らす夫と娘《むすめ》のもとへ帰ってくるといまだに信じている。バラの世話をして、きれいで生き生きとしたバラを咲《さ》かせつづけていれば、帰ってくるにちがいない、と。

自分たちがここから去ったら、妻はどうやって夫と娘をさがし出すのだ、と。

父がバラ園のために発明した自動水汲《く》みあげ機のおかげで真冬でもきれいに花を咲かせているバラが、このごろあまり元気がない。

ベルはむっくりと起きあがった。母のことはほとんど覚えていない。でも、世界一の父がいる。それだけでじゅうぶんだ。

立ちさりぎわに、はるか向こうの嵐《あらし》と大地が交わる地平線を見やったとき、森に続く道からさわがしい音が近づいてくるのに気づいた。

フィリップが家へ向かって一心不乱《いっしんふらん》に駆《か》けてくる。荷車はついたままだ。

けれど、フィリップの背《せ》に父のすがたはなかった。

＊9　砂糖《さとう》に水を加えて煮《に》つめ、冷めてから強くすってクリーム状に仕上げたペースト

6 ほろびゆく王国

結婚式《けっこんしき》のあくる日から、モーリスとロザリンドの新しい生活が始まった。ふたりはアパートメントの三階のこぢんまりとした部屋へ引っ越《こ》した。活気のある町の中心地にあり、それまで住んでいた場所よりも城に近い。ロザリンドは、魔法《まほう》を使ってアパートメントの裏手《うらて》にある小さな庭の手入れに精《せい》を出し、モーリスは、アラリックと暮《く》らしていた家の庭に建てた炉《ろ》をそのまま使わせてもらいながら発明に取り組んだ。

初めの一年は、毎日にぎやかだった。発明や庭のバラなどの世話に熱心に打ちこみながらも、夜おそくまでパーティーを開き、友人と科学の話に花を咲《さ》かせたり、酒をのんで大きな声で歌ったりもした。そんな新婚生活もだんだん落ち着いてくると、ふたりはひんぱんにひとと会うこともなく、この部屋で落ち着いた暮らしを送るようになった。

通りから少しはなれたこの部屋は、三階にあるということもあり、町の中心地にしてはおどろくほど静かだった。部屋へたどり着くには、アパートメントの裏手にあるせまくて暗い路地を通って木製の古い階段《かいだん》を三階までのぼってこないといけない。なので、見知らぬひとが迷いこんでくることなどめったになかった。時おりたずねてくる友人たちは、モーリスが考案した大きな音が出る警報装置《けいほうそうち》に近づかないよう気をつけていた。

だからある日、警報装置が鳴りひびいたとき、モーリスはおどろいた。

植木鉢《うえきばち》が落ちて破片《はへん》が飛び散る音がして、古ぼけたアコーディオンが鳴るようなけたたましい警報音が響《ひび》きわたったとたん、まどろんだ午後の静けさがやぶられた。庭の鳥や蛾《が》があちこちへ飛びさっていく。

「ほらね？　あの警報装置、ちゃんと役に立っただろう？」モーリスは、だれが来たのかたしかめようと玄関《げんかん》へ歩きながら、ロザリンドのほうをふりむいた。モーリスは玄関のドアに潜望鏡《せんぼうきょう》のようなものをとりつけていた。これを使えば、冬の冷たい空気を家のなかへ入れることなく、外にいるひとをたしかめることができる……はずだった。ところが、反射鏡《はんしゃきょう》になにかが映《うつ》っているのはまちがいないのだが、はっきりとはわからない。

モーリスはドアを開け、はっとした。目の前に少年が立っていたのだ。少年は片手《かたて》を高くあげたまま、ぎょっとした顔をしている。

「やあ」モーリスは愛想《あいそ》よくいった。「警報装置の音が大きくてびっくりさせてしまったようだね」

少年はだまったままだ。

「ぐうぜん、ここに迷いこんだだけなのにおどろかせてしまったのか、警報装置が鳴ったおかげでいたずらを未然にふせげたのか……。きみはどうしてここにいるんだい？　正直に——あれっ？」

モーリスは、少年の手に木炭《もくたん》がにぎられているのに気づいた。その手の先を目で追っていくと、ドアの上に書きかけの文字があった。下手《へた》な字で悪意のある言葉が書きなぐってある。

「これは、どういう意味だい？」モーリスは怒《いか》りを覚えるよりも混乱《こんらん》してたずねた。

「ここにはおそろしい魔女《まじょ》が住んでるっていう意味だよ！」少年はおびえながらも挑《いど》むような口調でさけんだ。つりあがった小さな目は敵意《てきい》に満ちている。

「そんな……」モーリスは生まれつきやさしくて思いやりのある人間だ。悪意とは無縁《むえん》の旅人であり、空想家であり、修繕師《しゅうぜんし》でもある。そんなモーリスの脳裏《のうり》に、ロザリンドと初めて会った日に、彼女《かのじょ》を脅《おど》していた男が浮《う》かんだ。そして、ロザリンドに結婚《けっこん》を申しこまれた日に見た、殴《なぐ》られてあざだらけになった少年も。「だったら……なんだっていうんだ？」

「**ここに住んでる魔女は男をブタに変えた！**」少年は声を張りあげた。

「ちがう。鼻をブタの鼻に変えただけだ。相手の男はとても無礼《ぶれい》だった。それに、彼女はあとで鼻をもとにもどしてあげたんだ」

「悪魔《あくま》の崇拝者《すうはいしゃ》め！」そうはきすてると、少年は背《せ》を向けて去っていった。

モーリスはため息とともに室内へ入り、ドアを閉《し》めて鍵《かぎ》をかけた。鍵をかけることなど、それまではめったになかった。

いとしい妻は揺《ゆ》り椅《い》子《す》に背《せ》をあずけてすわっていた。顔色は悪くないが、だるそうだ。小指の先をくるくるとまわしてかきまぜるしぐさをしただけで、スプーンが部屋の向こうから飛んできた。ロザリンドはそのスプーンで紅茶《こうちゃ》にはちみつを入れてかきまぜた。

「じつは……」モーリスはロザリンドのとなりの椅子に腰《こし》をおろした。「ちょっといやなことがあってね……見たこともない少年が、うちのドアの上にひどいことをして……つまりその、魔法《まほう》に関して、胸《むね》が悪くなるようなことを書いてたんだ。なんだか――」

「ああ、あの礼儀《れいぎ》知らずなやつらね」ロザリンドは片手《かたて》で頭をささえながら気だるそうにいった。「あいつらには、もううんざり。いまやどこにでもいる。なかには暴力をふるうやつまでいるのよ……ふたりの若者《わかもの》がひとりの娘《むすめ》をうばい合ったあの騒動《そうどう》のあと、こんなことはだんだんしずまっていくだろうと思っていたのに……」

「その騒動は、ぼくがこの王国へ来る前に起こったんだろう？　それなのにまだ、こんなことが続いてるなんて。あの少年が、自分であんなおぞましい言葉を考えたとは思えない。だれか教えたやつがいるんだ」

「その子はまだいるの？　どこ？」ロザリンドが強い口調できいた。立ちあがろうとするその頬《ほお》に赤みがさす。

モーリスはさっと腕《うで》をのばしてロザリンドの手をつかんだ。

「あまり興奮《こうふん》しないほうがいい。きみのためにも、おなかの赤ちゃんのためにも。もうすんだことだ」

ロザリンドはモーリスの手をぎゅっとにぎりしめると、その手にキスし、自分のおなかの上に置いた。

「やっぱり女の子なのか？」モーリスがささやくようにきいた。

「まちがいないわ」ロザリンドはふっとほほえんだ。「魔女《まじょ》には、こういうことがわかるのよ。そうだ、今日の午後出かけるとき、ヴァシティの家へ寄るのをわすれないでね。彼女《かのじょ》に助産師《じょさんし》をお願いしたいの。おばの出産のときもヴァシティが助産師をつとめてくれて、おばはヴァシティをとても信頼《しんらい》してたのよ」

「もちろん。きみと生まれてくる赤ちゃんのためなら、どんなことでもするよ」

ところが、助産師はすがたを消していた。

モーリスがヴァシティの部屋へ立ちよると、ドアは開いたままで、ぶらぶらと不吉《ふきつ》に風にゆれていた。

「すみません」モーリスはためらいがちに呼《よ》びかけた。

しばらく待ったが返事はない。無意識のうちに腰《こし》のナイフに手をそえ、なかへ入っていく。

「ヴァシティ？　いますか？　モーリスです。ロザリンドの夫の……」

ヴァシティは年老いてはいるが、健康だったはずだ。モーリスは一瞬《いっしゅん》、ヴァシティは腰の骨《ほね》でも折って床《ゆか》にたおれているのかもしれないと思ったが、すぐになにかおかしい、と気づいた。こぢんまりとした部屋のあちこちに不審《ふしん》な点が見られる。三脚《さんきゃく》ある椅子《いす》のひとつがわきへ追いやられ、陶器《とうき》のつぼがひとつ床に落ちて割《わ》れている。テーブルには、チーズとブドウと半分に切ったバゲットが手をつけられないままならんでいる。

「こんにちは」

モーリスの心がざわつきはじめた。強盗《ごうとう》が押《お》しいったわけではなさそうだ。羊毛の上等《じょうとう》な毛《もう》布《ふ》も置いたままだし、なにかが盗《ぬす》まれた形跡《けいせき》はない。なんというか……ただこつぜんとすがたを消した、という感じだ。

モーリスはしばらく部屋のなかをさがしてみたが、ついにあきらめて部屋を出ると、近所のひとたちにヴァシティの居場所をたずねてまわった。だが、どこにいるか知っているひとはいなかった。それどころか、ヴァシティがいなくなったことさえ、だれも知らなかった。

それだけじゃない。モーリスがたずねたとき、目をそらしたひとが何人かいたのだ。かかわりになるのを避《さ》けているようだった。

モーリスはロザリンドの知人に、ヴァシティの居場所についてなにか知らないか、きいてみることにした。難産《なんざん》で母子が危険《きけん》な状態におちいり、急に呼《よ》び出された可能性だってある。

だが、町を歩きまわっているうちに、ドアにおぞましい落書きをされたのは自分だけではないと気づいた。木炭《もくたん》で書いたものもあれば、なかには血で書いたように思えるものもあった。

知人の家にたどり着くと、あわてて通りの裏《うら》のほうへモーリスを引っぱっていくひともいれば、ほかのひとにも聞こえるくらい大きな声で、なんでもないんです、といったり、シャルマントゥじゃないナチュレルの友人がたずねてきてくれてうれしいよ、と繰《く》りかえすひともいた。

彼《かれ》らも、ヴァシティの居場所どころか、ヴァシティがいなくなったことさえ知らなかった。

結局なんの情報も得られず、モーリスは途方《とほう》に暮《く》れた。重い気持ちをかかえたまま家に帰る気になれず、行きつけの酒場《さかば》へ行って仲間とのんで話をし、暗い気分をふりはらうことにした。
すると、酒場のドアに貼《は》り紙がしてあった。

経営方針《ほうしん》が変わりました。犬、シャルマントゥおことわり

モーリスはなにが起きたのかよくわからず一瞬《いっしゅん》ためらったが、いつもの習慣でドアを開けてなかへ入っていった。

店はいつもより暗い気がした。少人数のグループが大声でさわいでいるが、無理やり明るくふるまっている感じだ。初めて見る無愛想《ぶあいそう》な娘《むすめ》が、見るからに不潔《ふけつ》そうなぼろきれでカウンターをふいているが、よく見るとただ適当に手を動かしているだけだ。

フレデリックとアラリックがいつもの席にいた。フレデリックは、モーリスが結婚《けっこん》して出ていったあとも、アラリックの家に引っ越《こ》してはこなかった。育ってきた環境《かんきょう》のちがいのせいか、酒場ののみ仲間という関係以上にはならなかったのだ。とはいえ、友人関係は続いていた。モーリスが来たのに気づくと、ふたりとも笑顔になった。

「ジョゼファはどうしたんだい？」モーリスは、カウンターのそばにいる娘のほうへ首をかしげて小さな声できいた。

アラリックが苦い顔をした。「ジョゼファは……もうここにはいない。自分の意思でそうしたわけじゃないけどね。もっと……こころよく受けいれてもらえる場所へ行けっていわれたんだ」

「退職金《たいしょくきん》はちゃんと受けとってましたよ」フレデリックが横から口を出した。リキュールの入ったグラスをじっと見つめ、きれいに洗ってあるかどうか調べている。

「ジョゼファはいまどこにいるんだ？　落ち着き先が決まっているなら会いにいかなきゃ……」

「だれもジョゼファのすがたを見てないんだよ……こんなふうになってしまってからは」アラリックがいった。「こんな卑怯《ひきょう》なやり方がはびこるようになってからはね」

「風向きが悪くなったのを感じて、町を出ていっただけですよ。金ももらったことだし」フレデリックがまた口をはさんだ。

アラリックがあきれたように目をまるくした。

モーリスが口を開いた。「このままじゃ、なにもかもぼくらの手に負えなくなってしまう。今日……見知らぬ少年がやってきて、胸《むね》が悪くなるようなひどいことをうちの玄関《げんかん》のドアに書いたんだ。うちだけじゃない。あちこちの家のドアにも同じようなことが書いてある。それに、ロザリンドはヴァシティという知り合いに助産師《じょさんし》をお願いするつもりだったのに、ヴァシティは行方不明《ゆくえふめい》だ。だれも彼女《かのじょ》のことを話したがらない。不安でしかたがないよ。いったいこの王国はどうなってしまったんだ?」

アラリックがグラスを手でさわりながらため息をついた。「どんどん関係が悪くなっていくな……ふつうの人間と――」

「つまりナチュレルとシャルマントゥの関係がね」フレデリックがすました顔で口をはさんだ。

アラリックはむっとした顔でフレデリックを見てこう続けた。「これほどひどい状況《じょうきょう》になったのは初めてだ。もうコントロールがきかない。おろかなやつらは少しでもふつうではないひとを見つけるといやがらせをする。惚《ほ》れ薬を売りあるいていた薬師《くすし》や、歌を口ずさみながら小枝や苔《こけ》でおもちゃをつくっていた木の精《せい》までが標的《ひょうてき》にされた。いやがらせやいじめだけじゃない、暴力をふるうことだってあるんだ」

「コントロールがきかないなんてことはありませんよ」こんな議論《ぎろん》はもうたくさんだというようにフレデリックがいった。「やっとまともになったんです。要点をとりちがえてはいけません。ナチュレルは、むしろ状況をうまくコントロールしようとしているんです。安全な暮《く》らしを確保《かくほ》するためにね。いやがらせを受けているのは罪《つみ》のあるひとたちなんですから」

「罪のあるひとだって？」モーリスが食ってかかった。「魔法《まほう》使いが？　いったいいつから魔法使いってだけで罪になったんだ？」

「自然に反することは罪なんです」

「でも、きみだって……」

「だまれ！」フレデリックが怒《いか》りをこめたささやき声でいった。「そんなのわかってる！　声を落とせ！」

モーリスはいらだちをおさえきれずにカウンターにこぶしをたたきつけた。

「じゃあ……ヴァシティのことはどうすればいいんだ？　出産のとき助産師《じょさんし》がいなかったら、ロザリンドはどれほど心細《こころぼそ》いか。ヴァシティはどこへ消えてしまったんだろう」

「あちこちのドアにブタの血でひどいことが書かれているのを見て、ここを出ていくことにしたんじゃないか」アラリックが暗い顔でいった。「シャルマントゥがどんどんいなくなる……魔力《まりょく》をもったものにとって最後の安息《あんそく》の地だったはずのここから……そして、魔法はこの世から消えてしまう」

「出産だからといって、なにも助産師《じょさんし》を頼《たの》む必要はないんじゃないですか。そのヴァシティというひとをさがすまでもない。腕《うで》のいい医者を頼めばすむことです」フレデリックが事務的な口調でいった。

モーリスはフレデリックを無視《むし》した。「でも国王と王妃《おうひ》が……きっとなにか手立《てだ》てを考えてくれるだろう。この王国はほかとはちがって、もともと安全な……」

「国王と王妃はなにもしやしないさ」アラリックがため息まじりにいった。「ゲランドとの交易が滞《とどこお》っているせいで塩不足だっていうのに、なんの対策《たいさく》もとってくれてないし。国王も王妃も、騒動《そうどう》に巻《ま》きこまれた衛兵《えいへい》があやまって呪文《じゅもん》をかけられて死んでしまって以来、魔法《まほう》をおそれているのかもしれない。まあ、ただやる気も関心もないだけかもな。まったく、一日じゅう城のなかでなにしてるんだか。きっと、貴重《きちょう》な馬もじゅうぶんに運動させてもらってないんじゃないか」ここまでいったとき、アラリックの顔がぱっと輝《かがや》いた。「馬で思い出した。いい知らせがあるんだ！　今日の酒はおれがおごるよ！」

「なにかいいことでもあったのか？」モーリスはたずねた。今日の憂《ゆう》うつな気分を帳消《ちょうけ》しにしてくれるような明るい話題だといいのだが。

すると、フレデリックがにやりとした。「モーリス、アラリックは王室の厩舎長《きゅうしゃちょう》になるんですよ。きちんと腰《こし》をかがめて、失礼のないあいさつをしてください。でも、くれぐれも深く息を吸《す》いこまないように。染《し》みついた馬のにおいは、そう簡単《かんたん》にはとれませんからね」

「フレデリックのおかげなんだ」アラリックが中身がこぼれんばかりの勢いでグラスをかかげてフレデリックと乾杯《かんぱい》した。「フレデリックが国王におれを推薦《すいせん》してくれてさ！」

モーリスは笑顔になって姿勢《しせい》を正すと、心をこめてアラリックの手をにぎった。

「すばらしい知らせだ、アラリック！　たいした出世《しゅっせ》じゃないか！」

「もうひとつ、うれしいことがあったんだ」アラリックが意味ありげに眉《まゆ》をあげた。「城でメイド頭《がしら》の女性と知り合ったんだよ。もうすぐ家政婦長《かせいふちょう》になるらしいんだけど……」

フレデリックがあきれた顔をした。「あまり調子にのっていると罰《ばち》があたりますよ」

「それできみは？　きみもいい知らせがありそうだけど」モーリスが話をうながした。

フレデリックの気むずかしい顔が、めずらしくわずかにゆるむ。

「いや、じつはぼくもあるんです。ぼくはいまも王子を診察《しんさつ》していて、といってもたいした病気ではありませんが、国王と王妃《おうひ》はぼくの医者としての腕《うで》をいたく買ってくれていましてね。ぼくのために古い病院を研究用の施設《しせつ》として購入《こうにゅう》してくれたんです。まだ極秘《ごくひ》ですがね。でも、そこでなら、由緒《ゆいしょ》ある大学にいるよりはるかに自由に研究に没頭《ぼっとう》できる……外科の技術もじっくりとみがきたいんです。これまではとりのぞくのが不可能だったものも手術でとりのぞくことができるように。それに、いつかは……自分で自分を手術できる日が来るかもしれない」

アラリックとモーリスは顔を見合わせて身ぶるいした。

「残念なことに、その施設《しせつ》とやらはここからけっこう遠いんだ。森をぬけて川をこえた先にある小さな村の近くのへんぴな場所にあるんだとさ」アラリックが、話題を変えようとすぐさまいった。

「じゃあ、いまみたいには気軽に会えなくなるね」モーリスがいった。

「この地球から消えるわけじゃありませんよ」フレデリックはすまし顔でいったが、どう見ても、さびしがってくれるのをよろこんでいるようだ。「今日は、きみに会いたくて来たんですよ。奥《おく》さんのご懐妊《かいにん》おめでとうございます」

「あたたかい言葉をありがとう、ムッシュ・ドクター！」モーリスは小さくおじぎをしながらいった。「生まれてくるぼくの娘《むすめ》について、なにか見えるかい？　娘の未来がわかるなら教えてほしい」

フレデリックは目をそらした。「教えられるほどはっきりとは見えないんですよ。この力をできるだけ使わないようにしてますし。それに、はっきりいって、きみがおなかにいる赤ちゃんの性別《セックス》をもう知っているなんて、考えただけでもぞっとするんです」

アラリックが〝性《セックス》〟という言葉に反応して顔を赤らめた。まったくこのふたりときたら……

モーリスは首を横にふりながらため息をついた。生まれてくる娘が、このふたりを「おじさん」と呼《よ》んで慕《した》う日がいつかは来るのかと思うとおかしな気がした。でも、少なくとも医学についてはは教えてもらえるだろう。そしてたぶん、馬の乗り方も。

7 魔《ま》法《ほう》をかけられた城へ

ベルはフィリップに駆《か》けよった。ひづめにあたらないように気をつけながら近づいていく。うろたえてはだめ、と自分に言い聞かせたが、フィリップの怯《おび》えがこっちにまで伝わってきてしまう。フィリップは、いつもはなにがあっても動じないのに。もともと軍馬《ぐんば》の血を引いていて、大きくて持久力《じきゅうりょく》があり、戦場でも冷静でいられるぐらい落ち着いた性格の馬だ。

フィリップは、父のモーリスが実験でしょっちゅう爆発《ばくはつ》を起こしても動じない。おいしいクローバーを食《は》んだり、昼寝《ひるね》したりしているときに、なにが起きてもおどろくことはない。だがいまは、オオカミの群れに追われているかのように、目をむいて鼻息を荒《あら》くして跳《と》びはねている。

「フィリップ、父さんはどこ？　発明コンクールには行ったの？　いったいなにがあったの？」

蒸気《じょうき》自動薪割《まきわ》り機は荷車に積まれたままだった。薪割り機に使われている、金色に光る板状の部品はそのままだ。小さな部品はいくつか見あたらないものもあったが、強盗《ごうとう》のしわざだとしたら、もっと金になりそうなものを盗《ぬす》んでいくにちがいない。ベルは手綱《たづな》をにぎりしめたまま荷車を外し、わきへどけた。

「フィリップ、父さんのところへ連れていって」ベルはフィリップの広い背《せ》にまたがると、手綱をぐいと引いて大きな頭を森のほうへ向けさせた。

フィリップは手綱から自由になろうと首を動かして抵抗《ていこう》したものの、ついにあきらめたのか、ため息のような音をもらした。まるでモーリスのところへもどらなければならない、とわかっているかのように。

ベルはこれまであまり森へ足を踏《ふ》みいれたことがなかった。もちろん、ひとりで入ったことなどないし、奥《おく》深くまで行ってみたこともない。道が二手《ふたて》に分かれている場所まで来ると、反《はん》射的《しゃてき》にとなりの村へ通じる左のほうへフィリップを行かせようとしたが、フィリップは鼻を鳴らして右のほうへ首を向けた。その先には草の生いしげった、見るからにあまりひとが通らなそうな古い道が続いている。

夕闇《ゆうやみ》にしずむ森は、嵐《あらし》のせいでさらに不気味《ぶきみ》さを増していた。さらに怪物《かいぶつ》のように枝を広げた木々《きぎ》が道におそろしげな濃《こ》い影《かげ》を落としている。昼のあいだずっと身をひそめていた小さな白い蛾《が》がランタンに引きよせられるように飛んできて、ベルの顔の近くでひらひらと舞《ま》った。不思議なことに、闇に身をひそませている虫がたてる音は、村の丹念《たんねん》に手入れされた畑や果樹《かじゅ》園《えん》にいる虫がたてる音とはちがうように感じられた。なにかが動いているのか、足もとの枯《か》れ葉からカサカサという音も聞こえてくる。

こんなときガストンみたいなひとがいたらどんなに心強いだろう。ベルは思わずそんなことを考えている自分に気づき、力強く訂正《ていせい》した。

いいえ、そんなのぜったいにいや。銃《じゅう》をもっているひとがいい。ガストン以外の！

ひっそりとした薄暗《うすぐら》い道を進んでいると、数分が数時間のようにも感じられた。しばらくして危険《きけん》なものにおそわれる心配はなさそうだとわかってくると、緊張《きんちょう》もだんだんやわらいでいった。この森は不気味《ぶきみ》なだけ。こわがる必要はない。

それでも、父のことを考えると不安がこみあげてくる。砂《すな》が積もったところやぬかるみに荷車の車輪の跡《あと》が見つかるくらいで、ほかに父が通った痕跡《こんせき》らしきものはない。

しだいに、まわりの景色が変わりはじめた。道の両側が切り立って道幅《みちはば》がせまくなり、そこをさらに進んでいくと小さな谷間のようなところへ出た。そそり立つ丘《おか》と立ちならぶ背《せ》の高いクロマツにかくれて空はほとんど見えない。遠くに平べったくて四角い木の幹《みき》のようなものが見え、その根もとに茨《いばら》がうっそうと生いしげっている。

四角い幹なんてへんね？

つぎの瞬間《しゅんかん》、ベルははっと息をのんだ。不自然な形の幹だと思ったものは、じつは幹ではなく建物だったのだ。石と煉瓦《れんが》でできた古い建物にじっと目を凝《こ》らす。壁《かべ》をおおっている蔦《つた》はそれほど密集《みっしゅう》していない。古いといっても大むかしに建てられたわけではなさそうだ。森の奥《おく》深くにこんな建物があるなんて、村のだれからも聞いたことがない。

「あの建物はなに?」ベルはつぶやいた。

そのまましばらく進んでいくと、フィリップがとつぜん足をとめた。おびえているのか浅い呼吸《こきゅう》を繰《く》りかえしている。目の前には、どっしりとして錆《さ》びついた鉄の門があった。門扉《もんぴ》は蝶番《ちょうつがい》がゆるんで少しかたむいていて、ベルがなんとか通れるくらいのすきまが開いている。

フィリップはひづめで地面をかき、鼻を鳴らしている。

入りたくないんだわ。

ベルは大きく深呼吸してから、フィリップからおりた。そして、愛馬《あいば》のあたたかくてやわらかいわき腹《ばら》をなで、心細《こころぼそ》さをふりきってフィリップに背《せ》を向けた。門のすきまに体を無理やり押《お》しこむと、きしんだ音がした。

門の向こうには、夕闇《ゆうやみ》のなかに前庭が広がっていた。真ん中に三段《だん》になった噴水《ふんすい》があるが、ほこりまみれで水は入っていない。灰《はい》色の景色のなかに、よごれたからし色《マスタードイエロー》の帽子《ぼうし》がぽつんと落ちている。

「父さん！」とさけび、ベルは帽子《ぼうし》に駆《か》けよってひろいあげた。帽子のほかには、父がここを通った跡《あと》らしきものはない。ひと気《け》もなく、石畳《いしだたみ》の上には足あとさえ見あたらない。正面《しょうめん》の建物のなかに入ったのかもしれない。そう考え、そこへ行ってみることにした。

建物は宿屋でもなければ狩《か》りのときに休む小屋でもなさそうだった。厩《うまや》の入り口にも思えたそれは、もっと大きな建物の土台の部分で、見あげると小さいながらも堂々《どうどう》とした城がそびえていた。

薄《うす》暗いので全体像はよくわからないが、小塔《しょうとう》や大塔、それに、敷地《しきち》をかこむ城壁の最上部には、装飾的《そうしょくてき》でじっさいには使われてなさそうな凹凸《おうとつ》のある胸壁《きょうへき》のようなものもぼんやりと見える。

世界一周旅行どころか〝ヨーロッパ大陸周遊旅行《グランドツアー》〟[*10]さえしたことはなかったが、本をよく読んでいるので、この城が大むかしのものではないことはわかった。小さくて、胸壁に損傷《そんしょう》もない。とても隣国《りんごく》と戦争を繰《く》りかえしていた暗い時代をくぐりぬけてきた城とは思えなかった。

ベルは眉《まゆ》をひそめた。父さんはきっと、こんな謎《なぞ》めいた城を見つけて調べずにはいられなかったんだわ。まるで『ドン・キホーテ』[*11]のお話にある〈マンブリーノ王の黄金のかぶと〉[*12]みたい。

ベルは手にしたからし色《マスタードイエロー》の帽子を見ながら思った。父さんたら、なにかに夢中になるとまわりが見えなくなってしまうんだから。

だが、父がここにいるかもしれない、と考えると、ベルは勇気がわいてきた。

「父さん」と呼《よ》びかけながら城の正面《しょうめん》にある、見あげるように大きい扉《とびら》をそっと開けてなかへ入る。鉄の飾《かざ》りのついたその扉は不思議なことに鍵《かぎ》がかかっていなかった。

廃墟《はいきょ》のような城のなかは思ったとおり暗かった。それに寒い。

「父さん？」

その声は薄暗《うすぐら》いなかにぼんやりと見える、タペストリーのかかった壁《かべ》や家具や彫像《ちょうぞう》にはねかえって、ベルのところへもどってきた。かぎ爪《づめ》と牙《きば》をもつ彫像の目がやけに不気味《ぶきみ》に見える。

そのとき、頭上からパタパタと走る小刻《こきざ》みな足音が聞こえたような気がした。

それだけでなく、氷のような鏡に一瞬《いっしゅん》、ランタンの明かりが映《うつ》ったように見えた。

「父さんなの？」

光の見えたほうへ、ベルは思わず駆《か》け出した。

足もとのじゅうたんはひんやりとしているが、やわらかくてほとんどすり減《へ》っていない。玄《げん》関《かん》の広間の先にはロッジア*13がある。本物を見たのは初めてだ。これまでは、南の国について書かれた本でロッジアの絵をながめては、すてき、とため息をつくばかりだった。甲冑《かっちゅう》や石膏《せっこう》のつぼ、豪華《ごうか》な額《がく》に入れられた古めかしい絵画《かいが》もある。

自分がいまどこにいるのか、どこへ向かっているのかもわからないまま、つまずきそうになりながらりっぱな階段《かいだん》をのぼっていくと、中二階に着いた。

またた……とベルは思った。かすかだけれど、なにかがコツンと床《ゆか》にふれる音が聞こえた。父さんの足音だったら、こんなに軽くはないはずだけれど、城のなかではほかとはちがう響《ひび》き方をするのかもしれない。

それとも、ほかにだれかいる？

泥棒《どろぼう》？　でも泥棒だったら、とっくに目の前にすがたをあらわしている……はずよね？　だって、何度も大きな声を出したから、わたしがここにいることはとっくに気づかれているはずだもの。泥棒がいたら、つかまえられて身ぐるみはがされていてもおかしくない。盗《と》られるものなんてなにもないけれど。

音のするほうを目指して、さらに上へのぼっていった。のぼるにつれて階段の幅《はば》がせまくなり、そのうち、らせん階段になった。天井が近くにあり、しゃがんでいないと頭がぶつかってしまう。きっと塔《とう》の先のほうまで来たんだわ、とベルは思った。クモの巣があちこちに張っていて、下より空気がさらにひんやりとして湿《しめ》っぽい。

思わず首もとへ手をやった。マントをかき合わせようとしたのだが、着てこなかったことを一瞬《いっしゅん》わすれてしまったのだ。

「父さん？」

階段をのぼりきると、石壁《いしかべ》のくぼみに小さな枝つき燭台《しょくだい》が置いてあり、ろうそくに火が灯《とも》っていた。ふつうなら、こんなあたたかい火を目にしたら勇気づけられるところだ。でも、ベルはふるえあがった。だれが火をつけて、ここへ置いていったんだろう？　父さんがもってきたの？

また、パタパタという足音が聞こえた。じゅうたんを敷《し》いていない床に木製のなにかがこすれるような音もする。

「すみません」ベルは声がふるえないように気をつけながら大声でいった。「だれかいますか？　父をさがしてるんです。だれか……」

「……ベルかい？」

父の声が石壁に弱々《よわよわ》しく反響《はんきょう》して、ベルはびくりとした。

「父さん！」

ベルは廊下《ろうか》を駆《か》け出した。廊下には鉄の手かせや足かせ、しばらく使ってなさそうな腐《くさ》りかけのさらし台[*14]といったおそろしい刑具が置いてある。ここは残酷《ざんこく》なことをする場所だったにちがいない。廊下《ろうか》には同じつくりのドアがいくつもならんでいて、どのドアの取っ手にもしっかりと鎖《くさり》が巻《ま》いてある。

いちばん手前のドアの近くの柱に燭台《しょくだい》があり、火がゆれていた。

「父さん！」

「ベル！」

父は飛び出さんばかりにドアの鉄格子《てつごうし》に顔を押《お》しつけたが、すぐにはげしく咳《せ》きこんで身をかがめた。

「ああ、父さん……」

ベルが鉄格子のあいだから手をのばすと、父はその手を強くにぎった。その瞬間《しゅんかん》、ベルはおどろいて息をのんだ。

「手が氷のように冷たいわ。こんなところ早く出なきゃ！」

父は青白い顔をしながらも、強いまなざしでベルを見た。「ベル、わたしの体のことなど、いまはどうでもいい。いいか、よく聞きなさい。助けを呼《よ》びにいくんだ」

「いやよ！　父さんをここへ置きざりにするなんて！」

「ベル、いいからここを出るんだ！　早く逃《に》げなさい！」

そのとき、ベルは背後《はいご》からなにかが近づいてきて、立ちどまったのを感じた。そのなにかは、とがった爪《つめ》のある手でベルの肩《かた》をつかみ、力ずくでふりむかせた。

「**ここでなにをしている**」暗がりのなか、大きな影《かげ》が吠《ほ》えるようにいった。

でも、脅《おど》しているわけじゃないみたい、とベルは思った。声はおそろしいけれど乱暴《らんぼう》な言い方じゃない。

ベルは暗がりに目を凝《こ》らした。「あなたはだれなの？」

「わたしは、この城の主《あるじ》だ。もう一度きく。ここでなにをしているのだ！」

「父をさがしにきたのよ」ベルは答えた。怒《いか》りがふつふつとわきあがってくる。「父をここから出して。具合が悪いのよ。こんなところに閉《と》じこめられるようなことはしてないでしょう？」

「無断《むだん》で城に侵入《しんにゅう》した！」

その声にはいらだちがこもっていたが、この世のものではないものが出すようなおそろしさは感じられなかった。

悪魔《あくま》や化《ば》け物なんかじゃない。きっと人間だ。ベルの心のすみにかすかな希望がめばえた。よく読むおとぎ話や冒険《ぼうけん》物語では、主人公は力ではなく知恵《ちえ》で敵《てき》を打ち負かす。すぐに踏《ふ》みつけられるような小さなネズミに変身して油断《ゆだん》させたり、わざと怒《おこ》らせたりして相手の弱点を見つけ出し、攻撃《こうげき》するのだ。

そう、敵《てき》の弱点を見つけなきゃ。それには時間を稼《かせ》がないと。

「なにかと引きかえにするなら、父をここから出してくれるでしょう？　たとえばお金とか……」ベルは自分の家にあるものを頭に思いうかべた。金属や本やがらくたなら山のようにある……それに食料が少し……。「やっぱりお金以外のものとか……」ベルの声がだんだん小さくなっていく。

すると、大きな笑い声が響《ひび》きわたった。「わたしはこの城の主《あるじ》なのだぞ。おまえがあたえられるもので、わたしがもっていないものなど、あると思うのか？」

ベルは必死で考えた。

「ええ、あるわ。わたしよ」ベルはよく考えもせずに、頭に浮《う》かんだことを口にした。

「ベル、だめだ！」父がさけんだ。

「そう、わたしを引きかえにして」ベルは繰《く》りかえした。深く息を吸《す》いこみ、こう続ける。「わたしが身代わりになる。だから、父をここから出してあげて」

もう少し時間があれば、もっといい方法を思いついたのかもしれない。本のなかの主人公と同じように。

「ベル、よせ！　そんなことはさせないぞ！」

「いいだろう」暗がりから声がした。「ただし、それには条件《じょうけん》がある。ここに残るのだ。永遠に」

ベルは耳の奥《おく》で風がごうごうと吹《ふ》きあれたような気がした。想像もしなかった運命がとつぜん目の前に立ちはだかり、わたしをのみこんで思いもかけない方向へ運んでいく。ほんの数時間前には、不意《ふい》打《う》ちのばかばかしい結婚式《けっこんしき》から逃《に》げ出して、父が発明コンクールで賞金をもらったあとの生活を夢見ていたのに。

それがいまは、あらゆる可能性の広がる未来と引きかえに、この不気味《ぶきみ》な城で囚《とら》われの身となるのだ。

ベルは敵《てき》の正体《しょうたい》が知りたかった。物語の結末では、いつも敵の正体が暴《あば》かれる。主人公が求めればかならず。

「明かりのほうへ出てきて」

すると、皮肉のこもった笑い声が聞こえた。

耐《た》えがたいほどの沈黙《ちんもく》のなか、敵がゆっくりと近づいてきた。小さな燭台《しょくだい》の橙《だいだい》色の明かりのもと、ついにその正体《しょうたい》があきらかになる。

ベルは思わず息をのんだ。

見たことも聞いたこともない、おそろしい生き物がそこにいた。クマやライオンよりも大きいかぎ爪《づめ》のある足、細い腰《こし》、厚い胸板《むないた》、その胸《むね》よりもがっしりとした首、もつれた茶色のたてがみ……そんな生き物がマントを身にまとって立っている。

首のあたりに金色の留《と》め金《がね》がついている紫《むらさき》色のマントは、ずいぶんとすり切れていた。巨《きょ》大《だい》な犬のような脚《あし》をおおっているのは、ぼろぼろの青いズボンだ。

顔は、かまどくらい大きい。鼻は濡《ぬ》れて黒光《くろびか》りし、口からはふつりあいな大きさの牙《きば》が飛び出しているが、はっとするほど青い目の奥《おく》には……知性が見える……。

だが、はき出す息はじっとりとして熱く、口からはよだれも垂《た》れている。

ベルは思わずあとずさりした。犬のように完全な動物だったなら受けいれられる。悪霊《あくりょう》や幽《ゆう》霊《れい》だったとしても納得《なっとく》できたかもしれない。そういうものが出てくる物語なら、いくつも読んだことがあったから。

でも、この生き物は……。

半分人間で、半分獣《けもの》、おぞましい野獣《ビースト》……。

ベルは思い切って顔をあげたが、ビーストと目を合わせることはできなかった。

「わかったわ、永遠にここにいると約束します」

ベルは一語一語はっきりといった。

「やめてくれ、ベル！」父がさけんだ。「おまえに、そんなことはさせられん！」

「決まりだ！」

そう吠《ほ》えるようにいうと、ビーストは体の大きさを感じさせない機敏《きびん》な動きでドアのところまで行き、大きなかぎ爪《づめ》のある足をさっとひと振《ふ》りしただけで、牢《ろう》のドアの鎖《くさり》を断《た》ち切った。

父は娘《むすめ》のほうへ駆《か》けよった。

「だめだ、ベル。いいか、わたしとちがって、おまえの人生はまだこれからじゃないか」

だが、ビーストは父をつかんで引きずりながら階段《かいだん》をおりていった。

ベルは床《ゆか》にへたりこみ、涙《なみだ》を流した。

＊10　むかしイギリスの貴族《きぞく》の子弟《してい》などが教育の仕上げにおこなった旅行

＊11　スペインの作家、ミゲル・デ・セルバンテス作の長編小説。主人公の名前でもある

＊12　マンブリーノはイタリアの詩人・アリオストによる長編の騎士道《きしどう》物語詩にも登場するムーア人（当時、ヨーロッパ人は、北アフリカの人びとの一部をこう呼《よ》んだ）の王。かぶった者を見えなくするという魔法《まほう》のかぶとを所有していた。ドン・キホーテは床屋《とこや》がかぶっていた真鍮《しんちゅう》の金《かな》だらいを、この黄金のかぶとと勘《かん》ちがいする

＊13　片側に壁《かべ》がない柱廊《ちゅうろう》

＊14　足を差しこむふたつの穴《あな》のあいた厚板《あついた》で、むかし罪人《ざいにん》の足をはさんでさらしものにした刑具《けいぐ》

8 おとぎ話の終幕《しゅうまく》

モーリスは、助産師《じょさんし》のヴァシティを見つけられなかったことも、シャルマントゥへの暴力がどんどんひどくなっていることも、すべて正直にロザリンドに打ちあけた。ロザリンドの反応は予想どおりだった。ヴァシティの失踪《しっそう》の話のときには目を大きく見開き、ジョゼファと酒場《さかば》の話のときには深い緑の目を冷ややかに細めた。ロザリンドが顔をこわばらせながらつぎになにをいうのかも、モーリスにはわかっていた。

「ヴァシティを見つけ出すわ」ロザリンドはきっぱりといった。そして、大きなおなかをかかえながら関節の痛《いた》みに耐《た》えるようにしてよろよろと立ちあがると、部屋じゅうに視線《しせん》を走らせた。必要なものをさがしているのだ。マント、ステッキ……。「このごろ〝失踪〟が多すぎる。真相《しんそう》をつきとめないと……」

「ロザリンド――」モーリスは強い口調でいった。

「わたしをとめようとしてもむだよ！」ロザリンドは声を荒《あら》らげた。目はぎらぎらと光を放ち、頬《ほお》には赤みがさしている。妊娠《にんしん》するとやさしくおだやかになる女性もいるというが、ロザリンドの場合は、もともとはげしい気性《きしょう》がさらにはげしくなった。思い切りよろこび、思い切り怒《いか》り、感情をむき出しにする。仲間を守りたい気持ちもいっそう強くなっているようだ。「ヴァシティはわたしのいとこのゴッドマザーなの！　家族も同然なのよ！」

「とめるつもりなんてないさ」モーリスがいった。「警告《けいこく》しているだけだ。きみは……魔法《まほう》が使えることで有名だ。どうやらこの王国はもう、魔法を使うひとたちにとって安全な場所とはいえないようだ。ドアをあちこちノックして情報を集めるのは、あまりいい考えとは思えない。きみに注目《ちゅうもく》が集まりすぎてしまうからね」

「ドアをあちこちノックして情報を集めようなんて思ってないわ」とロザリンドはいいかえしたが、その言い方から、そうするつもりでいたことはあきらかだった。「わたしたちは……わたしたちのやり方で情報を手に入れることができるんだから」

モーリスは口をはさまずに、しんぼう強く聞いていた。

「これから……」ロザリンドは少し考えてからこういった。「ムッシュ・レヴィのところへ行ってくる。レヴィの知識と魔法の鏡があれば、すぐに解決するはずよ」

「いい考えだね。ただし……慎重《しんちょう》に」

「いい考えに決まってるじゃない。それに、いわれなくても慎重に行動するわよ」ロザリンドはいらだちをあらわにしてそう言い放つと、魔法を使ってマントをはおった。

ロザリンドは人目《ひとめ》につかない道を選んで歩いていた。石畳《いしだたみ》の道は思っていたよりもかたく、でこぼこして歩きづらかった。むくんだ足を手でさする。これまで、数えきれないほど多くの母親が、畑や果樹園《かじゅえん》で働き、森で獲物《えもの》をとりながら子どもをりっぱに育ててきたのだ。こんなことぐらいで泣き言《ごと》をいうわけにはいかない。

ムッシュ・レヴィの店は町の中心にはなかった。しょっちゅう引っ越《こ》していて、同じ場所にあったためしがない。だから、レヴィの店へ行きたいひとは、自分でどこにあるのかさがさなければならなかった。

「ためらってる時間なんてないのよ。勇気を出してたしかめないと」ロザリンドは心を落ち着かせようと、ふーっと息をはき出した。そして目を閉《と》じて、不吉《ふきつ》な考えを頭からふりはらうと、つかつかと目の前の書店へ入っていった。

店の床《ゆか》は足の踏《ふ》み場もないほどだった。それとは対照的に壁《かべ》をぐるりとかこむ棚《たな》はからっぽで、中身をぜんぶ引っぱり出したばかりのように見える。床にあふれているのは本や巻物《まきもの》の山だけではない。外には書店の看板《かんばん》がかかっているのに、くもりひとつない銀の手鏡や、人形の家に使うくらい小さな四角い窓《まど》ガラス、それに小さな鉢《はち》であふれている。鉢にはまるで石づくりの池のように水が張ってあり、その水面は少しも動かない。ロザリンドが呼《よ》び鈴《りん》を鳴らし、勢いこんで店に入ってドアをばたんと閉《し》めても、水面は波立ったりしなかった。

「ロザリンド！」ロザリンドに気づいた店主が目を輝《かがや》かせた。みがいていたレンズに、はあっと息をはく。やせて年老いてはいるものの、七十歳《さい》をこえているようには見えない。あごは細くとがっていて、ぼさぼさの髪《かみ》はそのあごにとどくくらいの長さだ。「体の調子はどうだね？」

ロザリンドは一刻《いっこく》も早く真相《しんそう》をつきとめなくては、という思いにかられていたが、店内のようすに気をとられた。

「ムッシュ・レヴィ、なんなのこれは？　まさか、店を閉《し》めるの？」

「ああ、こんな状況《じょうきょう》だからね……だれかに消される前に、自分で消えてしまったほうがいいと思ってな。わしもこの本たちも、ぐずぐずしている場合じゃないと思うんだよ」レヴィは、いとおしむように店を見まわした。「だから荷物をまとめて、べつの場所へ行くことにしたんだ」

「だめよ、行かないで。そこまで悪い状況じゃないわ！」とロザリンドは引きとめたが、自信なさげにこうつけくわえた。「……と思うけど」

「いや、かなりひどい状況だよ」レヴィが悲しげにいった。「〈ミッドナイト・マーケット〉は閉鎖《へいさ》されたし……。ひとが集まる場所で、おおぜいのひとが一度におそわれたら危険《きけん》だからってね。フローランが家の戸口で発見されたんだが、殴《なぐ》られてあざだらけで、命を落とす一歩手前だったらしい。わしの店が、ほかの店のように石を投げられたり、火をつけられたりせずにすんでいるのは……しょっちゅう引っ越《こ》しているからだと思うんだよ……」

ロザリンドは妊娠《にんしん》してからぼーっとしがちな頭で、いまレヴィがいったことをじっくり考えてからこういった。「やっぱり、残って戦うべきだと思う。変えられるはずよ。状況《じょうきょう》がもっと悪くなる前に」

レヴィが乾《かわ》いた声で小さく笑った。「きみのように若《わか》くてきれいで元気な娘《むすめ》さんだったら、世界を変えられるかもしれんな。だが、わしはもう年だ」レヴィはよく言い聞かせようとカウンターに身をのり出した。「それに……こういったことは前にもあったんだよ。そして、いままた同じことが繰《く》りかえされている。つぎに同じことが起きたら生き残れる保証はない。だが、生きているかぎり希望はある。生きてさえいればな。このままここにいたら、そう遠くないうちに、わしもこの本たちも焼かれてしまうだろう。こんな卑劣《ひれつ》な行為《こうい》がまだ蔓延《まんえん》していない場所をさがして移り住んだほうがいい。こんな病《や》んだ時代を生きのびられるかわからんがな」

「レヴィならだいじょうぶよ」ロザリンドは行くのをやめさせようと笑顔をつくり、手ぶりもまじえながらいった。「前にこんな経験をしたって、ヨーロッパのどこの話？　この王国のほかにも魔法《まほう》の力が保たれている場所があるの？」

「とにかく、嫌《きら》われるようなことをする魔女《まじょ》になったらいけないということだ」レヴィはやんわりといった。「さて、どんな本をお探《さが》しかね？　古代ローマ共和政末期を舞台《ぶたい》にした歴史小説のシリーズものがあるんだ。とんでもなくおもしろいぞ。夜、暖炉《だんろ》の前でくつろぎながら読むのにぴったりだ。読んでみるかい？」

「今日は本をさがしにきたんじゃないの」ロザリンドは新品の本の山を見ながら残念そうにいった。「鏡にあることを命じにきたの。つまり調べたいことがあるのよ」

レヴィの顔がさっとこわばり、血の気《け》を失った。

「よっぽどのことがあったんだな。ロザリンドともあろうものが、わしにそんなことを頼《たの》みにくるとは」

「ヴァシティがすがたを消したの」ロザリンドは無意識におなかに手を置いた。「出産のときに助産師《じょさんし》をお願いするつもりだったのよ。モーリスがヴァシティの部屋へ行ったらだれもいなくて。食事にも手をつけてない状態だったらしいの。最悪の事態《じたい》も考えられるわ」

「わかった」レヴィはため息をつくと、ずっとみがいていた満月のような形をしたレンズをそっと下に置いた。

「それなに?」ロザリンドが好奇心《こうきしん》にかられてたずねた。

「ああ、ちょっと思いついてね」レヴィはすでに荷づくりした箱のなかをさぐりながらいった。

「新しい土地へ行ったとき、その土地のひとたちとうまくやっていく手助けをしてくれるものさ。ああ、あった。これだ」

レヴィは銀色の手鏡をひとつとり出した。男性用なのか柄《え》の部分がシンプルで、鏡面のまわりも太い線で縁《ふち》どりがしてあるだけだ。「ほら、自分で命じてごらん。ロザリンドのほうがわしよりヴァシティをよく知っているだろう。ヴァシティは……それほど鏡に命じるのが上手《じょうず》じゃなかった。まあ、そこそこの腕前《うでまえ》だったがね」

ロザリンドは鏡を受けとった。見た目よりも重いのか、それとも自分で思っているより力が弱っているのか、もったとたん、鏡の重みで手がぐいっとさがった。

「鏡よ、ヴァシティを見せよ」ロザリンドは鏡に命じた。

レヴィも気になるのか、ロザリンドの肩《かた》ごしに鏡を見つめている。

だが、なんの変化も起こらなかった。

鏡は鏡のまま、とまどい気味のロザリンドの顔を映《うつ》すばかりで、わずかにくもることさえない。ロザリンドは鏡に映る自分の鼻がとりみだしたせいで赤くなっていることに気づいた。

「鏡よ」ロザリンドはさっきより大きな声で命令した。「ヴァシティを見せよ。ヴァシティはどこ？」

今度は鏡面がくもった。でも、どんよりとした真っ黒な闇《やみ》が映《うつ》るだけで、それもやがて消え、ただの鏡にもどった。

「こわれてるわ」ロザリンドは意固地《いこじ》になっていい、鏡をつくった本人に差し出した。

「ロザリンド」レヴィがやさしい声でいった。「ヴァシティは亡《な》くなったんだ。きみもわかってるんだろう」

ロザリンドは泣くまいと唇《くちびる》をかんだ。こらえている涙《なみだ》が目の奥《おく》にあふれ、顔がふくれあがってしまいそうだった。死んでしまったのなら、できることはもうなにもない。

ロザリンドは鏡をレヴィの手につきかえすと、後ろを向いて泣きじゃくった。吐《は》き気《け》がこみあげてくる。つわりは妊娠《にんしん》中期に入ったとたん、うそのようにぴたりとやんだが、いま、すさまじい勢いでもどってきたようだった。

「ロザリンド」レヴィは悲しげにいい、手にした鏡から目をそらしてロザリンドを片方《かたほう》の腕《うで》でだいた。

「ヴァシティが自分の意思で出ていったのなら……あんなふうにいなくなったりしない。部屋をきちんと片《かた》づけていくはずよ。ヴァシティの一族は、何世紀にもわたって、この王国で治療師《ヒーラー》として暮《く》らしてきたの……こんな死に方をするなんて思っていなかったはず。レヴィ、ヴァシティの身になにか起きたのよ。だれかが彼女《かのじょ》になにかしたんだわ」

レヴィはなにもいわず、ただ静かにロザリンドを見つめていた。ロザリンドの顔にだんだん怒《いか》りが浮《う》かんでくる。

「敵《かたき》は討《う》つ。正義《せいぎ》はこっちにあるのよ」ロザリンドは語気《ごき》を強めた。なぐさめなんていらない、すべてほろぼしてやる、といわんばかりに。「いまは、暗黒時代じゃないのよ！」

「どの時代にも暗い闇《やみ》はある」レヴィが静かにいった。「モーリスと生まれてくる子といっしょに遠いところへ行ったほうがいい。ここは危険《きけん》だ。きみにとってだけでなく、わしらすべてにとって。わしは、新世界[*15]へ行くつもりだ。あそこでは、魔女裁判《まじょさいばん》はもうほとんどおこなわれていないはずだからね。プロビデンス[*16]は、どんな宗教《しゅうきょう》も自由に信仰《しんこう》できる大都市になるだろう」

ロザリンドの心はゆれた。魔力《まりょく》がどんどん衰《おとろ》えているこの時代、ロザリンドの力は魔法《まほう》使いのなかでもいちばんといえた。そんなロザリンドでさえ、どこにいるかわからない敵《てき》を見つけ出す力はもっていない。魔法使いに対する憎《にく》しみをかきたて、この王国をほしいままにしようとしているやつらがすがたをあらわさないかぎり、たおすことなどできない。もちろん、ひとたび目の前にあらわれたら最後、ブタにでも石にでも虫けらにでも変えてしまう自信はあったけれど。

ロザリンドは決心した「国王と王妃《おうひ》のところへ行く。こんなことをとめられるのは、あのひとたちだけなんだから。いいえ、とめる義務《ぎむ》がある。暴力や人びとの不安を放置したままでいたら、王国はほろびてしまう。たとえ……衛兵《えいへい》に危険《きけん》がおよぼうとも、こんなことを終わりにするのが王国を治める者の務《つと》めよ」

「どうやって国王と王妃に会うつもりだい？」レヴィがいぶかしげにたずねた。

「国王と王妃の息子……まだおさない王子がいるでしょ……」ふと思いついた計画にロザリンドはすっかり夢中になった。すばらしい考えだわ。むかしながらの慣《なら》わしだし、これしかない。

「わたしは王子の洗礼式《せんれいしき》に出席しなかった。だから、その代わりに王子にまじないとか祝福《しゅくふく》の言葉とかを授けにいくのよ。むかし、王族に子どもが生まれたら魔女《まじょ》がよくしていたように」

レヴィはため息をついた。「悪い考えではないと思うが、あまり期待しすぎちゃいかんよ。とにかく、この王国から出ていく準備はしておいたほうがいい」

そういうと、レヴィは荷づくりのとちゅうの箱に目をやり、ロザリンドのおなかに視線《しせん》を移した。ロザリンドは両手でおなかをかかえていた。

　ロザリンドは魔法《まほう》を使って輝《かがや》くような美しい衣装《いしょう》を身につけると、榛《はん》の木の杖《つえ》を右手にしっかりとにぎりしめ、胸《むね》を張って堂々《どうどう》と城へ歩いていった。ロザリンドが近づくと、衛兵《えいへい》がわきへ退《しりぞ》いた。衛兵はけげんな目でにらみつけてきたが、ロザリンドは無視《むし》した。

　謁見室《えっけんしつ》へ入っていくと、分厚いベルベットのカーテンにかこまれた玉座《ぎょくざ》に若《わか》い国王と王妃《おうひ》がすわっていた。かたわらには乳母《うば》にだかれたおさない王子がいる。

「陛下《へいか》」ロザリンドは少しだけ頭をさげた。王族にあいさつするときは、もっと頭をさげるのがふつうだが、ロザリンドは魔女《まじょ》なのだから媚《こ》びる必要はない。

「魔女か」王妃がとげとげしい声でいった。美しい顔立ちだが、ホワイトブロンドに高い頬《ほお》骨《ぼね》、淡青色《アイスブルー》の目は冷たい印象をあたえる。母親のやわらかな雰囲気《ふんいき》がまったくない。

「これはめずらしい訪問《ほうもん》だな」王は笑みを浮《う》かべたが、その目は笑っていなかった。濃《こ》い茶色の長い髪《かみ》を後ろでひとつに束《たば》ね、額《ひたい》にかかる前髪は、流行《はや》りのやり方でくるりと巻《ま》いてある。

国王も王妃も古くさいことが嫌《きら》いなので冠《かんむり》はかぶっていない。その代わりに、豪華《ごうか》な衣装《いしょう》には、きらめくピンや宝石《ほうせき》のついたブローチ、金のバックルなどがちりばめられている。

「王子に祝福《しゅくふく》の言葉とまじないを授けにまいりました」ロザリンドはそういって、王子のほうを向いた。

「そんなものは必要ない」王が物憂《ものう》げにいった。「時代は変わったのだ。まあ、気持ちはありがたく受けとっておく。とつぜんの訪問《ほうもん》もむかしからの慣《なら》わしということで許すことにしよう。だが、祝福の言葉などただの言葉にすぎぬではないか。まじないも意味のない願い事にすぎぬ」

ロザリンドは動揺《どうよう》を必死にかくしながら王をじっと見つめた。この王国でさえこうなってしまった！　むかしながらの慣わしやシャルマントゥの最後の居場所であったはずのこの王国までもが。

このままでは魔法《まほう》は完全に世界から追いやられてしまう。ロザリンドは身ぶるいした。このまま引きさがるわけにはいかない。

「それなら、ほかにお聞きねがいたいことがございます。今日はそれを伝えるためにまいりました」ロザリンドは両手を広げ、目をふせた。「わたしたちはいやがらせを受け、暴力をふるわれています。ときには死に至ることも。迫害《はくがい》をやめさせて罪のない民《たみ》をお守りください」

「罪のない民……」王があざけるようにいった。「それは善良《ぜんりょう》なるふつうの民のことか？　それともシャルマントゥどものことか？　シャルマントゥは愛国心などもたない、自然に反する輩《やから》ではないか。このすばらしい王国に勝手に住まい、この国のふつうの民《たみ》を脅《おびや》かし、平和な暮《く》らしを乱《みだ》しているのはやつらのほうだ。ちがうか？」

ロザリンドは歯を食いしばってなんとかおだやかな表情を保った。いつもモーリスに忠告《ちゅうこく》されているように怒《いか》りをおさえなければ。謁見室《えっけんしつ》を見まわしたが、召《め》し使いも側近《そっきん》も、ロザリンドたちの会話が聞こえないふりをしている。王子はボールで遊んでいるが、そのボールは本物の金箔《きんぱく》を貼《は》っているように見えた。

ロザリンドは深く息を吸《す》った。「わたしたちに愛国心がないだなんて。いったいいつ、わたしたちがこの国のひとたちを脅《おびや》かしたというのですか？」

「存在《そんざい》そのものが脅威《きょうい》なのです」王妃《おうひ》がいった。「彼《かれ》ら、いいえ、あなたたちには特殊《とくしゅ》な力がある。銃《じゅう》も剣《けん》も、いとも簡単《かんたん》におもちゃのようなものに変えてしまう。それに、ほんのささいな挑発《ちょうはつ》に対しても平気で魔法《まほう》を使う……まるで中世のおとぎ話のように。けれど、いまは法と理性の時代なのですよ！」

「シャルマントゥの娘《むすめ》をめぐって、ある若者《わかもの》とシャルマントゥが争い、若者が命を落としたことがあったな」王が口を開いた。「そのあと乱闘《らんとう》が起こり、衛兵《えいへい》が巻《ま》きこまれてさらに尊《とうと》い命がうばわれた」

「痛《いた》ましい事件だとは思います。だからといって横暴《おうぼう》で残虐《ざんぎゃく》なふるまいを放置してもかまわないというのですか？」ロザリンドはうったえた。「女性がひとり、この狂気《きょうき》、この……いわれのない偏見《へんけん》のせいで亡《な》くなったのです！　ひとを傷《きず》つけたことなどない罪のない女性が……。衛兵が巻きこまれた騒動《そうどう》が起きたとき、彼女《かのじょ》はその場にさえいなかった。助産師《じょさんし》として、母体《ぼたい》の健康に気を配り、新しい命を誕生《たんじょう》させることだけにずっと力を注《そそ》いできたようなひとが、どんないけないことをしたというのですか？　彼女の死はあなた方の責任よ！」

王は肩《かた》をすくめた。

「なにをいっているのか、さっぱりわからぬ。そんなことは、われわれにはかかわりのないことだ。ほかに考えなければならない重要な事項《じこう》があるのだからな。国家の運営という仕事だ。国の舵《かじ》取《と》りをしていくのがわれわれのなすべきこと。隣国《りんごく》で、また疫病《えきびょう》が蔓延《まんえん》しはじめているらしい。国境を封鎖《ふうさ》するかどうか決めなければならない」

「ひとりやふたりではなく多くの……あなた方のいうふつうではない……この国の民がすがたを消しているんです。そんなときに、国境を封鎖《ふうさ》し、民を隔離《かくり》するかどうか考えることだけが王のなすべきことだというのですか。まったく、いい仕事《セ・ボン・ネ・スバ》ですね」

王妃《おうひ》は小さく舌《した》を鳴らしながら王子をあやしていた。

王子は片言《かたこと》でそれに応えている。

ロザリンドは目の前の光景を、嫌悪《けんお》と憎《にく》しみと怒《いか》りのこもった目で見つめた。金色の光の玉となって、いますぐにでもここから飛び出したい。〝あなたたちは、この日を後悔《こうかい》するときが来るわ〟というはげしい言葉を投げつけて。

けれど、それは賢明《けんめい》なやり方ではない。

ロザリンドは王と王妃《おうひ》に背《せ》を向けて、ゆっくりと歩いていった……。

敗北者《はいぼくしゃ》のようにうなだれて……。

そのすがたは、とても偉大《いだい》な魔女《まじょ》には見えなかった。

＊15　ヨーロッパから見て西側、とくに南北アメリカ大陸のことを指す
＊16　現在は、アメリカ合衆国《がっしゅうこく》ロードアイランド州の州都になっている

9 魔《ま》法《ほう》をかけられた城で

ベルは牢《ろう》の床《ゆか》につっぷして泣いていた。

こうして目を閉《と》じて思い切り泣いていれば、なにもかもわすれられるかもしれない、と自分をなぐさめながら。この城も野獣《ビースト》も囚《とら》われの身となったことも、どれもあまりに現実ばなれしていて、おそろしい夢なのではないかと思えてくる。父にとめられたにもかかわらず、寝《ね》る前にこわい物語を読んだあと、かならず見ていた夢のように。

けれど、涙《なみだ》で濡《ぬ》れているひざの下の床は氷のように冷たい。

まちがいなく、これは現実だ。

頭のなかにとりとめもなくいろいろな考えが浮《う》かんでくる。もしかしたら、ガストンがさがしにきてくれるかもしれない。結婚式《けっこんしき》のごたごたがすんだあと捜索隊《そうさくたい》を組んで……。いつかは退屈《たいくつ》な小さい村を出て冒険《ぼうけん》してみたいという夢も永遠に消えうせてしまった。残りの人生はだれからもわすれられ、この薄暗《うすぐら》い牢で鎖《くさり》につながれてすごすのだろう……。そう、父さんにも、もう二度と会えないんだわ。

ベルはぱっと立ちあがって小さな窓《まど》へ駆《か》けより、冷たい石の窓枠《まどわく》から下を見た。前庭に、ほこりまみれの馬車が巨大《きょだい》な昆虫《こんちゅう》のようにうずくまっている。父がその馬車のなかにいて、必死にドアを開けようとしていた。不安そうな顔までよく見える。そのあと、ベルはありえない光景を目にして息をのんだ。城壁《じょうへき》の門がひとりでに開き、馬車が勝手に進みはじめたかと思うと、父をのせたままあっという間に森のほうへ去っていったのだ。馬車には車輪の代わりに昆虫のような気味の悪い脚《あし》がついている。

ビーストのすがたは見えなかったが、近くにいる気配は感じられた。ビーストはたしかにおそろしい。だがいまは、恐怖《きょうふ》よりも全身をおそう絶望のほうが強かった。

「さよならもいわせてもらえなかった」ベルは窓から目をはなさないまま泣きじゃくった。「父さんにもう二度と会えない」

そのとき、足を引きずるような音がした。ビーストがベルのいる牢《ろう》の前に立っている。

「ああ、その……」ビーストは咳《せき》ばらいしてから、初めて会ったときとはちがった声音《こわね》でこう続けた。「おまえの部屋へ案内しよう」

ベルはおどろきのあまり泣きやんだ。いまの言葉は聞きまちがい？

「わたしの部屋ですって？」ベルは顔をあげてそうきくと、牢のなかを見まわした。「だけど……」

「ここにいたいのか？」ビーストがうなるような声でいらだたしげにいった。

「もちろん、いたくない。でも――」

「だったら、ついてくるのだ！」

ビーストは牢のドアを開けると、燭台《しょくだい》を手にしたまま力強くしなやかな動きでさっと後ろを向いた。高くかかげたろうそくで行《ゆ》く手を照らしながら階段《かいだん》を跳《は》ねるようにおりていく。ときにはろうそくをもっていないほうの手を床《ゆか》につくこともあったが、二本足で動くそのすがたは、後ろ足で立って歩くプードルのようだ。

ベルはつかれきっていてどうしたらいいか考えられず、とにかくビーストのあとをついていくことにした。しばらくはどちらとも無言《むごん》のまま、ベルの足音だけが床に響《ひび》いた。

「その……」ビーストがまた咳《せき》ばらいした。「この城を気に入ってくれたらいいのだが……」

なんですって？

わたしに、この城を気に入ってほしいと思ってるの？　招待客のように？　囚《とら》われの身のわたしにそんなことをいうなんて。この怪物《かいぶつ》はひとと同じように会話ができるのね。しかも理性のある会話が。ベルの心に希望がわいてきた。

「どういうこと?」ベルはためらいがちにたずねた。

「この城を自分の家だと思って、どこでも好きなように歩きまわってかまわない。ただし、西の塔《とう》だけはだめだ」

「西の塔になにかあるの?」

どうやらベルは期待のあまり、先を急ぎすぎたようだ。

ビーストはベルをにらみつけ、牙《きば》をむいた。

「**西の塔は立ち入り禁止だ!**」

思わずひるんだベルは壁《かべ》のほうにあとずさりした。ビーストの熱い息がベルめがけておそいかかる。ベルの脳裏《のうり》に、古代ローマの処刑場《しょけいじょう》でキリスト教徒にかみつこうとしているライオンが浮《う》かんだ。やがて、ビーストは喉《のど》の奥《おく》からわずかに聞きとれるほどのうなり声をもらすと、ベルからはなれて階段《かいだん》をおりはじめた。

ベルは重い足取りで、あとをついていった。ほかにどうしたらいいかわからない。

西の塔《とう》の話のあとは、どちらともだまったまま薄暗《うすぐら》い城のなかをひたすら歩きつづけた。ベルは自分がいまどこにいるのかたしかめたくて、あたりを見まわした。少しましな牢《ろう》に連れていかれるだけなのかもしれない。たった、ふたのみでわたしを食いつくしてしまいそうなビーストに。

しばらくしてビーストは長い廊下《ろうか》にならぶ部屋のひとつの前で足をとめると、その部屋の扉《とびら》を開けてなかへ入り、ベルにそばに来るよう手ぶりでうながした。

ベルはなかへ足を踏《ふ》みいれるなり、その豪華《ごうか》さに目をみはった。中央の壁《かべ》ぎわの大きな天蓋《てんがい》つきのベッドはまるで整えたばかりのようにきれいだ。しゃれた縦長《たてなが》の出窓《でまど》には厚いベルベットのカーテンがかかり、外の景色を美しく縁《ふち》どっている。ベッドの横にある金めっきが施《ほどこ》された衣装《いしょう》だんすは、ベルの家の食料貯蔵庫《ちょぞうこ》くらい大きい。漆喰《しっくい》の壁《かべ》には美しい曲線のもようが描《えが》かれている。ビーストが手にもった燭台《しょくだい》で、四方の壁にとりつけられている反射鏡《はんしゃきょう》つきの金色の燭台につぎつぎと火をつけていくと、たちまち部屋じゅうがあたたかくて居心地《いごこち》のいい雰囲《ふんい》気《き》につつまれた。

ビーストはだまったまま扉《とびら》に向かうと、扉のそばでしばらく佇《たたず》んだ。まるでなにをいえばいいのかわからない、というように。

ベルもなにをいえばいいのかわからなかった。「ありがとう」では、自分をこの城に閉《と》じこめた相手に対する言葉としてはふさわしくない気がする。

「その、なにか必要なものがあれば……」ビーストがそわそわしながら、うなるような声でいった。「召《め》し使いに申しつけるように」

召し使い？　ビーストと自分のほかに、この城に生きているものの気配は感じられない。このビーストは怪物《かいぶつ》のようにおそろしいだけでなく、正気《しょうき》も失っているの？

「ディナーの席に来るように！」　ビーストがとつぜん怒鳴《どな》った。「これは命令だ」

そういいのこすと、ビーストは薄暗《うすぐら》い廊下《ろうか》に出て、扉《とびら》を閉《し》めた。

さからう気力もなく、ベルはうなだれてふたたび涙《なみだ》を流した。こうして泣きじゃくっていると、おさないころにいたずらして、お仕置《しお》きとして部屋に閉《と》じこめられたことを思い出す。けれど現実はビーストにとらわれて、おびえる身。なんでこんなことになってしまったんだろう。

ベルは混乱《こんらん》していたし、つかれきっていた。

そのとき、自分の泣き声にまじって扉をノックするかすかな音が聞こえた。

おかしな音だ。とてもかたい響《ひび》きで、ひとが手の甲《こう》でノックする音とはちがう。年老いたひとや体の弱っているひとがたたく音よりさらに小さい。消えいりそうなか弱い音。もしかして、かぎ爪《づめ》でたたいてるの？

ここにはビーストのほかにも、正体《しょうたい》のわからないおそろしい生き物がいるということ？

ベルは顔をあげ、深く息を吸《す》いこんでから思い切ってたずねた。

「どなた？」

「ポットです。家政婦長《かせいふちょう》の」

ああ、この城には人間もいるのね。ベルは心からほっとした。髪《かみ》をなでつけて身なりを整えながら扉《とびら》を開けた。よかった、話し相手がいて……。

「お茶でもいかがでしょう」

ベルは心臓《しんぞう》がとまりそうなほどおどろいた。

声の主《ぬし》は、目の前ではなく床《ゆか》のすぐそばにいたのだ。

磁器《じき》のティーポット、砂糖《さとう》入れ、クリーム入れ、ティーカップが、小さな軍隊が行進するようにカチャカチャと音をたてながら部屋へ入ってくる。ティーポットは話すとき、その注《つ》ぎ口《くち》(それとも鼻？)をベルに向けていた。

ベルは思わずあとずさりし、そのひょうしに衣装《いしょう》だんすにぶつかった。

「あなたは……えっと……」ベルは口ごもった。

「気をつけてください！」と今度は衣装だんすがいった。甲高《かんだか》い女性の声だ。

ベルはあわててベッドの上に飛びのいたが、すぐにベッドから飛びおりた。ベッドも話しはじめたらどうしようと思ったのだ。

「こんなこと……ありえない」ベルは声をひそめてささやいた。これはぜんぶ、まぼろし？　おしゃべりする家具だなんて、まだ野獣《ビースト》という存在《そんざい》のほうが信じられる。

ティーポットは自分の中身を、縁《ふち》が少しかけている小さなティーカップにそっと注《つ》ぎはじめた。注ぎながらしゃべると、ゴボッと音がする。注ぎ終わると、ティーポットは小さなティーカップに声をかけた。「ゆっくりと、こぼさないように気をつけて」

すると、ベルがぼんやりと見つめる前で、小さなティーカップが床《ゆか》にすわっているベルのほうへ、ぴょんぴょんと跳《と》びはねてきた。そばまで来ると、ティーカップは頭（だと思う）をベルのほうへ向けておとなしく待った。

ベルは、あっけにとられながらもそろそろと手をのばし、ぴんと小指を立ててティーカップをもちあげた。礼儀作法《れいぎさほう》について書かれた本で読み、いつも練習していた持ち方だ。カップはかたくてすべすべしていて紅茶《こうちゃ》の熱であたたかい。けれどぴくりともしない、ただの磁器《じき》だ。この磁器がどうやって動いたんだろう？

「いたずらするところを見たい？」カップがベルの指のなかで、もぞもぞしながらきいた。

ベルは思わずカップを落としそうになった。カップに顔なんかない。けれど声はたしかに聞こえた。元気いっぱいの、小さな子どものような声だ。でも、指にふれているカップはやっぱりかたく、とても動いたりするようには思えない。

とつぜんカップがふるえ出した。紅茶《こうちゃ》がぶくぶくと泡立《あわだ》って縁《ふち》からあふれそうになる。

「チップ！」ティーポットがしかった。

だが、カップはもう一度ふるえ、今度はくすくすと笑う声まで聞こえた。

ベルはなにがなんだかわからなかった。ほかにどうしていいかわからず、紅茶をひと口のんだ。とってもおいしい！　きれいな暗褐色《あんかっしょく》の紅茶は、香りは豊かで味は濃《こ》く、ほんのりと砂糖《さとう》の甘味《あまみ》も感じられ、ひと口のんだだけで、たちまち力がわいてきた。

「こんなところまで助けにくるなんて勇気があるわね」ティーポットが親しげにいった。「お父さまの身代わりになるなんて。みんな感心してるのよ」

ベルはまばたきした。ティーポットがしゃべっているという事実にではなく、話の内容に集中したかったのだ。手にはまだひと口しかのんでいない紅茶の入ったカップをにぎったままだ。なんだかへんな感じがして落ち着かない。

「そんなに感心してもらえるようなことじゃないわ……」ベルがカップをもちあげてまじまじと見つめると、チップと呼《よ》ばれていたカップがはずかしそうに身じろぎしてくすくすと笑ったので、ベルはカップを落としそうになった。「こんなことが現実に起こるなんて、いままで読んだどんなおとぎ話よりも不思議。父さんだったらきっと……」とつぶやいたとき、ベルはもう父には会えないことを思い出し、ティーポットのほうを向いた。「わたしは……もう二度とここから出られないのよ」

「元気を出して。最後にはきっとすべてうまくいくわ」ティーポットはいたわるようにいうと、ぴょんと跳《と》びはねた。注《つ》ぎ口《くち》から湯気《ゆげ》が飛び出す。「まあ、たいへん。つい、おしゃべりに夢中になってしまって。久しぶりに本格的なディナーの支度《したく》をしないといけないのに！」

ティーポットの表面には感情などあらわれていなかったが、ベルには、ティーポットが自分をはげましてくれているのがわかった。ティーポットたちの存在《そんざい》は、ビーストに支配されているこの暗い城に灯《とも》る希望の光のようだ。

ポット夫人は砂糖《さとう》入れとクリーム入れと列になって、ひょこひょこと扉《とびら》のほうへもどっていく。ベルは残りの紅茶《こうちゃ》を急いでのみほすと、チップを列のいちばん後ろへ置いた。チップはぴょんと跳《は》ねて列に追いついた。

扉が閉《し》まったとたん、ベルはなぜだか見捨《みす》てられたような気分になった。ティーポットにもっとここにいてもらい、城にまつわる話をしてほしかった。魔法《まほう》使いが物に命を吹《ふ》きこんだんだろうか。ビーストはそれにどうかかわっているんだろう。

尊大《そんだい》な態度で命令しているけれど、ビーストには魔法の力なんてなさそうだ。妖精《ようせい》のいる小さな島を魔法で支配するプロスペロー*17なんかとはあきらかにちがう。あえていうなら、魔法をかけられてゆっくりと朽《く》ちていく城に、わが物顔《ものがお》に棲《す》みついた気位《きぐらい》の高い獣《けもの》。

魔法……そうか、いままでこの城についてなにも聞いたことがないのは魔法が関係しているからにちがいない。

魔法ってほんとうに存在《そんざい》するのね。

ドイツの黒い森《シュヴァルツヴァルト》*18を舞台《ぶたい》にした童話や、巨人《きょじん》やゴーレム*19の出てくる大むかしの物語にだけ存在するわけじゃないのよ。

わたしはいま、魔法をかけられて外の世界から存在をかくされた城にいる。

平凡《へいぼん》で退屈《たいくつ》な小さい村からそう遠くないところに、こんな城があったなんて！

もしここが、よくありがちな幽霊《ゆうれい》が出るといううわさのある城なら、村じゅうのひとがさわいでいただろう。ほんとうは幽霊なんていないにちがいないけれど、若者《わかもの》たちが勇敢《ゆうかん》さを競って城へ入りこみ、一夜をすごしたにちがいない。ガストンのようなひとなら、ずかずかとなかに踏《ふ》みこんで、目についたものならなんであろうと銃《じゅう》で撃《う》っていただろう。戦利品になりそうな、年代物の鏡や燭台《しょくだい》や彫像《ちょうぞう》もたくさんある。それに、イギリス人観光客が毎週のように押《お》しよせて、伝奇物語《でんきものがたり》に出てきそうな廃墟《はいきょ》の城を絵に描《か》いたり、なかでアヘンを吸《す》ったり、城を題材にしたおぞましい詩を書いたりしたにちがいない。

でも、この城は魔法《まほう》で存在《そんざい》をかくされているのだ。なのに、どうしてわたしはこの城を見つけられたんだろう。それに、父さんとフィリップだって。フィリップ……賢《かしこ》い愛馬《あいば》……。

さびしさがまた打ちよせてきて、ベルは唇《くちびる》をかんだ。ティーポットがもう少し残って話をしてくれなかったからって、そんなのたいしたことじゃないわ。それに、ティーポットがどうやって料理するの？　家政婦長《かせいふちょう》だと自己紹介《じこしょうかい》していたから、きっとほかの召《め》し使いに指示するだけかもしれない。そもそもあの召し使いたちはまぼろし？　ほんとうに命のあるものなの？　まさか魔物《まもの》？　それとも……。

そのとき、衣装《いしょう》だんすが咳《せき》ばらいした。

「さてと、ディナーにはなにをお召しになります？」

夢を見ているんだわ、とベルは自分に言い聞かせた。そうであってほしいと願いながら。

衣装だんすが扉《とびら》を開けるなり、ベルは思わずそのなかに見入った。蛾《が》がたくさんわっと飛び出してきたものの、見たこともないほど大きくてぴかぴかの鏡がついていて、すばらしいドレスがずらりとかけてある。村の金髪《きんぱつ》の三人娘《むすめ》こと、ポーレットとクローデットとローレットなら、きっとうっとりするだろう。

ベルはうたがわしげにドレスをながめた。もしこれがおとぎ話だったら、どのドレスの寸法《すんぽう》もぴたりとわたしに合うはず。まさか〝青ひげ〟[*20]の妻みたいになったりしないわよね？　それとも……。

あれこれ想像していたらつかれてしまい、ベルはベッドに横になった。見たところ、ベッドはただのベッドのようだ。

「ご親切にありがとう。でもディナーへは行かない」

「まあ！」衣装《いしょう》だんすがおどろきの声をあげた。「行かなきゃだめですよ！」

「いやよ。囚《とら》われの身になると誓《ちか》ったけど、約束したのはそれだけよ。したくないことまで、しなきゃいけないわけじゃないでしょ」

ほんとうは、囚われの身で好き勝手なふるまいなどできないことは、ベルにもわかっていた。深い考えがあったわけじゃない。ただ、ビーストにどのくらいの力があって、どんなことをしたら怒《おこ》るのか見きわめたかったのだ。いつかこの城から逃《に》げ出す手がかりをつかむために。

「でも……王族の招待をことわるなんて！」衣装だんすがぶつぶつといった。

「王族？」ベルはすぐさまききかえし、さっと体を起こした。「あの……ビーストは……王族なの？」

衣装《いしょう》だんすが、しまった、という表情をしたように見えた。

「つまり、ええと……」衣装だんすは口ごもった。「この件については、話してはいけないことになってるものでして」

「禁じられてるってこと？　魔法《まほう》の呪文《じゅもん》とかで？」ベルは、なんでもいいから知りたくて、衣装だんすを問いつめた。

「いえ、あの……ただ落ちぶれてしまったといいますか」

ベルはいぶかしげに片方《かたほう》の眉《まゆ》をあげた。

衣装だんすが肩《かた》をすくめるような動きをした。

「ほんとうに知るべきことは、だれかからきかなくても、おのずとわかるはずです」衣装だんすは申しわけなさそうにいった。「それに、あなたに知ってほしいことがあったら、ご主人さまはご自分でお話しになるでしょう」

「そのご主人さまって？　いったい何者？」

「とにかく」衣装だんすはしんぼう強く繰《く》りかえした。「知ってほしいことがあったら、ご主人さまがご自分でお話しになりますから」

「だったら、どういうことなら話せるの？　あなた自身のことは？　あなたはどんな種類の木でできてるの？」

「木についてくわしかったら、わたしはいまごろ斧《おの》になっていたことでしょう」とぼそりとつぶやき、衣装《いしょう》だんすはため息をもらした。「わたしの得意分野は、コルセットやリボンや流行《はや》りのしゃれたブラウス。それに、時と場所に合わせてどんな靴《くつ》をはいたらいいかとか、ガードルのひもの結び方とか、屋外のパーティーではどんな帽子《ぼうし》をかぶったらいいかとか、そんなことですよ」

ベルは頭をすばやく回転させて、衣装だんすがいったことを理解しようとした。

「わたしは田舎《いなか》育ちだし、ファッションにはあまりくわしくないの」ベルは正直にいった。「わたしぐらいの年の娘《むすめ》が、庭で開かれるお茶会に行くとしたら、どんな帽子をかぶっていったらいい？　もしも招待されたらの話だけど」

「そんなのお安いご用ですよ……幅広《はばひろ》のつばがくるりとなっているギリシア風《グレック》のかわいらしい麦わら帽子ですね。殺風景《さっぷうけい》な庭だったとしても、花や羽根飾《はねかざ》りがいっぱいついた帽子にそっとふれてあいさつしたら、とっても……」

ベルは思わず笑った。

「わたしの住むへんぴな田舎《いなか》でも、少なくともこの十年、そんな帽子《ぼうし》をかぶっているひとなんて見たことないわ。古いアクセサリーを上手《じょうず》に使いこなすマダム・バサドでさえ、そんな帽子は衣装《いしょう》だんすにしまいっぱなしのはずよ。まるで十年前に流行《はや》った帽子の話をしてるみたい」

衣装だんすが、そわそわしだした。

「なかなかするどいご指摘《してき》ですこと……でもわたしは、ああいう帽子が好みなんです。それはともかく……あなたがディナーに行かなかったら、せっかくのドレスの出番がなくなってしまいます。ディナーへ行く気になりまして？」衣装だんすが期待をこめてきいた。

「ならないわ」ベルは思い切り首を横にふった。「父さんとわたしは、思いがけずこんなところまで来てしまった。そんな運命のいたずらにさからえないなんて、うそみたいな話だし、信じられないほど残酷《ざんこく》よ。永遠にここにいると誓《ちか》ったけど、約束したのはそれだけ。あんな怪物《かいぶつ》といっしょに食事するくらいなら、飢《う》え死にしたほうがましよ」

そう言い放つと、ベルはまたベッドに横になって衣装だんすから顔をそむけた。強がってはみたものの、目に涙《なみだ》が浮《う》かんでいるのを見られたくなかったのだ。

衣装だんすはなにもいわなかった。そうしてだまっていると、ただの家具としか思えない。この家具と会話をしただなんて、自分の頭がどうかしてしまったのではないかと思えてくる。

ベルは、あることに気づいてぱっと目を開いた。

ベッドが話しかけてこないからといって、話せないとはかぎらない。窓《まど》だって敷物《しきもの》だって壁《かべ》の石だって、この奇妙《きみょう》な城にある物にはどれも命があって、話しかけてくるかもしれないのだ。いまだって、じっとこっちを見ているかもしれない……。

ベルは枕《まくら》をぎゅっとつかみ、かたく目を閉《と》じた。だったら、こっちが見なければいいんだわ。そうするよりほかに、いい考えなど浮かばない。それに、食事をしないと反抗《はんこう》してみたものの、これから先どうすればいいのかもわからない。

そのとき、扉《とびら》がキーと開く音がした。初めて耳にする鼻にかかった高めの声が、「ディナーの準備が整いました」とまじめくさった調子で告げた。

ほかの召《め》し使いだわ。きっと執事《しつじ》ね。ベルはその召し使いがどんなすがたをしているのか気になった。ブラシ、ハンガー、それともお皿？　どんなすがたをしていようと、自分をこの城に閉《と》じこめた主《あるじ》からの伝言《でんごん》なんて、ぜったいに無視《むし》する、とかたく心に決めていた。

ベルは横になったまま、うっすらと目を開けた。壁がこっちを見ている気配なんかないし、クモ一匹《いっぴき》さえ動いていない。ほっと小さく息をつく。

「失礼します」声の主《ぬし》がしつこく繰《く》りかえした。

「お客さま？」

「ディナーの準備が……」

しばらくすると、とうとう声の主《ぬし》は立ちさった。


この城がとくべつなのかもしれないが、城というのはふつうの家みたいにがたついたりしないらしい。風がどれほどはげしく吹《ふ》いても、高価な窓《まど》ガラスの向こうで風の音がするのがかすかに聞こえるだけで、きしんだり、ゆれたり、ぎしぎししたりしない。

城のなかは圧倒的《あっとうてき》な静けさにつつまれていた。

ベルはいつの間にか眠《ねむ》ってしまったようだった。生きているかもしれない物たちの気配におびえ、涙《なみだ》を流し、空腹《くうふく》をかかえ、心の底には恐怖《きょうふ》が渦巻《うずま》いている。そんな状態では、つかれるのも無理はない。ベルはふてくされた子どものように、横向きにまるくなって眠っていた。おさないころ、父のモーリスがいきなり女の子を三人連れてきたことがある。ベルを外へ連れ出していっしょに遊ばせようとしたのだ。そのときも、こんなふうにベッドでまるくなり、ふてくされていた。友だちなんてほしくなかった。父と本。それだけで満足だった。

父が、女の子たちに向かってか、その母親たちに向かってかはわからないが、口ごもりながらなにか詫《わ》びの言葉をいっているのが台所からかすかに聞こえてきた。おさないベルは口をとがらせた。「あの子たち、いじわるなんだもん」

「まずは、あの子たちを知ろうとすることが大切だよ」ベルをむかえに部屋へ入ってきた父が明るい声でいった。「だれでも、よく知らない相手にはしりごみするものだ……あの子たちにもベルのことをわかってもらわないと……ベルはいじわるなんかじゃないとね。あの子たちだっていじわるなんかじゃないさ」

「父さんだって友だちなんかいないくせに」ベルは口ごたえした。

「そうだね、近ごろはいそがしすぎて。でも……むかしはいたよ。おもしろいやつらだった」父がいった。「どうしても名前が思い出せないんだが……どんな顔だったか……まあ、ずいぶんとむかしの話だ。大事なのは、わかり合おうとすることだよ。そうすれば仲よくなれる。ものすごくこわいと思っていたひとが、じつはとてもやさしいひとだとわかることもある……時間をかけてつき合っていけばね」

おさないベルはベッドから起きあがり、父のいったことをじっくり考えた。いつだったか、ガストンがぶつかってきて、水たまりにはじきとばされたことがある……そのとき、村の仲よし三人組のうちのひとりのポーレットが、泥《どろ》をふくのにハンカチを貸してくれた。あのとき、ポーレットはいたわるような、やさしい目をしていたような気がする……。

おさないベルは涙《なみだ》をぬぐい、大きく息を吸《す》った。三人の女の子たちの名前を呼《よ》ぼうと口を開きかけたとき――。

「べつにあんな子と友だちになんてなりたくないもん」と思いもかけない言葉が耳に飛びこんできた。あの甲高《かんだか》い声はきっと、三人のうちのローレットだ。「あたしたちがここに来たのは、ママと司祭《プレートル》さまにいわれたからよ。行ってあげなきゃかわいそうでしょって」

おさないベルはまたベッドに横になった。てこでも動かないつもりだった。

「**友だちなんていらない！**」と大声でいう。

ローレットの無神経《むしんけい》な言葉に泣くまいとして、ベルは読みかけの本を手にとった。涙をこらえながら、最後に読んだところまでぎこちなくページをめくっていく。そして、大きな帆《ほ》を広げて波にもまれるスペインのガレオン船の挿絵《さしえ》のところで手をとめた。

となりの部屋から、いくつかの足音がパタパタと去っていくのが聞こえた。女の子たちは行ってしまった。このあとはもうだれにも気がねせず、好きなことをして遊ぶのだろう。あの子たちなら、白い肌《はだ》を焼きたくないといって日光を避《さ》けてすごすにちがいない。

父はため息をつき、ベッドの端《はし》にゆっくりと腰《こし》かけた。ベルが手にした本を目にしてほほえみ、首を横にふる。

「ベル、本のなかの世界だけじゃ、本物の冒険《ぼうけん》なんてできないよ。外の世界へ出ていって、もっとひとととかかわらないと……」

「父さんだって、ひととかかわったりしてないくせに」ベルはいいかえした。

「若《わか》いころはしてたさ」父がやさしい声でいった。「そのおかげで、ベルの母さんに出会えたんだ。ただじっとしてるだけでは、心から愛せるひとが転がりこんできたりしないよ。外の世界へ出ていって、人生をともにすごす相手を見つけないと」

「でも……父さんの……わたしの母さんは、わたしたちを置いて出ていってしまったじゃない。もうずっと帰ってきてない」

父は目をしばたたいた。娘《むすめ》の核心《かくしん》をついた言葉におどろいたのだ。父はおもむろにベルを両手でだきよせると、もっとおさない子にするように、ひざの上にすわらせた。ベルはさからわず、父に体を寄せた。

「危険《きけん》をおそれていたら、冒険なんてできない。失うことをこわがっていたら、すばらしいものは手に入らない。父さんはベルの母さんのおかげで人間として成長できた。それになにより、ベルを授かることができた」

父はベルの額《ひたい》にキスし、ぎゅっとだきしめた。

「ベル、おまえのためになにをしてあげられるだろう。この夢見がちな娘《むすめ》のために」

成長したベルは、ベッドの上でもぞもぞと体を動かし、夢のなかの思い出に涙《なみだ》をこぼした。ベルはとうとう本物の冒険《ぼうけん》を始めたのだ――ただし、あらゆるものを犠牲《ぎせい》にして。父、家、本、人生のすべてと引きかえに。こんなこと耐《た》えられない。

そのとき、扉《とびら》をはげしくたたく音がして、ベルはまどろみから覚めた。部屋じゅうがゆれるようなとてつもなく大きな音だ。こんな頑丈《がんじょう》な扉でなかったら蝶番《ちょうつがい》が外れていただろう。

扉の向こうから聞こえてきたのは、思ったとおりビーストの声だった。

「ディナーの席に来るようにといったはずだ！」

「食べたくないのよ！」かっとなってベルはいいかえした。自分でもおどろくほど怒《いか》りがわいてくる。夢に出てきた女の子から受けた仕打《しう》ちのせいで、いやな気分が残っていたせいもある。

「すぐに出てくるんだ。さもないと……扉をこわすぞ！」

「勝手にさわぎたてればいいわ、このおぞましいオオカミ！」ベルはわめいた。**「好きにすればいいのよ！　ここはあなたの城なんだから。なんでも思いのままよね。どうせわたしは囚《とら》われの身よ！」**

ベルはそこでいったん口をつぐんだ。廊下《ろうか》からビーストがぼそぼそとつぶやいているのが聞こえてくる。

「いっしょに食事をしないか？」ビーストがぼそっというのが聞きとれた。

「**いやよ！**」

「ディナーに……同席してもらえたら……とてもうれしいのだが。**お願いだ**」

「けっこうよ」ベルはあらたまった口調で、にべもなくことわった。

「**永遠にそこにいるつもりか！**」ビーストがわめいた。

「**そうよ！**」ベルがわめきかえす。

「**いいだろう！　勝手に飢《う》え死にするがいい！**」

「**そのつもりよ！**」

ビーストは言葉にならないうなり声をあげると、足音もたてずに去っていった。衣装《いしょう》だんすも声を発しなかった。まるでただの衣装だんすのようにじっと動かなかった。

＊17　イギリスの劇作家《げきさっか》ウィリアム・シェイクスピア（一五六四年―一六一六年）作の戯曲《ぎきょく》『テンペスト』の主人公。弟の策略《さくりゃく》で追放されて無人島に漂着《ひょうちゃく》した。魔法《まほう》の力がある

＊18　ドイツ南西部の森林地帯

＊19　ユダヤの伝説における魔法の力によって生命をあたえられた動きまわる土人形

＊20　六人の妻をつぎつぎに殺したという物語の主人公。青いひげをたくわえていたことから

10 洗礼式《せんれいしき》

モーリスは、ロザリンドほど愛せる女性はもう一生あらわれないだろうと思っていた。それほどロザリンドはかけがえのない存在《そんざい》だった……だが、ベルをだいているときに、授乳《じゅにゅう》のためにベルをロザリンドにわたさなければならなくなると、無理やり引きはがされるような気がした。ベルのきらきらと輝《かがや》く黄褐色《トパーズ》の目とぽっちゃりとしたピンクの頰《ほお》に魅《み》せられて、いつもなかなか手ばなせないのだ。

ロザリンドはモーリスとはちがった愛し方で娘《むすめ》に接していた。月日がたつにつれて、ロザリンドのはげしい愛情に娘を守ろうとする警戒心《けいかいしん》が加わっていった。

朝起きて外を見ると、放火による煙《けむり》があがっていることが日に日に多くなっていた。狙《ねら》われるのはいつもシャルマントゥの店か家だった。シャルマントゥは夜、安全に出歩けなくなっていた。シャルマントゥがこつぜんとすがたを消すことが前にも増して多くなっていたからだ。かといって彼《かれ》らの死体が見つかることもめったになかった。

行方不明者《ゆくえふめいしゃ》のリストが増えていくこともおそろしかったが、どうやってすがたを消しているのかわからないことも、さらに不安をあおった。

そんなとき、北のほうの国で蔓延《まんえん》していた疫病《えきびょう》が、とうとう、この小さな王国にも侵入《しんにゅう》した。国王と王妃《おうひ》は国境を封鎖《ふうさ》したが、どうやら手おくれだったのかもしれない。疫病のせいで命を落とすひとがあとを絶たず、国じゅうで息苦しさが増していた。

ベルの洗礼式《せんれいしき》に来てくれた友人は、ロザリンドが思っていたよりはるかに少なかった。長年のよきライバルだった魔女《まじょ》もすがたをあらわさなかった。もし来ていたら、冗談《じょうだん》で、赤ん坊《ぼう》がニンジンを嫌《きら》いになるまじないや、日光にあたるとくしゃみが出るまじないをかけるふりをしていただろう。

「七人はそろわないといけないのに」ロザリンドがやきもきしたようすでいった。両手で守るようにベルをだいてゆりうごかしている。「赤ちゃんがぶじに育つよう、まじないを唱《とな》えるには最低でも七人は必要なのよ。それがむかしからの慣《なら》わしなのに」

「ロザリンドの赤ちゃんの洗礼式《せんれいしき》に出るために、あたしはこの王国に残ってたのよ」ファウナのアドリーズがいった。町へ出てくるときにはく大きなブーツをぬいで、ヤギの脚《あし》を交差させたり伸《の》ばしたりしている。「今夜、別れのあいさつをしたら、南に向かって発《た》つつもり。〈南の島〉に、いとこたちが住んでてね。まだそこにいてくれたらいいんだけど。ロザリンド、みんなを責めないで。みんなだって、ベルの洗礼式に来たかったはず。でも、来られなかったのよ」

アドリーズからの贈《おく》り物は、どんぐりだった。そのどんぐりには、あっという間に木に成長して家族を守ってくれるよう、まじないがかかっている。ロザリンドは不安げにそのどんぐりを手のなかで転がした。

「おれはこの王国に残るつもりだよ」バーナードがいった。巨人《きょじん》のバーナードは、体をまるめないと家のなかに入れないし、友人の輪に入るときには腕《うで》をひざの下に押《お》しこみ、しゃがんでいなければならない。はっきりいって魅力的《みりょくてき》とはいえないが、それはあくまでも見た目だけだ。「おれの家族は何世紀にもわたってこの王国で暮《く》らしてきた。ここはずっと平和だった。きっとこの王国のひともそのことを思い出すはずだ。いつかはすべて終わる。こんなばかげたことは……いつもそうだったんだから」

バーナードからの贈り物は、どこにでもあるような石だった。だが、まじないがかかっているおかげで、その石を土に埋《う》めて一生懸命《いっしょうけんめい》たがやせば、かならず豊かな実りを得られるのだ。

「そう？　疫病《えきびょう》のことはどう思ってるの？　この王国の東部で、疫病が猛烈《もうれつ》な勢いで流行《はや》りはじめてるのよ」アドリーズが問いかけた。「魔女《まじょ》がこの王国を呪《のろ》っているせいだとか、薬師《くすし》が大釜《おおがま》で薬を煮《に》ているせいだとか、木の精《せい》がきこりへの仕返《しかえ》しに木でなにかつくっているからだとか、この国のひとたちが言いがかりをつけはじめるのは時間の問題だと思う。早くここを去ったほうがいい。国境での検疫《けんえき》が本格的になって逃《に》げ出せなくなる前に」

「仕返しをしようなんて考えないで、そう、協力し合えば……そして、おれたちだってこの王国の忠実《ちゅうじつ》なよき民《たみ》だという態度をしめせば、きっとだいじょうぶさ」

「協力し合う？」ムッシュ・レヴィが笑った。「〝協力し合う〟というのは、こん棒《ぼう》をもっているやつらの前に頭をつき出すという意味のべつの言い方かね？　やつらの暴力から逃《のが》れるために、わしはわざわざ森をこえて川の近くの村に書店を移したんだ」

レヴィからの贈《おく》り物はきれいな絵本だった。色とりどりの絵は、だれにも見られていないときには動いているようだった。きっと、物語も読むたびにちがう終わり方をするのだろう。

ロザリンドはレヴィのほうを向いた。「新世界へ行くっていってたわよね」

「そうだね」レヴィは、いつもかけている満月のような形をしたレンズのめがねを外し、シャツでていねいにふいた。そしてかけ直すと、赤ん坊《ぼう》をやさしい目で見つめた。「でも、きみがわしをベルのゴッドファーザーに指名したとき、この子が大きくなるまでは……すぐに会えないほど遠くには行かずに、なるべく近くで見守ろうと決めたんだよ」

ロザリンドは椅子《いす》に腰《こし》かけ、そわそわしながらひざの上でベルをあやした。すると、どこからか大きなピンクの蝶《ちょう》が飛んできて、気だるそうに翅《はね》をはばたかせながら赤ん坊《ぼう》の顔のまわりをゆっくりと舞《ま》った。それを見て、赤ん坊は手をたたいた。

モーリスは台所でティーカップやリキュールのグラスに飲み物をつぎ足しながら、みんなの会話に注意深く耳をかたむけていた。

「どこへも行きたくないわ」ロザリンドがいった。「ここが好きなのよ。大好きなひとたちもいて――」

「きみの大好きなひとたちは、ほとんどいなくなってしまったじゃないか」レヴィがきっぱりといった。「残っているのは、シャルマントゥが苦しめられていても見て見ぬふりをしたり、煽《あお》りたてたりするような者たちだけだ。わしの引っ越《こ》し先の村のひとたちは、教養はないし偏《へん》見《けん》だってもっているが、その偏見をだれかに無理やり押《お》しつけようとはしない。あのひとたちは、おもしろみには欠けるかもしれんが、まともな考えをもったナチュレルだ。決して無礼《ぶれい》なことをしない。なあ、アラリック、そうだろう？」

アラリックは肩《かた》をすくめた。「ひとは、だれだろうとたいしてちがいはないよ。ただ、だれでも良い心が勝るときと、悪い心が勝るときがあって、いまは悪い心が強くなっているやつらのほうが多くなってしまってるんじゃないかな」

アラリックからの贈《おく》り物は、きれいな形をした蹄鉄《ていてつ》だった。これをベルの部屋のドアにかけて幸運を願うのだ。

そのとき、ドアが大きな音をたてて開き、あわてたようすのフレデリックが、逃《に》げ場をさがしている案山子《かかし》のように転がりこんできた。

「おそくなってすまない」フレデリックがぼそりといった。そのいでたちはいつものように完《かん》璧《ぺき》だった。きっちりとなでつけた髪《かみ》を後ろでこざっぱりとひとつにまとめ、黒のリボンで結んでいる。

「フレデリック！　来てくれてありがとう」モーリスはよろこびの声をあげて近よると、フレデリックの肩をたたいた。「間に合わないかと思ったよ」

フレデリックは歓迎《かんげい》の言葉を、ぎこちないながらもうれしそうな笑みを浮《う》かべて受けとめた。

だが、部屋を見まわすなり、その顔がさっと青ざめた。

「あのひとが、まじないを唱《とな》える七人のうちのひとりなの？」アドリーズが目をむいてロザリンドにささやいた。

「まじないを唱える？」フレデリックがおどろいた顔できいた。「なんなんですか？　あなたたちはなにをしようとしているんですか？　ぼくは……魔《ま》法《ほう》に関することは、たとえどんなことであろうと賛成《さんせい》できない……」

「なんで魔法《まほう》を目の敵《かたき》にするのさ？」アドリーズが立ちあがり、腰《こし》に手をあてた。「見たところ、あんただってシャルマントゥでしょ？　それもきちんと教育を受けた。わたしたちを傷《きず》つけようとうろついてる無知《むち》なブタやろうとはちがうはずよ」

「まあ、まあ、みんな落ち着いて」モーリスがふたりのあいだに割《わ》ってはいった。「フレデリック、今日はベルの洗礼式《せんれいしき》なんだよ。きみには洗礼式に出席してもらおうと思っただけだ。少しのあいだでいいから議論《ぎろん》はやめにしないか。娘《むすめ》のベルのために」

その場にいた大人たちが、申しわけなさそうに赤ん坊《ぼう》に視線《しせん》を注《そそ》いだ。こんなにさわがしくても、ベルはロザリンドの腕《うで》のなかですやすやと眠《ねむ》っている。

沈黙《ちんもく》のなか、フレデリックがぎこちなく口を開いた。「贈《おく》り物があるんだ」そういって片手《かたて》を差し出す。その手には、小さくて高価そうなおもちゃの馬車がにぎられていた。

それを見て、気のやさしいバーナードでさえも、けげんな顔をした。

「まだ赤ん坊なんだ。口に入れてしまうかもしれない」バーナードは低くうなるような声でいった。

「すばらしい贈り物だ。ベルがもう少し大きくなるまで大事にしまっておくよ」モーリスはあわてていった。おもちゃの馬車を受けとり、その精巧《せいこう》なつくりにほれぼれと見入る。

「それと、ほかにも、ぼくのこの……忌《い》ま忌ましい力も贈り物のひとつに加えようと思っていて」フレデリックが決心したようにいった。「この力を使うのも、これが最後なんでね。ぼくは、この力をとりのぞく治療法《ちりょうほう》を発見したんだ！　くわしいことは、またゆっくりお話ししますが。モーリスに頼《たの》まれていたとおり、未来を見たんですよ……ベルの」

その場にいた全員が、はっとしてフレデリックを見た。

「ありがとう……」モーリスはおどろきの表情を浮《う》かべた。「でも……どうしていまになって急に？」

「どうしてって、きみは友だちだし。それに、ベルには罪《つみ》がないじゃないですか」フレデリックは骨《ほね》ばった長い指を赤ん坊《ぼう》のほうに向けた。

「罪がない、ってどういう意味よ？」アドリーズが怒《いか》りをにじませながら問いつめた。

「そんなこと、おわかりのはずですよ」フレデリックが答えた。「その子には、どんな力もありませんから。ベルは穢《けが》れがない」

「穢れがない？　あんた……」

アドリーズが足を踏《ふ》み出そうとしたが、バーナードが大きな手をその足にそっと置いた。

「まあ聞いてください。ベルの未来を見たのです。結論《けつろん》からいうと、ロザリンド、あなた方はこの王国を去るべきです」フレデリックはきっぱりといった。「いいですか、ここを出ていきなさい。疫病《えきびょう》はますます広がるでしょう。国境での検疫《けんえき》が本格的になったら、だれもこの国から出られない。事態《じたい》は……どんどん手に負えなくなっていきます。そうなったら、だれか責める相手を求めて、おおぜいのひとがあなたのところへ押《お》しかけてくる。国王と王妃《おうひ》のところへ行って、あなたの存在《そんざい》を知らせてしまったのは失敗でしたね。おろかなことをしたものだ」

「そうするしかなかったのよ、仲間のために！」

「仲間？」フレデリックが皮肉たっぷりにいった。「その仲間というのは、人間の患《わずら》い病《や》んだ異形《いぎょう》のことですか？　超《ちょう》自然の力をもつ嫌《きら》われ者の集まりのことをいっているんですか？」

「もういいだろう、フレデリック！」アラリックがさっと立ちあがった。「おれは、おまえのいう〝穢《けが》れのない〟ほうの人間だ。だが、シャルマントゥに脅《おびや》かされているなんて一度も思ったことはない。シャルマントゥはおまえの仲間でもあるんじゃないか。それをわすれるな。おまえだって、ほかのシャルマントゥと同じように、いつかはやつらに狙《ねら》われる。たとえ、やつらの側に加わろうと、うまい言葉でだましたり、哀《あわ》れな声を出して同情を誘《さそ》ったりしてもな。やつらのまねをして汚《きたな》い言葉で罵《ののし》ろうが、暴力をふるおうが、それは変わらない」

「ほんとうに見えたの？」ロザリンドがほかのことなど耳に入らないというようにフレデリックにきいた。

「ええ」フレデリックはアラリックから視線《しせん》をそらさず、片手《かたて》をベルトにあてたまま答えた。「あなたとベルは乱闘《らんとう》が起きて逃《に》げるときに、踏《ふ》みつけられてしまう。モーリスは死ぬほど殴《なぐ》られて、視力《しりょく》を失うでしょう」

フレデリックはいつものように冷静にいおうとしたが、一瞬《いっしゅん》、声をつまらせた。

「ロザリンド、いますぐここを去ったとしても、身の安全を保証できるかわかりません」フレデリックは静かな声でつけくわえた。「せめて、モーリスとベルだけでも。いまのままでは、つらく混沌《こんとん》とした未来が待ちうけているだけだ。ですが、運命から逃《のが》れられる方法がないわけではありません」

しばらくのあいだ、沈黙《ちんもく》が流れた。

「ロザリンドはできるだけのことをやったわよ」アドリーズがロザリンドの腕《うで》に手を置き、いたわるようにいった。「あなたはいつも一生懸命《いっしょうけんめい》なのよね。でも、戦いは終わり、時は移り、この王国でのわたしたちの時代も終わった。あなたがいまいちばんにやるべきなのは、この子を安全にのびのびと育てること。そして、いまわたしたちが耐《た》えているようなことは正しいことではなく、起こるべきではないし、二度と起こしてはいけないと教えることよ」

「でも、ここに残って戦うべきじゃ……」ロザリンドがモーリスを見ながらいった。どうしたらいいの？と問いかけるように。

「そうするなら」フレデリックがそっけなくいった。「すべてを失うまでだ」

11 大事なお客さま

ベルは空腹《くうふく》に負けまいとしていた。

でも、ひと寝入《ねい》りして、泣きたいだけ泣いたら、体だけでなく心も飢《う》えを感じてきた。

ずっと冒険《ぼうけん》したいって願ってきたんでしょ。ベルの心のなかで声がした。その冒険が向こうからやってきたのに、ただベッドで寝てるだけなの？

こうして目を閉《と》じて胎児《たいじ》のようにまるくなって寝ていれば、家のベッドで寝ているんだと自分をごまかすことができる。

そんなのばかげてるわ。ベルの心の声がたたみかける。いくらこのベッドがとってもきれいで寝心地《ねごこち》がいいからって、ここは言葉を話すティーポットや、おしゃべりする衣装《いしょう》だんすがいる城なのよ。『ガリヴァー旅行記』のガリヴァーは、巨人《きょじん》の王国ブロブディングナグで召《め》しかかえられて宮廷《きゅうてい》で暮《く》らすことになり、自由をうばわれたときにどうした？ すねてベッドに寝ころんでた？ いいえ。祖国《そこく》へ帰れるようにできるかぎりのことをしながら冒険を楽しんだわ！

ベルは、よし決めた、というように鼻をすすった。心の声が正しい。子どもじみたふるまいはやめなきゃ。

わたしはここに永遠にいる、と誓《ちか》った。

でも、ここっていったいどこ?

牢《ろう》じゃない――ビーストは牢からわたしを出したのだから。

この部屋でもない――ビーストはディナーに来てほしがっているのだから。

つまり、じっとしている必要はないってこと……。

ベルは深呼吸《しんこきゅう》すると、できるだけ音をたてないようにしてベッドからおりた。衣装だんすはなんの反応もしなかった。話しかけてもこなければ、人間が動くように伸《の》び縮《ちぢ》みしたり、曲がったりもしない。きしむ音さえしなかった。きっと眠《ねむ》っているか休んでいるんだろう。それとも、おしゃべりする家具が話さないときは、いつもこんな感じなのかもしれない。

服のしわをのばして顔にかかった髪《かみ》を耳にかける。そして、つま先立ちでそっと扉《とびら》のところまで歩いていって部屋の外へ出た。

まず、どこへ行こう?

ティーポットのところがいい。居場所がわかったら、またわたしに話しかけるかどうか、たしかめてみよう。

眉間《みけん》にしわを寄せて考える。たぶん……厨房《ちゅうぼう》にいるはずよ。この城よりも小さい屋敷《やしき》のことしか知らないけれど、厨房は夏場に熱がほかの部屋にとどかないようにするために、ふつうは母屋《おもや》の一階の端《はし》や地下の奥《おく》のほうにあるはずだ。階段《かいだん》を見つけたらとにかくおりてみよう。

廊下《ろうか》のふかふかのじゅうたんは、ぱっと見はきれいだったが、つま先立ちで歩くごとに、ほこりが少し舞《ま》った。足をすべらせそうなほどなめらかな石の階段をおりるとき、指で手すりにふれてみると指先が少し灰色《はい》になった。掃除《そうじ》が行きとどき、どこもかしこもぴかぴかにみがかれ、四方の壁《かべ》の燭台《しょくだい》に蜜蠟《みつろう》のろうそくが灯《とも》っていたころは、どれほどきれいな城だっただろう。

この城にいたかもしれない、さまざまな時代の王族たちを想像してみた。

まず目に浮《う》かんだのは、派手《はで》な化粧《けしょう》をしたひとたちが、スカートが大きくふくらんだドレスを身につけて、髪粉《かみこ》をつけたかつらの上に船のような奇抜《きばつ》な形の置物をのせたすがただ。刺《し》しゅう入りのシルクの扇《おうぎ》を口もとにあててうわさ話をしている。

もう少し時代がさかのぼったルネサンス期の統治者《とうちしゃ》たちは、円形のひだ襟《えり》のついた衣装《いしょう》を着て、毒《ポイズンリング》をひそませた指輪をはめ、ディナーのたびに知略《ちりゃく》をめぐらしては陰謀《いんぼう》を企《くわだ》てている。

さらにもっとさかのぼった時代では、賢《さか》しげな王と王妃《おうひ》が長い衣装《いしょう》の上にマントをはおり、どっしりとした金の王冠《おうかん》をかぶっている。この時代のひとたちは、ユニコーンやドラゴンは存在《ざいそん》すると信じていた。地図に描《えが》かれた海は端《はし》で切れていて、虎《とら》のいる国はまだ描かれていなかった。

もちろん、この城の近くに住んでいたひとたちも、むかしはユニコーンやドラゴンが存在すると信じていただろう。でも、言葉を話すティーカップのことまで知っていたひとがいた？

そう考えて、はっとした。

さっきも思ったけれど、衣装《いしょう》だんすは、ただじっとしているときは、ただの衣装だんすにしか見えない。ほかのものも目を覚ませと命じられるのを待っているだけで、じつはわたしをじっと見つめているのかもしれない。

そっと息をひそめる……薄暗《うすぐら》くて気味の悪い隠《かく》れ家《が》に迷いこんでしまった子どものように。夜のベッドやだれもいない道で、あの影《かげ》は怪物《かいぶつ》だろうか、それとも父さんだろうか、と息を凝《こ》らしていたおさないころの自分のように。

えっ？　いまの音はなに？

叫《さけ》び声が出ないよう口に手をあてた。心臓《しんぞう》が飛び出さんばかりに脈打《みゃくう》っている。

「だいじょうぶ、危険《きけん》なものだとはかぎらない」自分を勇気づけたくて小さく声に出してみる。

気をしずめるために呼吸《こきゅう》を整え、薄闇《うすやみ》に耳をすます。

なにも聞こえない。

音が聞きとれるように、わずかに顔の向きを変えた。ほかのことはともかく、狩《か》りの腕前《うでまえ》だけは一流のガストンだったら、きっと難《なん》なく獲物《えもの》にしのびよっているだろう。

また音がした。

近くからじゃなくてもう少しはなれたところだ。向かおうとしている方向から、話し声や食器を片《かた》づける音がする。ほっと肩《かた》の力をぬいた。心配ない、こわがるような音じゃない。

さらに進んでいくが、足取りはまだびくびくしている。

近づくにつれ、音がどんどん大きくなっていき、言い争う声も聞こえてきた。でも、よかった。ビーストの声じゃない。ポット夫人だ。それとあの鼻にかかった高めの声は、さっき部屋まで呼《よ》びにきてくれた声と同じ。きっと執事《しつじ》よね……。

石の階段《かいだん》をおりきると、そこは半地下になっていて、つきあたりにある部屋の開きっぱなしの扉《とびら》からおいしそうなにおいがただよってきた。空気もほんのりあたたかい。扉のそばまで行き、なかをそっとのぞいてみる。

数メートルはなれたところにテーブルが見えた。なんてわくわく、どきどきする光景なのかしら！

ティーポットと置き時計と小さな枝つき燭台《しょくだい》が、おしゃべりに夢中になっている子どものように、うなずいたり身ぶりをまじえたりしながら生き生きと話しているのだ。

ベルはきゅっと唇《くちびる》をかみしめた。ずっと追いもとめていた冒険《ぼうけん》が、いま目の前にあるんだわ。わたしの頭がまともであれば、の話だけれど。

「ご主人さまも、すぐお怒《いか》りになるのを直していただかないと。そうでなきゃ、とてものろ……」

ベルはこほんと咳《せき》をした。

すると、三つの物たちがはっとだまりこみ、いっせいにベルのほうを向いた。フランスの劇《げき》作家《さっか》のモリエールの戯曲《ぎきょく》で、悪だくみをしているところを見つかった召《め》し使いたちのように。

「お目にかかれて光栄です、お嬢さま《マドモアゼル》」置き時計がいった。その声は、さっきベルの部屋の扉《とびら》のそばで聞こえた声と同じだった。置き時計は木製の台座《だいざ》をゴムのように伸《の》び縮《ちぢ》みさせながらのそのそとベルのほうへやってくると、文字盤《もじばん》の下の両わきについた金色の木の飾《かざ》りを腕《うで》のように広げ、小さく――でも優雅《ゆうが》に――おじぎした。

なんて不思議なのかしら、とベルは思った。木の飾りが腕のようになるなんて。それもごく自然に。

「執事《しつじ》のコグスワースと申します」

コグスワースは小さな金色の腕を伸ばしてベルの手をうやうやしくとり、引きよせて手の甲《こう》にキスしようとした。

枝つき燭台《しょくだい》が、あわててベルとコグスワースのあいだに割《わ》りこんだ。枝つき燭台の枝は三本に分かれていて、真ん中の一本が頭と胴体《どうたい》で、左右の二本が腕、その先の火の灯《とも》ったろうそくが手のようだ。

「この者はルミエールと申します」コグスワースが不満げに、ふんっと鼻を鳴らして紹介《しょうかい》した。

「はじめまして、いとしいひと《アンシャンテ・マ・シェリ》」とあいさつすると、ルミエールはベルの手の甲にキスした。

一瞬《いっしゅん》、ルミエールがふれたところが火の粉《こ》があたったかのように熱くなった。でも、不快《ふかい》な熱さではなかった。

ルミエールが勝ちほこったようにコグスワースを見ると、コグスワースはむっとして、さらにベルとルミエールのあいだに割《わ》りこもうとした。

ルミエールはそれをじゃましようと、火が灯る手でコグスワースにちょっとふれた。

「熱い！」コグスワースが甲高《かんだか》い声をあげる。

ベルは笑っていいのか同情していいのかわからなかった。この召《め》し使いたちって大人？　子ども？　それとも、大人とか子どもとか関係ない生き物なの？

コグスワースは気をとり直して、乱《みだ》れた口ひげを整えるように長針《ちょうしん》と短針《たんしん》をひゅっと動かすとベルにたずねた。「なにかお困《こま》りのことはございませんか。枕《まくら》をもうひとつご用意いたしましょうか。それとも室内履《しつないば》きを……」

「あの……」ベルは口を開いた。「じつは、少しおなかがすいてるの……」

「いまの聞いた？」ティーポットのポット夫人が嬉々《きき》としてほかの召《め》し使いたちにいった。「おなかがすいてるんですってよ。さあ、かまどに火をつけて、銀食器を用意して、磁器《じき》たちを起こしてちょうだい！」

にわかに厨房《ちゅうぼう》がさわがしくなり、ベルはびっくりした顔でそのようすをながめた。

厨房じゅうの物が、ごそごそといっせいに動き出したのだ。磁器が安らかな眠《ねむ》りから目覚めたかのように身じろぎする。皿は息を吹《ふ》きかえしたみたいにふるえ、ティーカップはガラス戸のついた食器棚《しょっきだな》のなかで外に出ようとはずんでいる。厨房の奥《おく》にあるかまどにも火がついた。かまどはあくびをすると、排気管《はいきかん》になっている鉄のパイプをうれしそうにのばした。ベルはあっけにとられながらも目の前で繰《く》りひろげられる光景に見入った。読書好きなベルの頭のなかに、グリム童話の『ヘンゼルとグレーテル』の悪い魔女《まじょ》やバーバ・ヤガー[*21]など、かまどと火と魔女にまつわるおそろしい話がつぎつぎと浮《う》かんでくる。

「ご主人さまの言いつけをわすれたのか？　ご主人さまといっしょでなければ、なにも食べさせるなと命令されたではないか」コグスワースがきびしい口調でいった。

「かまうもんですか」ポット夫人がいいかえした。「おなかをすかせたお嬢《じょう》さんを放っておけるわけがないでしょう？」

「どうしてもというのだったら、水一杯《いっぱい》とパンのかけらくらいならよかろう……」

「コグスワース、あきれたやつだな」ルミエールがいった。「このお嬢《マドモアゼル》さまは囚《とら》われの身じゃない。大事なお客さまなんだ。とびっきりのおもてなしをしないと」

「でも、わたしが囚われの身なのは事実よ」ベルは皮肉まじりにいったが、すぐにまわりで起きている騒《さわ》ぎに気をとられた。鍋《なべ》は自分でかまどの上にのぼり、ふたのすきまから湯気《ゆげ》を出してカタカタと音を立てている。かまどが息をとめて空気をためこむと、とつぜん火が勢いを増して炎《ほのお》の色が濃《こ》くなった。かまどが、ぶつぶつと文句《もんく》をいいはじめる。せっかくごちそうを用意したのに、だれも手をつけないからすっかり冷めちまったじゃないか……。

銀のナイフとフォークとスプーンが小さな兵隊のようにテーブルの向こうからベルのほうへ

行進してきた。磁器《じき》たちはベルの前にいちばん乗りするために、われ先にとつつき合いながら向かってくる。マスタードやチャツネなどの調味料《ちょうみりょう》が入った小さなつぼたちが棚《たな》からつぎつぎと飛びおり、銀の盆《ぼん》の上に見事《みごと》に着地する。

ありとあらゆる物――ほんとうだったら動いたりしない物――が厨房《ちゅうぼう》じゅうを動きまわっている。ベルは目がまわりそうだった。不思議どころの話じゃない。

「あっ、それはけっこうです……」とベルはうっかり口走《くちばし》りそうになった。銀色の脚《あし》を動かして進んできたかごが、クモのように見えておどろいたのだ。でも、かごに入っていたのは焼きたてのまるいパン《ブール》だった。パンの皮の割《わ》れ目から湯気《ゆげ》が立ちのぼり、おいしそうなにおいがただよってくる。

「立ったままで食べるなんていけませんよ、いとしいひと《マ・シエリ》」ルミエールが手ぶりですわるようにしめすと、椅子《いす》がすーっと動いてベルはすとんとその上に腰《こし》をおろした。すわり心地はよかったが、なんだか落ち着かない。いろいろな料理からただよういいにおいが部屋じゅうに立ちこめて、頭がくらくらしてきた。妖精《ようせい》の出てくるおとぎ話なら、出されたものは食べないほうがいいことになっている。食べたら永遠にとらわれたままになってしまうから……。

でもよく考えると、妖精がパテなんて出さないわよね？

「ご主人さまは少し……乱暴《らんぼう》なところがおありになるけれど」ルミエールがさりげなく話しはじめた。「長いことだれにもお会いにならなかったから……マナーも少し古くさいかもしれない。でも、あなたとディナーをともにしたいと心から願っておいでですよ」

「でも、父さんを牢《ろう》に放りこんだのよ。なんの罪もないのに。それにわたしを身代わりにしてこの城に閉《と》じこめた。マナーが古いどころか、こんなの海賊《かいぞく》のすることよ」ベルはしゃべり出したらとまらなかった。「それに、かぎ爪《づめ》や牙《きば》まであ――」

「グジェール*22を召《め》しあがれ」ルミエールがベルの口にぽんとグジェールを投げいれた。ルミエールの火であたたまっていたグジェールは舌《した》の上でふわりととけた。こんなにおいしいグジェールは食べたことがない。ベルや父が焼くと、いつも石みたいにかたくなってしまうのだ。

「わあ、おいしい……」ベルは思わず顔をほころばせた。

「お客さまをおもてなしするのは何年ぶりかしら！」上機嫌《じょうきげん》のポット夫人がテーブルの上でおどるようにくるくると動いた。注《つ》ぎ口《くち》でたたんだナプキンをベルのひざの上にぽんと投げる。白鳥の形に折りたたまれているナプキンがひざの上に落ちたとたん、ぱっと優雅《ゆうが》に広がった。ベルは思わずびくりとした。ほんとうに白鳥が飛んできたのかと思ったのだ。

「なにがなんだか、さっぱりわからないわ」ベルは小さくつぶやき、テーブルの上にならんでいるごちそうに目を向けた。

こんなにたくさん……ディナーというより豪華《ごうか》な晩餐会《ばんさんかい》みたい。

子羊のもも肉のロースト、何層《なんそう》ものテリーヌ、スフレ、三種類のスープ、魚の白ワイン煮込《にこ》み、お口直しのオレンジシャーベット……。

それから水用のグラス、赤ワイン用の金色のグラス、白ワイン用のクリスタルグラス、コンソメスープ用のカップとソーサーもある。さらに七本ものフォークが大きいものから順にならんでいて、歯の数もそれぞれちがう。小さいほうの三本はなにに使うのか、ベルにはわからなかった。

ビーストがこんな豪華なディナーを用意させたのは、わたしのため？　城に閉《と》じこめたお詫《わ》びとして？　父さんにひどい仕打《しう》ちをした償《つぐな》いとして？

もしかしたら……ルミエールたちのいうとおりなのかもしれない。ビーストは礼儀《れいぎ》正しく招待する方法を知らないだけなのかもしれないわ。

いいえ、そんなはずはない。

ベルは首を横にふった。誘拐《ゆうかい》されたひとが誘拐犯《はん》に同情や共感を抱《いだ》いてしまう場合がある、と本で読んだことがある。一種の心を守る反応と考えられていて、科学的にも説明できるらしい。

いまは十八世紀。理性の時代だ。それなのにビーストは、無断《むだん》で城に侵入《しんにゅう》したというだけの理由で父さんを牢《ろう》に放りこんだ。父さんのしたことは、そんな仕打《しう》ちを受けるほどの過《あやま》ちではないはずよ。監禁《かんきん》はフランスの法律違反《ほうりついはん》だ。たとえ、ここがパリやベルサイユから遠くはなれた、外の世界から存在《そんざい》をかくされた城だとしても。

でも……。

スープのひとつは澄《す》んでいて、海の香りがほんのりとただよってくる。といっても、まだ海に行ったことはないけれど……。スープにひたそうとパンをちぎると、落ちたパンのかけらがスープのなかでとけてカスタードのように広がった。

テリーヌは濃厚《のうこう》で、小さなスプーンひと口だけでも満足感を味わえた。

ベルと父はぜいたくな食事はしていなかったものの、じゅうぶんな栄養はとっていた。肉も週に一度か二度は食べていたし、母の庭で生いしげるハーブが料理の味をより引きたててくれる。フランス人らしく、ふたりともできる範囲《はんい》で食にはこだわってきたつもりだ。

とはいえ、クリスマスでさえ、こんなに豪勢《ごうせい》な食事をしたことはない。

ベルはふと、自分が夢中になって食べているのに気づいた。まるで、おとぎ話の世界で魔法《まほう》の料理をたらふく食べさせられ、おなかが破裂《はれつ》したり、太りすぎて逃《に》げられなくなったりする登場人物のように。

ベルの頭のなかで声がした。それは、ベルが母の声はこんなふうだろうと思っている声だった。

〝ベル、見たこともないようなとびきりぜいたくな料理をそんなに食べたら、おなかをこわすわよ〟

その声のおかげで冷静さをとりもどしたベルは、食べるのをやめ、ナプキンで口をふきながらたずねた。「わたしのために、こんなにたくさんつくってくれたの？」

「ええ、そうですよ」ポット夫人の磁器《じき》の頬《ほお》がぽっと赤くなった。「だってあなたは、久しぶりのお客さまですもの。もう何年ものあいだ、このほこりっぽい城ですることもなく、もてなすひともなくすごしてきたんですからね」

「もてなすひともなく？　でも、あなたたちのご主人さまがいるでしょう？」

「ご主人さまは手の込《こ》んだ料理はお求めにならないし、召《め》し使いたちにもあまり用事をお申しつけにならないんだ」ルミエールが自分のろうそくの火に見とれながら、さらりといった。「まあ、あまり手のかからないご主人さまというか」

「ちゃんとベッドで寝《ね》ようとさえなさらないのよ」ポット夫人が遠慮《えんりょ》のない口調でいった。「やわらかくてあたたかければ、どこだろうと子猫《こねこ》のようにまるまってお眠《ねむ》りになるの」

コグスワースが目の役割《やくわり》をしているらしい数字でポット夫人をちらりと見た。雇《やと》い主《ぬし》についてこんな話をするのをよく思っていないのがひと目でわかる。

だからといって、やめなさい、ともいわなかった。

「この城には人間の召し使いはいないの？」

「なぜそんなことをおたずねになるのですか？」コグスワースが少しむっとした声でいった。

「人間の召し使いのほうがよろしいとでも？」

「わたしたちだけで、なんでもできるんですよ」ポット夫人がやさしく説明した。「羽《は》ぼうきはおだてないとなかなか動かないし、モップにきちんと仕事をさせるには、わたしが目を光らせてないとだめですけどね。この城のたいがいの仕事は自分たちだけでなんとかなります。といっても、たいしたこともしてないんですが、この……」

「十年？」ベルがさりげなくきいた。

「そう、十年」とポット夫人は答えたが、思い出にひたっているのか、コグスワースとルミエールがポット夫人を見つめながら必死に頭をふっているのにも気づいていない。

「どうして十年なの？　十年前になにがあったの？」ベルはたずねた。

召《め》し使いたちは警戒《けいかい》するように顔を見合わせた。

「とにかく、なにしろ久しぶりですし、お客さまをおもてなしできるのは、まことに光栄なことでございます」コグスワースがいった。

「なにか、かくしてるのね」ベルはため息をついた。

ルミエールがなにか言い出しそうな気配を見せる。

「もうこんな時間でございますね」とコグスワースがすかさずさえぎった。自分の顔をのぞいて時間を確認《かくにん》しようとしているかのように、おかしな具合に顔をのばしている。「お話の続きは、またつぎの機会にということで。そろそろベッドにおもどりになりませんか？」

「でもぉ、今夜はとても眠《ねむ》れそうにないわぁ」ベルはふざけて、わざと間《ま》のびした声を出した。おいしい料理も高価なワインもまだ胃《い》のなかでぬくぬくとしている。おなかもいっぱいになり、休息もとってベルは気が大きくなっていた。それに、おしゃべりする物たちといっしょにいられるなんて、これ以上のもてなしがある？「ほんとうにおいしかったわ。ありがとう。でも、城のなかを見てまわりたいの。なんといっても、これからずっとここに閉《と》じこめられるんですから。一生」

「一生といっても、とらえ方によるんじゃないですか」ルミエールがしたり顔でいいながら、火の灯《とも》った手をぐるぐるとまわした。「このろうそくが燃えつきるまで一時間。ろうそくにとっては、その一時間が一生だ。いとしいひと《マ・シェリ》、この城を見てまわりたいのでしたら、ぜひとも、おともいたしますよ」

「それはどうだろう。あまりいい考えとは思えないが」コグスワースがあわてていった。「城のなかを勝手にうろうろされては……とくにあの場所は……」

「案内してくれるでしょう?」ベルはそういうと、コグスワースの文字盤《もじばん》の下をくすぐった。コグスワースはおさない子どものように、くすくすと笑い声をあげた。「だってあなたなら、城のすみずみまで知ってるはずだもの」

「それはまあ、もちろんそうですが」コグスワースの声にはまだ笑いがまじっている。「わたくしの知識をお伝えできるのは、よろこばしいことでございます。まあいいでしょう。さあ、どうぞこちらへ」

コグスワースはテーブルから飛びおりると、厨房《ちゅうぼう》をのそのそと歩いて廊下《ろうか》へ出た。

「厨房は」コグスワースが話しはじめた。「たいていの城がそうであるように、いちばん古い時期に建てられた建物のなかにあります。厨房の奥《おく》のほうの壁《かべ》に印があるのを発見したのですが、ひょっとしたらこの印はローマ時代にまでさかのぼる……」

ルミエールが真ん中のろうそく（頭だと思う）をベルのほうへかしげて感心したようにいった。

「いとしいひと《マ・シェリ》、一瞬《いっしゅん》にして、あの気むずかしいコグスワースを説得してしまうなんてたいしたもんですよ。お見それしました」

「ひとは見かけによらないっていうでしょ」とベルはいいかえし、コグスワースのあとをついて廊下《ろうか》に出た。

ルミエールが大笑いすると、火の粉《こ》がぱっと石の床《ゆか》に飛び散った。

＊21　森のなかの、ニワトリの脚《あし》の上にたつ小屋に住むとされる妖婆《ようば》。妖婆の脚は骨《ほね》だけ、臼《うす》にのって杵《きね》でこぎながら空を飛ぶといわれ、ロシアの昔話には欠かせない存在《そんざい》

＊22　シュー生地にチーズをまぜて焼きあげたおつまみ

12 避《ひ》難《なん》

　モーリスは荷車に必要な物をのせられるだけのせ、手に入れたばかりの子馬に引き具でつないだ。そして、住みなれたこぢんまりとしたアパートメントに涙《なみだ》ながらに別れを告げると、家族そろって新しい家に向かって出発した。

　モーリスとロザリンドはレヴィの助言にしたがって、退屈《たいくつ》ではあるがのどかで小さな村へ引っ越《こ》すことに決めた。レヴィが書店を開いている村だ。友人や刺激的《しげきてき》な生活を手ばなす代わりに、ニワトリを飼い、毎日の天気を気にかける、そんな安らかな田舎《いなか》の農場での暮《く》らしが始まろうとしていた。その村にはシャルマントゥはほとんどいない。ベルは魔《ま》法《ほう》使いや魔法の鏡とは縁《えん》のない、けれど王国にはびこっているような暴力や危険《きけん》とも無縁《むえん》のこの村で成長していくのだろう。

　ひとの往来《おうらい》がはげしい通りを山のような荷物を積んだ馬車で進んでいくのには神経《しんけい》を使ったが、それだけでなく、立ちどまってこっちを見つめるひとたちの視線《しせん》も気になった。そのころにはもう、ロザリンドのことを知らないひとはほとんどいなかった。シャルマントゥのロザリンドが町を出ていくのを見て、足をとめるひともいれば、勝ちほこったようににやりと笑うひともいた。

道がだんだん上り坂になり、森へ近づくにつれ周囲は静かになった。だが、森の国境には衛《えい》兵《へい》がいて、行く手をふさいでいた。

「なにかあったんですか？」モーリスがなにも知らないふりをしてたずねた。

「国境は封《ふう》鎖《さ》されている。疫《えき》病《びょう》がおさまるまで、国王の許可なくしては出国も入国もできない」

黒い目をした衛兵のひとりは冷たい声でそう告げると、モーリスとロザリンドと赤ん坊《ぼう》だけでなく、子馬にまでするどい視《し》線《せん》を走らせた。

ロザリンドは歯ぎしりして、とっさにマントの下の榛《はん》の木の杖《つえ》をつかんだが、衛兵は少なくとも十人はいる。

「森をぬけて川をこえた先にある小さな村に、こぢんまりした農場と家を買ったんです」モーリスが愛《あい》想《そ》よくいった。「娘《むすめ》のために疫病から逃《に》げなければなりません。見てのとおり、三人とも疫病には感《かん》染《せん》していません」

「疫病から逃げるだと？」衛兵が人さし指をあごにあてながら意地の悪い声でいった。「うまい言い逃《のが》れを考えついたもんだな。シャルマントゥについて調査しはじめたとたんに疫病が流《は》行《や》りはじめたんだ。おまえらのしわざにちがいない。それなのに疫病から逃げるっていうのか」

「赤ん坊《ぼう》がいるんです」モーリスはベルを指さしながらいった。「だから、逃げなければならないんです。この子を守るために」

「疫病から逃げるなんてうそに決まってる。ひとりの娘《むすめ》をめぐってあの乱闘《らんとう》が起きた夜、そこにいるおまえの妻が魔法《まほう》で何人のナチュレルを殺したかわかってるのか？」

「そんなことしてないわ」ロザリンドが声を荒《あら》らげないようこらえながらいった。「あの乱闘のとき、わたしはあの場にいなかった。森の奥《おく》でキノコをとってたんだから」

ほかのふたりの衛兵が後ろへまわりこんで荷車を包囲《ほうい》した。モーリスはベルトのナイフに、ロザリンドは杖《つえ》に手をかけた。

そのとき、四人目の若《わか》い衛兵がしびれを切らしたように口を開いた。「小さな公園のなかにある魔法のバラ園の世話をしていたロザリンドというのは、あんたのことか？」

ロザリンドはさっとモーリスを見た。どういうこと？　わたしだけつかまえて、夫と赤ん坊だけを逃がすつもり？　それとも三人ともとらえられてしまう？

どちらにしても、ここでうそをついても意味がない。

「そうよ」ロザリンドは答えた。

若い衛兵はロザリンドをじっと見つめた。その目からはなんの感情も読みとれなかったが、ほかの衛兵とはちがい、そこには思慮深《しりょぶか》げな色が浮《う》かんでいた。

「おれのおふくろがひどい咳《せき》で苦しんだことがあった。寝《ね》こむほどではなかったが、息をするのもつらそうで、痰《たん》に血がまじることもあった。そんなとき、あんたがバラをもってきてくれたんだ。二か月のあいだ、二週間ごとに。おふくろはバラを花びんにさし、その香りを吸《す》いこんだ。やがて、咳は出なくなった」

「思い出したわ。マダム・グエンベックね」ロザリンドはいった。「肺《はい》が弱ってたのよ。ハマナスというそぼくなピンクのバラがいちばん好きだっていってたわ。もともとは浜辺に咲《さ》くバラでね。海を見たことがないからって。でも、咳の治療《ちりょう》に使ったのは黄色のバラよ。両方ともわたしのバラ園からもっていったの」

「アラン」最初の衛兵《えいへい》がかみつくようにいった。話の流れがどこへ向かうのか気づいたのだろう。「だからなんだっていうんだ？　命令にはしたがわなければならない。だれであろうと、勝手に入国も出国もさせてはならないんだ。それに、こいつはシャルマントゥだぞ。魔法《まほう》のバラ園の世話をしていたと、本人もみとめただろう！」

アランはその衛兵を見もしないで、ロザリンドたちに手でハエを追いはらうようなしぐさをして、「立ちされ」と告げた。「行け、そして、もう二度ともどってくるな」

モーリスは無意識のうちにとめていた息を思わずふうっとはき出した。緊張《きんちょう》のあまり大きく耳鳴りがしていて、別れのあいさつすらわすれて馬車を走らせた。ロザリンドはベルをしっかりとだいていた。

「魔法を使うと、結局はその報いが自分に返ってくる……」ロザリンドがつぶやいた。

「そうだね、悪い報いだけでなく良い報いもね」モーリスがいった。

一家は新しい生活が待っている村を目指し、黙々《もくもく》と森を進んだ。木漏《こ》れ日《も》のなかを小さな白い蛾《が》が舞《ま》うと、ベルは母のひざの上でその蛾をつかもうと手をのばした。静けさのなか、刻々《こくこく》と時はすぎていった。

川にかかる橋をわたって小さな村へ入ったとき、モーリスはずっとかかえてきた重荷が少し軽くなったような気がした。自分たちはたしかに王国から逃《に》げ出した。だが、これは始まりでもある。日あたりのいい新しい家は村の外れにあるので、発明の実験のせいで出る煙《けむり》や騒音《そうおん》で村のひとに迷惑《めいわく》をかけることはないはずだ。魔法をだれかに見られる心配もおそらくない。とはいえ、世のなかがふたたび落ち着くまでは、ロザリンドは植物の世話にこっそり魔法を使うくらいで、あとは魔法のバラの改良などにいそしむことになるだろう。

村に来てから初めての月の出ていない夜のこと。ロザリンドは新しい庭へ出ると、呪文《じゅもん》を歌うように唱《とな》えながら、太陽のめぐりとは反対の左回りに庭を三周した。それがすむと、また呪文を唱えながら、魔法《まほう》のどんぐりと石を土に埋《う》めた。モーリスはひざの上でベルをだきながら、その光景をベルに見せた。こうしていれば娘《むすめ》も魔法を覚えるだろうか、と思いながら。フレデリックは、ベルはシャルマントゥではないと自信ありげにいっていたが。

つぎの日、太陽の光がさんさんと降《ふ》りそそぐなか、ロザリンドはふつうの植物を植えた。バラにハーブ、そしてさらにたくさんのバラを。

モーリスは近くの小川に、水車のような機械を急ごしらえした。ポンプで川の水を汲《く》みあげて、家のなかや庭で水を使えるようにするためだ。それから、屋根の上に小型風力発電機《こがたふうりょくはつでんき》をとりつけ、かまどで使う焼き串《ぐし》や機械じかけのスプーンなどといった台所のいろいろな物とコードでつないだ。ここでは魔法をかくさなければならないので、少しでも家事の負担《ふたん》を軽くするためだ。

モーリス一家は、昔なじみのムッシュ・レヴィの書店にできるだけ通うようにしていた。レヴィはベルをわが子のようにかわいがってくれた。いっしょに遊んではベルを笑わせ、本やきれいな鏡や小さな万華鏡《まんげきょう》といった楽しいものもたくさんくれた。だがモーリスとロザリンドは、市《いち》の立つ日にはレヴィのところへ行かなかった。にぎやかな場所で人目《ひとめ》につかないようにするためだ。うわさはいったん人の口にのぼったら最後、リンゴ酒《シードル》が樽《たる》から流れ出るように広まってしまうものだ。

アラリックはモーリス一家をおとずれてくれる数少ない友人のひとりだった。「馬を遠駆《とおが》けさせる」と理由をつけて国王の許可をとり、封鎖《ふうさ》されている国境をぬけ、川をこえ、馬で半日かけて村までやってくる。

アラリックが来てくれる日を一家は心待ちにしていた。モーリスもロザリンドも、たくさんのワインとチーズでアラリックをもてなし、椅子《いす》を寄せ合って王国の近況《きんきょう》を聞いた。だが、どれも心が寒々《さむざむ》とするような話ばかりだった。疫病《えきびょう》は王国のあまり裕福《ゆうふく》でないひとたちが住む地《ち》域《いき》にも蔓延《まんえん》しはじめていた。こういった状況《じょうきょう》になんらかの手立《てだ》てを講《こう》じることができそうなシャルマントゥは、ほとんどすがたを消していた。

ただ、心がはずむような話もあった。城の厩舎長《きゅうしゃちょう》をつとめるアラリックが、同じ城で家政婦《かせいふ》長《ちょう》をしている陽気な娘《むすめ》と結婚《けっこん》したのだ。アラリックは手帳といっしょにいつもポケットに入れてもちあるいている、その娘の小さな肖像画《しょうぞうが》をモーリスたちに見せてくれた。三人はいつかかならず、みんなで盛大《せいだい》にお祝いをしようと約束した。

ある日のこと、アラリックがとつぜん夜おそくにやってきた。ベルを寝《ね》かしつけてからずいぶん時間がたった夜更《よふ》けのことだ。

アラリックは馬にもうひとりのせていた。体は小さく、おびえた顔をしている。白目の部分まで真っ黒な目、先のほうが少し折れている長い緑の耳。小鬼《こおに》のゴブリンにちがいない。

「ごめんよ」アラリックが、部屋着のままドアを開けたモーリスとロザリンドに、落ち着かないようすでいった。「こんな夜更《よふ》けにほんとうにすまない……この友人を、今夜ひと晩《ばん》ここへ泊《と》めてくれないか。それと、明日、出ていくときにパンを用意してもらえると助かるんだが」

「もちろん、かまわないわ」ロザリンドはベルが起きてこないかベルの部屋のほうを気にしながら答えた。「あなたの友人は、わたしたちの友人でもあるんだから」

「でも、なぜだい?」寝《ね》ぼけたモーリスが、その場の微妙《びみょう》な空気に気づかずにたずねた。アラリックはあきらかに不安そうだったし、こんな夜おそくにたずねてくること自体、ふつうではない。ゴブリンの服装《ふくそう》も妙《みょう》だった。ありったけの服をあわててぜんぶ着てきたように見える。「なにかあったのか?」

「やつらがあたしを連れさりにきたのさ」ゴブリンは、特有のしわがれ声で弱々《よわよわ》しく答えた。

「ソーナがやつらを見てたんだ。全身黒ずくめで覆面《ふくめん》をかぶった二人組の男。死人みたいに物音もたてず、あたしにおそいかかろうとしたんだよ」

アラリックがかたい表情のままうなずいた。「そのソーナというネズミといっしょに城の厩《きゅう》舎《しゃ》の干《ほ》し草置き場に彼女《かのじょ》がかくれているのを見つけたんだ。シャルマントゥを標的《ひょうてき》にしているやつらの手口《てぐち》はだんだん卑劣《ひれつ》になってきている。真夜中にあらわれては、こん棒《ぼう》でシャルマントゥの頭や体を殴《なぐ》りつけ、連れさっていく。そしてだれももどってこない」

「やつらは幽霊《ゆうれい》のようにやってくる。連れさられたシャルマントゥがどうなったのかは、だれにもわからない」ゴブリンがふるえながらいった。

アラリックがゴブリンを同情のこもった目で見つめた。「これ以上王国にいたら危険《きけん》だから、連れ出さなきゃならなかった。国境が封鎖《ふうさ》されて検疫《けんえき》が強化されているせいで、だれも王国から出ることはできない。法をやぶらないかぎりね。だから……」

「なんてこと、かわいそうに」ロザリンドが悲しげに首を横にふりながらいった。「さあ、なかへ入って手と顔を洗ってちょうだい。すぐに毛布《もうふ》と紅茶《こうちゃ》をもってくるわ」

ゴブリンは礼もいわずにモーリスとロザリンドを押《お》しのけて、あたたかい部屋へ入った。いつもだったらこんな失礼なことはしない。ゴブリンはすぐに自分の失礼な態度に気づいてふりかえり、大きな黒い目に哀《あわ》れみを誘《さそ》うような色を浮《う》かべて、どうか助けてくださいとうったえるかのようにモーリスたちを見つめた。
「あたしはあの王国に、生まれたときから住んでたんだ。沼地《ぬまち》に生える薬草を売って。質のい
い薬草ばかりをね。野生のベゴニアは風邪《かぜ》にきくし、苔《こけ》は傷口《きずぐち》に湿布《しっぷ》するといいんだよ。黒魔《くろま》
術《じゅつ》や毒薬術なんて一度も使ったことはない。それはみんなわかってるはずだよ。あたしみたい
な年老いたゴブリンがそんなことはしないって！」
そういうと、ゴブリンはふらふらと奥《おく》へ歩いていった。人間のようにむせび泣きながら。

13 西の塔《とう》へ続く階《かい》段《だん》

「……そしてあきらかに問題だったのは、中世を起源《きげん》とするこの城の主塔《しゅとう》が、長いあいだに無計画に増築されていったことですね。そのせいで、左右対称《たいしょう》の設計が求められる真のバロック様式に改築することが不可能になってしまったのです。もちろん、ほかの城、たとえばフランスの建築家フランソワ・マンサールの代表作であるメゾン・ラフィット城にあるような中央の高い門《もん》や両翼《りょうよく》にある別館は……」

ルミエールは廊下《ろうか》を照らすために、ぴょんぴょんと跳《と》びはねながら先頭を進んでいた。見るからにつまらなそうなのは目新《めあたら》しいものなどひとつもないからだろう。だが、ベルは目を輝《かがや》かせながらあちこちながめていた。ジュール・アルドゥアン・マンサール*23についで本で読んだことがあり、いつか彼《かれ》が増改築《ぞうかいちく》にかかわったというベルサイユ宮殿《きゅうでん》を見てみたい、とずっと思っていて、城のつくりにはもともと興味があるのだ。それにしても、コグスワースの話はどうしてこんなに退屈《たいくつ》なんだろう。なんといったって、しゃべる時計なのよ！　もっとおもしろい話をしてくれたってよさそうなのに、どこにでもある歴史書をそのまま読んでるだけみたい。邪《じゃ》悪《あく》な魔《ま》法《ほう》使いや怒《いか》れる神々《かみがみ》の話も出てこないし、この城が魔法をかけられて、わすれられている理由についての説明もない。

「ここにある武器や甲冑《かっちゅう》は、あんまりバロック風には見えないわね」ベルはさりげなく話をさえぎり、壁《かべ》に十字にかけられた戦斧《いくさおの》に手を向けた。いまいる廊下《ろうか》にはあきらかに中世のなごりがあり、両わきにはくすんだ色の甲冑がずらりとならんでいる。動いていないはずなのに、甲冑からきしむような音が聞こえたように思えるのは、たぶん気のせいじゃない。

「ええ、おっしゃるとおりです。フランス人からゴシック様式の影響《えいきょう》を消し去るなど、とうてい無理でございましょう」コグスワースは誇《ほこ》らしげにいった。「代々《だいだい》受けついできた伝統《でんとう》を恥《は》じる必要などありませんからね」

ベルは廊下を進みながら気づかないふりをしていたが、甲冑たちがベルを追いかけて首や体を動かしているのは、もはやまちがいなかった。勇《いさ》ましい見かけはそれほどこわくないが、じろじろ見られていると思うと落ち着かない。この無遠慮《ぶえんりょ》な視線《しせん》は、あのときと同じね、とベルは思った。ベルが年ごろの娘《むすめ》になって久しぶりに市場《いちば》に行った日、村人たちがぶしつけな視線《しせん》を投げてきた。ベルに対する陰口《かげぐち》が変わったのだ。〝なんて変わった子だろう〟から〝あんなに美人でも、中身があれじゃ宝《たから》の持ち腐《ぐさ》れだね〟へと。

「直《なお》れ！」コグスワースが甲冑《かっちゅう》たちにぴしゃりといった。ベルがこまった表情を浮《う》かべているのに気づいたらしい。

甲冑たちはいっせいにガチャガチャと音をたてて、もとの気をつけの姿勢《しせい》にもどった。

玄関《げんかん》の広間に入り、大理石《だいりせき》の広い階段《かいだん》を横手に見ながら進んでいく。階段はベルの部屋がある塔《とう》へ続く階段とよく似ていた。

「この階段の上にはなにがあるの？」ベルはたずねた。

「えっ、いや、たいしたものはありませんよ」ルミエールがあわてて答えた。「お嬢《マドモアゼル》さまの興味を引くようなものはなにも……ええと、階段がずっと上まで続いているだけで……」

あやしい。

「ふーん、階段がずっと上まで続いているだけ？　だったらたしかに、わたしのような冒険心《ぼうけんしん》に富んだ人間には退屈《たいくつ》かもしれない。でも、たいしたものはないなら、べつに見にいったってかまわないでしょ？」ベルは階段に足をかけた。

「い、いけません！」コグスワースがあたふたとベルのあとを追いかけた。「上に行ったって、おもしろいものなんてなにひとつございませんよ。西の塔《とう》ほど退屈な場所はないんですから!!」

うっかり〝西の塔《とう》〟と口走《くちばし》ってしまったコグスワースを、ルミエールが真鍮《しんちゅう》の枝の先でぴしゃりとたたく。

「なるほど……」ベルはわざと間《ま》を置いてゆっくりといった。「ここがビーストのいっていた立ち入り禁止の西の塔ってわけね」

ルミエールがすかさずいった。「いや、コグスワースは……城にはほかにもっとおもしろい場所があるっていいたかっただけじゃないかな。ええと、たとえば庭とか」

「でも、外は寒いもの」ベルは階段《かいだん》をあがりはじめた。

「では、武器庫《ぶきこ》なんていかがでしょう？」コグスワースが食いさがる。「温室だってございます し」

「武器庫？　気味が悪いわ。それに、こんなに夜おそい時間だったら温室だって真っ暗じゃないかしら」ベルは階段をのぼりつづける。

「だったら……図書室はどうですか？」

その言葉にベルは足をとめてさっとふりかえった。ルミエールはベルの足をとめることができたのがうれしいのか得意げな表情を浮《う》かべているように見える。

「図書室……？」ベルはたしかめるように繰《く》りかえした。

「ええ、ご主人さまはかなりの数の本を所蔵《しょぞう》しておられるんですよ」ルミエールがもったいぶった口調で答える。

「そうそう、そうなんですよ！」コグスワースが飛ぶように近づいてきて、ルミエールのすぐとなりに立つ。そんなふたりを見ながらベルはふと思った。あんなにそばにいても火が燃えうつらないのはなぜかしら。「部屋じゅうに本がずらりとならんでいるのです！」

「ほんとに？」ベルは思わずたずねた。

本がずらりとならんだ部屋。

それこそ、ベルがずっと夢見ていたものだ。ほかの子どもたちが、大きくて寝心地《ねごこち》のいいベッドや噴水《ふんすい》があって、言いつけたことをしてくれる召《め》し使いがいるような大邸宅《だいていたく》に住みたいと夢見ているとき、ベルはいつも世界中の本を買いあつめられるだけのお金と、それを保管しておける場所がほしいと願ってきた。

コグスワースが答えた。「ええ、ええ、ほんとうですとも。さあ、まいりましょう。お望みでしたら、ひと晩《ばん》じゅう、図書室でおすごしになってもかまいませんよ。伝記に歴史書、聖書《せいしょ》などは十二か国の言語に翻訳《ほんやく》されたものがそろっていますし、冒険《ぼうけん》物語も……」

たしかにそそられる提案《ていあん》ね……。

けれど、図書室は消えたりしないはず。明日だろうと、いつだって行きたいときに行ける。それに、このふたりはなにかをかくそうとしてる。十年前、なにがあったのかも……。上に行けば、求めている答えがすべて見つかるような気がする。

わたしがこの王国や城をいままで知らなかった理由も……ビーストの正体《しょうたい》も、彼《かれ》がここにいる物たちを支配するようになったいきさつも。ここに住んでいたはずの人間はいったいどこへ行ってしまったんだろう？　どうして罪のない父親やその娘《むすめ》を閉《と》じこめることが平気で許されているの？

そして、わたしを西の塔《とう》に行かせたくないのはなぜ？

ベルはふたたび階段《かいだん》をのぼりはじめた。

ルミエールがおろおろしはじめる。「いけません……ご主人さまとお約束したじゃありませんか……」

「わたしは、永遠にここにいるとしかいわなかったわ」ベルはきっぱりといった。

これほど興味をかきたてられることに出くわしたのは生まれて初めてだ。だれであろうと、このあふれんばかりの好奇心《こうきしん》をとめることなんてできない。

＊23　フランスの建築家（一六四六年―一七〇八年）。前述のフランソワ・マンサール（一五九八年―一六六六年）はジュールの大叔父《おじ》

14 死の影《かげ》

のどかな小さい村で、モーリスは発明品の改良に、ロザリンドは魔法《まほう》をかけたバラの改良にいままでどおり取り組みながら、ニワトリの育て方や絞《し》める方法、ヤギの乳《ちち》のしぼり方、ミツバチの飼育法といった、田舎暮《いなかぐ》らしにつきものの慣れない仕事を新たに覚えていった。

ベルは夢中になって本を読んだり、裸足《はだし》で野原を駆《か》けまわったりしながらすくすくと成長し、空に浮《う》かぶ雲をながめては、畑や草木ばかりの村の向こうに広がる世界にだんだんあこがれるようになっていった。いつかは代わりばえのない日々《ひび》が繰《く》りかえされる、退屈《たいくつ》な小さい村を出て冒険《ぼうけん》してみたいという夢を胸《むね》にだいて。

一方、かつて三人が暮《く》らしていた王国では、数年前と同じようにふたたび疫病《えきびょう》が猛威《もうい》をふるい、すさまじい勢いで広まりつつあった。老いも若《わか》きも、富《と》める者も貧《まず》しい者も、男も女も関係なく、王国じゅうの人びとが病《やまい》にたおれていた。王国の民《たみ》がつぎつぎと命を落としていくなか、国王と王妃《おうひ》は城にこもり、感染《かんせん》をふせぐために城門をきっちりと閉《と》ざした。だれであろうと、召《め》し使いでさえ、勝手に出入りするのを許されなかった……もちろんアラリックも。

ところがロザリンドとモーリスとベルが暮《く》らす村では、どういうわけか疫病《えきびょう》の魔《ま》の手から逃《のが》れられていた。王国との国境が封鎖《ふうさ》されていたおかげかもしれない。あるいは、ロザリンドが魔法《まほう》でふせいでいたのかもしれない。ベルの誕生《たんじょう》祝いにもらったどんぐりはあっという間に成長してりっぱなオークの木になっていたが、その木のおかげかもしれないし、同じように村に移り住んできたべつの魔女《まじょ》がつくった特製スープがきいていたのかもしれない。

理由はなんであれ、川の西側にあるこの村の人びとは、だれひとりとして疫病にかかっていなかった。王国から逃《に》げ出したシャルマントゥが移り住んだ村は、どこも同じだった。

そして、雨の降《ふ》るある夜のこと。ホタルが入ったびんをベッドカバーの下にもちこんで本を読んでいたベルが、両親に何度も注意されてようやく寝入《ねい》ったころ、玄関《げんかん》のドアをたたく音が不吉《ふきつ》に響《ひび》きわたった。

ロザリンドとモーリスははっと顔を見合わせて、玄関へ飛んでいった。昔なじみの大切な仲間がたずねてきてくれたのかもしれないと思ったのだ。

だが、寒さに身を縮《ちぢ》めながらそこに立っていたのは見知らぬ男だった。青白い月の光を背《せ》に受け、つかれた目がいっそう落ちくぼんで見える。男は城からの使者だった。

「いますぐ城に来てください。国王と王妃《おうひ》からの命令です」

「わたしたちはもう、あの王国の民《たみ》ではないわ」ロザリンドは怒鳴《どな》りつけたいのをなんとかこらえながらいった。「だから、国王や王妃の命令にしたがう必要はないし、忠誠《ちゅうせい》をささげる義務《ぎむ》もないはずよ」

モーリスがロザリンドの肩《かた》にそっとふれた。いつものごとく、怒《いか》りよりも好奇心《こうきしん》が勝《まさ》ったのだ。「なにをお望みですか？」

使者はため息をついた。「疫病《えきびょう》がついに城壁《じょうへき》をこえました。疫病は王国内の各地で猛威《もうい》をふるい、だれかれなしに命をうばっています。このままでは城の住人も……」

「そんなことわたしには関係な……」ロザリンドの声がだんだん小さくなっていく。だれもがつぎつぎと命をうばわれていると聞いて、怒りがしぼんでいったのだ。使者の日にも不安の色が浮《う》かんでいる。この使者の大切なひとも病魔《びょうま》におかされているのかもしれない。

ロザリンドは使者からモーリスへ視線《しせん》を移した。

「行ったほうがいい。みんなが苦しい状況《じょうきょう》に置かれてるんだ。それに、城に行けばアラリックにも会える！　願ってもないことじゃないか……」

「わかったわ。夫がわたしよりもずっとやさしくてついていたわね」ロザリンドは分厚い灰《はい》色のマントをさっとはおった。「でも、城ではわたしのやり方を通させてもらう。あなたたちがどこへ行こうとそっちのやり方を押《お》しとおそうとするのと同じように」

そうしてロザリンドは夜の闇《やみ》へ消えた。あとに残されたモーリスとくたびれた顔の使者とのあいだにぎこちない沈黙《ちんもく》がただよう。

「なかで休んでいってもらいたいんですが、疫病《えきびょう》のこともありますしね」モーリスはすまなそうにいった。「代わりにお茶をお持ちしましょうか？　よかったらもちかえってください……旅のおともに」

城は、ロザリンドが最後に行ったときとはずいぶんようすが変わっていた。どこも薄暗《うすぐら》く、召《め》し使いたちはひっそりとかげにかくれるようにしていて、司祭《しさい》たちが唱《とな》える祈《いの》りの声が廊下《ろうか》に低くこもっている。立ちこめる香《こう》のにおいはむせかえるようだ。

玉座《ぎょくざ》に腰《こし》かけている国王と王妃《おうひ》はげっそりとやつれていた。王子のすがたはどこにも見あたらない。

「魔女《まじょ》よ」王妃《おうひ》が口を開いた。少しかすれてはいるが相変わらずとげとげしい声だ。「以前、国境をこえた重大な罪《つみ》はゆるしましょう。代わりに、王家の健康と城の安全を守るために、あなたの力をささげなさい」

ロザリンドは目をしばたたいた。

「えっ？」おどろきのあまり、それ以外に言葉が出てこない。

「王妃がいったことが聞こえなかったのか？」国王がきつい口調でいった。「法をおかして国境をこえ、窮地《きゅうち》にあったわが王国を見捨《みす》てて逃《に》げ出したことには目をつぶってやろうといっているのだ。われらの寛大《かんだい》さに、感謝の念をしめしてもよかろう。とにかく……この事態《じたい》をどうにかしてくれ……」国王はあたりをしめすようにハンカチをにぎった手をふった。ハンカチはいまや香水や花の香りではなく、感染《かんせん》をふせぐための塩やつんとくる薬のにおいしかしない。

「わたしは罪人《ざいにん》ではありません」ロザリンドはできるだけ落ち着いた声を出そうとした。「避《ひ》難《なん》しただけです。この……悪夢のような場所から。いま住んでいる村では、だれもうちの玄関《げんかん》にひどい言葉を書きなぐったりしませんし、シャルマントゥだからというだけの理由で仲間がとつぜんすがたを消すこともありません。あなたたちが勝手にこしらえたわたしの罪をゆるしたいのなら、好きにすればいい。でも、わたしはこの王国には二度ともどるつもりはないから、許されようが許されまいがどうだってかまわない。現状をなんとかしたいなら、ご自分で医者でも呼《よ》んでくればいい」

「ここに残っている医者どもでは……行きとどいた治療《ちりょう》ができぬのだ」国王は言葉を選びながら続けた。「フレデリックは外科医としてはまちがいなく天賦《てんぷ》の才《さい》があるが、治療師《ヒーラー》としての才はもち合わせておらぬ」

「あなたたちを救えたかもしれないシャルマントゥたちは、とつぜんすがたを消したか、ここを出ていくしかなかったのです。信心深いひとなら、あなたたちがおかした罪《つみ》を罰《ばっ》するために、神がこの疫病《えきびょう》をもたらしたと考えるでしょうね」

「なにをえらそうに」国王は傲慢《ごうまん》な話し方にもどってこう続けた。「わたしはこの国の王だ。わたしを裁《さば》けるのは神しかいない」

王妃《おうひ》が手をあげて国王をとめた。「わたくしたちを責めたければ責めればいいわ。けれど、助けてほしいのよ。どうか残されたわたくしたちを……この城に生き残っている者たちを救ってちょうだい」

「だれが救ったりするもんですか」ロザリンドは吐《は》きすてるようにいった。「シャルマントゥが自由に暮《く》らせる最後の居場所が、残虐《ざんぎゃく》な行為《こうい》のせいで失われていくあいだ、あなたたちはただ見ているだけで、なにひとつ対策《たいさく》をしなかったじゃないですか……。わたしは決して力を貸したりしない」

ロザリンドの言葉にあぜんとしたのか、つかれ果てて言葉を発する気にもなれないのかはわからないが、部屋はしんと静まりかえった。

しばらくして国王がふんっと鼻を鳴らしてこういった。「おまえを呼《よ》んだのは魔法《まほう》を使わせるためであって、説教《せっきょう》をさせるためではない。われわれをいさめようなどとは思いあがりもいいところだ。この化《ば》け物め」

ロザリンドはくるりと踵《きびす》を返し、出口に向かって歩き出した。

「待って!」王妃があわてて立ちあがった。「王子を……息子を助けてちょうだい。あなたにも娘《むすめ》がいるでしょう? この王国がどうなろうと、わたくしたちがどうなろうとかまわない。けれど、あの子にはなんの罪もない……わたくしたちがしてきたこととは関係ないのよ。だからお願い……」

ロザリンドはふりかえり、王妃をにらみつけた。「なんの罪もない? この王国で暮《く》らしていたとき、わたしの娘は母親がシャルマントゥだからというだけの理由でつねに危険《きけん》にさらされていたのよ……それなのに、あなたの息子は守られてとうぜんというわけ? 母親が王妃だからというだけの理由で?」

「お願いよ……」とつぶやき、王妃は目をふせた。

国王は顔をそむけてだまりこんでいる。

「そうね、考えてあげてもいい」ロザリンドはそっけなくいった。「少し時間をちょうだい。そのあいだ、厩舎長《きゅうしゃちょう》に会わせてほしいのよ。夫の古い友人なの」

「だれに会わせろだと？」国王が冷めた態度でたずねた。

「ここの厩舎長のアラリック・ポットよ。ずっと会っていないの。城門がかたく閉《と》ざされて、城から出るのを禁じられてしまったせいで」

「ああ、あの厩番《うまや》か。あの男ならもうここにはいない」国王はうんざりと目を上に向けた。「とつぜんすがたを消したのだ。状況《じょうきょう》がきびしくなってきたので出ていったんだろう。家族を捨《す》てて、国境をこえて逃《に》げ出したにちがいない」

「どこかで野垂《のた》れ死《じ》んでいてもおかしくないわね。とにかく、疫病《えきびょう》が原因で亡《な》くなったのではないはずよ。この城であの厩番《うまや》の死体は見つかっていないから」王妃《おうひ》が話に割《わ》ってはいった。

「いっそのこと、死んでくれてたらいいのよ。王子は日課だった乗馬ができなくて、なぐさめようのないほど落ちこんでいるわ。馬を恋《こい》しがって泣いてばかり。まったく召《め》し使いどもときたら、自分がとった行動のせいでまわりにどんな迷惑《めいわく》がかかるか考えもしないんだから」

「アラリック・ポットは逃げ出したりしない。なにがあろうと、ぜったいに」

ロザリンドの胸《むね》のうちで怒《いか》りと苦しみが嵐《あらし》のようにはげしく渦巻《うずま》く。このままここにいたら、わたしをふくむこの部屋のあらゆるものを引き裂《さ》いてしまいそうだ。

そうならないようにするためには、家に帰るしかない。ロザリンドはやりきれない気持ちをかかえたまま城を出た。

くたびれきって村の家にたどり着くと、ロザリンドはモーリスの腕《うで》のなかで、泣きながら城であったことを話した。そして、すべて話し終えると立ちあがり、疫病《えきびょう》をはらうために腕をさっとふり動かした。ベルの部屋まで歩いていき、ドアのそばで同じ動作を繰《く》りかえす。すると、緑色の光が空中にぱっとあらわれ、蔓《つる》のようにあとを引きながらゆっくりと床《ゆか》に落ちた。これでもう安心だ。

モーリスはロザリンドの肩《かた》にふれ、しんみりとした口調でこういった。

「きみが力を貸さないと決断した気持ちはよくわかる。アラリックのことを聞いたらなおさらだ。だが冷静に考えれば、ほかにもっといいやり方があったんじゃないか」

「国王も王妃《おうひ》もわたしの仲間を……王国の民《たみ》を守ろうとはしなかった。自分の国の民なのに。あらゆる行動には結果がともなう。魔法《まほう》を使うと、結局はその報いが自分に返ってくる。それは魔法だけでなく、ひとの行動でも同じよ。責任の重い立場にいるひとであればあるほど、その行動がおよぼす影響《えいきょう》は大きくなる。生きのびられたら、あのひとたちも身をもって知ることになるでしょうけど」

「だが、死んでしまったら知りようがないだろう？」モーリスはやさしく諭《さと》すようにいった。

ロザリンドは答える代わりに、指を小さくふりはじめた。

すると、森の奥《おく》の城にいる人びとの上に、きらきらと輝《かがや》く銀色の光がバラの花びらが舞《ま》い落ちるように降《ふ》りそそいだ。だれもこの銀色の光と魔女《まじょ》と発明家が、どう関係しているかなど知るよしもない。

「これでもう……王子は安全なのか？」モーリスはたずねた。

「ええ。召《め》し使いとその子どもたちも」

ふたりのあいだに沈黙《ちんもく》が流れる。

やがて、ロザリンドが口を開いた。「もし、わたしの身になにか起きたら……」

「なにも起こるはずがないじゃないか！」モーリスはロザリンドにキスした。「きみが疫病《えきびょう》にかかることはないだろう」

「でも、ほかのことが起きるかもしれない。なにかべつのことが……。わたしは……ベルにぶじでいてほしいの。仲間たちもみんな……」

「どうすれば、きみひとりの力でそんなことができるんだ?」モーリスはため息をもらした。「たしかにきみは、この世界でもっとも力のある魔女だろう……それでも、たったひとりでみんなを守るのはとうてい無理だ」

ロザリンドは考えをまとめながらゆっくりと答えた。「みんなの……記憶《きおく》から消せばいいのよ。わたしをふくめたシャルマントゥの記憶を。そうすれば、わたしたちはおとぎ話のなかだけに存在《そんざい》するものになって、みんなの目から永遠にすがたをかくすことができる」

「悲しいが、いい方法かもしれない」モーリスはロザリンドの腰《こし》に手をまわした。「でも、ぼくにはその呪文《じゅもん》をかけないでくれよ。どんな目に遭《あ》おうとかまわないが、きみのことはぜったいにわすれたくないんだ」

ロザリンドはそっとほほえみモーリスにキスした……

……でも、返事はしなかった。

15 真紅《しんく》のバラ

コグスワースとルミエールは階段《かいだん》の下でそわそわしながら、ベルのあとを追いかけたほうがいいだろうか……と言い争いをしていた。

ベルはそんなふたりなどおかまいなしに、どんどん階段をのぼっていく。

西の塔《とう》は城のほかの場所とはようすがちがっていた。城のなかはどこも薄暗《うすぐら》く、ひんやりとしてひと気《け》がなく、冬のどんよりとくもった日に窓《まど》を開けっぱなしにしていたかのようにじめっとしていてかびくさい。それは城のほかの場所と変わりはないのだが、ここにいると悪臭《あくしゅう》とまではいわないまでも、変わったにおいがむうっと鼻をおそってくる。まるで獣《けもの》のいる洞穴《ほらあな》や家畜小屋《かちくごや》のようなにおいだ。

ベルははっと息をのんで立ちどまった。

階段をのぼりきったところの向かい側に、壁《かべ》を埋《う》めつくさんばかりに大きな鏡があったのだ。かつてはさぞかし見事《みごと》だったにちがいないが、いまは金色の縁《ふち》にそってぎざぎざした銀色の破片《はへん》が歯のようにならんでいるだけで、鏡面はほとんど砕《くだ》けて床《ゆか》に散らばっている。破片はどれも小さくて、ベルの手のひらより大きなものはひとつもない。縁の内側に残っている指ぐらいの大きさのものから、床に散らばっている小さなかけらまで、すべてに青白く不安げな自分の顔が映《うつ》し出されている。ベルは自分がそんな表情をしていることに気づいておどろいた。

頭の奥《おく》のほうがどくどくと脈《みゃく》打ち、不安と恐《きょう》怖《ふ》と興《こう》奮《ふん》とが入りまじって、なにか重要なことがわかりそうだという予感がわきあがってくる。正しい方向に向かっているのはまちがいない。

鏡のそばに、見あげるように大きい両開きの木の扉《とびら》があった。ブロンズ製の取っ手はどこかで見たような悪《あく》魔《ま》の形をしている。ベルはためらいつつも手をのばし、ごつごつして奇《き》妙《みょう》な感《かん》触《しょく》の取っ手をつかんだ。

その瞬《しゅん》間《かん》、突《とっ》風《ぷう》が吹《ふ》きつけてきて扉が大きく開き、ベルは取っ手をつかんだままなかに引きずりこまれた。

初めは、散らかった屋《や》根《ね》裏《うら》部屋に入りこんでしまったのかと思った。酔《よ》っぱらった巨《きょ》人《じん》が通りぬけたかのように部屋じゅうに家具が散《さん》乱《らん》しているのだ。かたい木の椅《い》子《す》はなぎたおされ、布《ぬの》張《ば》りのやわらかい椅子は不思議なことに立ったままだが、不自然にまとめてわきに押《お》しやられている。敷《しき》物《もの》はその下になにかがもぐりこもうとでもしたかのようにめくりあがり、床《ゆか》には大きなかぎ爪《づめ》でひっかいたみたいな白っぽい傷《きず》が四本ならんでいる。壁《かべ》のタペストリーは折れた軸《じく》からぶらさがり、ほこりの筋《すじ》がついている。そして、あちこちに不気味《ぶきみ》な白いものが散らばっている。肉をしゃぶりつくされた骨《ほね》だ。

ここはビーストのねぐらにちがいない。ベルはそう直感した。

豪華《ごうか》な天蓋《てんがい》つきのベッドだけは、だれにもふれられないまま、もうずっと使われていないようだった。大きさからすると、子ども用らしい。四隅《よすみ》にローズウッドの高い柱があるせいで、ビーストがあそこに寝《ね》たら檻《おり》のように見えるにちがいない。使っていたのはたぶん……十歳《さい》くらいの子どもだろう。

十歳……十年……。

すべては十年前に始まった。

鼓動《こどう》が速くなっていく。

ビーストが城に押《お》しいり、ここで暮《く》らしていたひとたちを食べつくして、王子の部屋をのっとってしまったということ？

そのとき、またもや突風《とっぷう》が吹《ふ》きつけ、ぼろぼろのカーテンが怒《おこ》った亡霊《ぼうれい》のようにひるがえったので、ベルはびくりとした。月にかかっていた雲が切れて窓《まど》から青白い月の光が差しこみ、部屋がほんのりと照らし出される。すると、部屋はただ散らかっているだけではないとわかった。だれかが暴《あば》れまわったかのように、いろいろなものがこわされている。椅子《いす》のなかにはあきらかにたたきこわされたとしか思えないものもあり、すみのほうにはばらばらになった机《つくえ》もある。サイドテーブルもほとんど原形をとどめておらず、大理石《だいりせき》の天板は氷のように砕《くだ》かれている。

ベルはごくりとつばをのみこんだ。

このこわされた物たちにも命があったんだろうか。あのティーポットや置き時計と同じように。

あんなふうに生き生きとおしゃべりして、かわいらしく動きまわっていたのに、動けなくなってしまったということ？　まるで死んだみたいに。

なにがあったんだろう。

城を守るために戦いが起きたの？

城なんだから衛兵《えいへい》だっていただろうに、みんなその戦いで命を落としてしまったということ？

それとも、ビーストの怒《いか》りの犠牲《ぎせい》になっただけだろうか。

ベルは歯を食いしばりながら足を前に踏《ふ》み出した。本能は、逃《に》げろ、と告げている。でも、部屋の入り口で立ちすくんでいたって求めている答えが見つかるわけがない。窓《まど》から差しこむ月の光がはげましてくれているように思える。新鮮《しんせん》な空気を求めて部屋の奥《おく》にある窓のほうへ進んでいった。

つま先立ちになり、ネズミにかじられることなく残っている、カビだらけの服の山をよけて歩いていく。こわれた衣装《いしょう》だんすが視界《しかい》に入ったとき、思わず身ぶるいしそうになった。それは、少し小さいものの、ベルに話しかけてきた衣装だんすとよく似ていた。クモの巣におおわれ、横向きにたおれたままぴくりとも動かない。扉《とびら》の蝶番《ちょうつがい》は外れ、飛び出したひきだしはゆがんでいる。

廊下《ろうか》にあった鏡と同じくらい大きい、油絵の具で描《か》かれた肖像画《しょうぞうが》があった。キャンバスはぼろぼろに引き裂《さ》かれ、凝《こ》った装飾《そうしょく》の施《ほどこ》された額縁《がくぶち》からぶらさがっている。目を凝らすと、四本のかぎ爪《づめ》で裂《さ》かれているのだとわかった。ベルはなにが描かれているのかたしかめようと無意識のうちに手をのばし、ジグソーパズルをするように二枚の大きな断片《だんぺん》をつなぎ合わせた。若《わか》い男のひとだ。青くするどい目をしていて、王族が着るような服に身をつつんでいる……。

ベルは眉根《まゆね》を寄せた。この部屋の子ども用のベッドを使っていたにしては大きすぎるし、その子の父親にしては若すぎる。この人物はだれ？　謎《なぞ》だらけね……。

そのとき、視界《しかい》の端《はし》でなにかがきらりと光った。

そっちに顔を向けると、部屋の奥《おく》の窓辺《まどべ》に白い石の天板のついた小さなテーブルがあった。傷《きず》ひとつなく、破壊《はかい》されたものばかりが散らばる部屋で、そこだけ別世界のように見える。そのテーブルの上に、月明かりに照らされてきらめくものがふたつあった。

ひとつはきれいな銀の手鏡。

もうひとつは、釣り鐘形《ベルジャー》のガラスにおおわれた真紅《しんく》のバラだった。

16 終わりの始まり

城壁《じょうへき》も医者も司祭《しさい》も香《こう》も富でさえなんの役にも立たず、国王と王妃《おうひ》は疫病《えきびょう》にかかって死んだ。だが運命のいたずらか、王子は生き残った。城にいたほかの子どもたちも。それを奇跡《きせき》と呼《よ》ぶ者もいた。

それから一年がすぎた。疫病《えきびょう》は自然におさまっていたが、それまでにおどろくほどの数の民《たみ》が命を落としていた。

そしてついに喪《も》が明けると、戴冠式《たいかんしき》の日が決まった。新しい国王のもと、悲しみにしずんでいた小さな王国が新たなスタートを切ることをだれもが切に望んでいた。

一方、小さな村では、ロザリンドがベルのためにドレスをつくろうと奮闘《ふんとう》していた。縫《ぬ》い物はあまり得意ではなかったので、何度も針《はり》で刺《さ》して指は血だらけになったが、呪文《じゅもん》を口にする代わりに悪態《あくたい》をつきながら、縫い物を続けた。ベルの誕生日《たんじょうび》が近づいていて、気まぐれにそう思うことはこれまでにもときどきあったのだが、どうしてもなにかふつうの母親らしいことをしてやりたかったのだ。

モーリスは仕立職人《しょくにん》に頼《たの》んだらどうか、と何度もすすめた。発明コンクールに出品した自動脱穀機《だっこくき》が賞をとっていくらか賞金がもらえたので、一度くらいならささやかなぜいたくをする余裕《よゆう》があったのだ。だが、ロザリンドは頑《がん》として聞きいれなかった。

そういうわけで、外で嵐《あらし》が吹《ふ》きすさぶこの夜も、ロザリンドはランタンの明かり（鏡とレンズを使ってより大きくくっきりと見える仕組みになっている）のもと、悪態をつきながら縫い物をしていた。その心の奥《おく》には葛藤《かっとう》が渦巻《うずま》いている。

モーリスは、ロザリンドが窓《まど》をちらちらと見ているのに気づいた。嵐ではなく、東のほうを気にしているのはわかっている。

モーリスはたまりかねてため息まじりにたずねた。「どうして戴冠式《たいかんしき》なんか気にかけるんだい？　あの王国での暮《く》らしはもう過去のものだ。国王と王妃《おうひ》にも、二度ともどるつもりはないといったんだろう」

「ちがうの、ただ……わたしは……」ロザリンドは唇《くちびる》をかんだ。「あの王国を救えるとしたら、むかしのようにもどせるとしたら、すべて王子にかかってると思うのよ」

「王子が進む道のりはきびしいだろう」モーリスは声に同情をこめた。「ささえてくれる側近《そっきん》なんかもほとんど残っていない。正直なところ、王子がすべてを投げ出して大学へ入学しても、ちっともおどろかないよ。ドイツの王子なんか、よくそうしてるしね」

ロザリンドは縫《ぬ》い物を手荒《てあら》くわきへ置いた。

「王子に会いに行かなきゃ。いますぐ。国王になる前に」

「ロザリンド……」

「両親みたいになったらだめ、ときちんと伝えないと」ロザリンドは声に力をこめた。「あの王国に明るい未来をもたらすには、親切で寛大《かんだい》で、先見《せんけん》の明《めい》があって精力的で、親切な支配者が必要よ」

「親切って二回もいったよ」

「とにかく行くわ」ロザリンドは緑色のマントをつかんだ。

モーリスには、嵐《あらし》を理由に引きとめてもむだだとわかっていた。魔女《まじょ》はそういったことには対処《たいしょ》できるからだ。

「これまで、二度もなんとかあの王国から脱出《だっしゅつ》できた。だが、フレデリックがいったことをわすれたのか？」

「だいじょうぶよ、変装《へんそう》していくから」ロザリンドはモーリスにさっとキスした。

モーリスはロザリンドの両手をつかみ、自分の胸《むね》に押《お》しあてた。

「モーリス、心配しないで」ロザリンドは必死に笑顔をつくった。「ベルが目覚める前には帰ってくるから。あの子はわたしが外出したことにさえ気づかないはずよ。もどったら、みんなでベルの誕生日《たんじょうび》のお祝いをしましょう」

そのあとロザリンドは、テーブルの上の花びんにいけてあるバラをしばらく見つめていたが、やがて可憐《かれん》な真紅《しんく》のバラを一輪《りん》、引きぬいた。そのバラはこの上なく美しかったが、この家ではごくふつうのバラにすぎなかった。

モーリスが諭《さと》すようにいった。「魔法《まほう》を使うと……結局はその報いが自分に返ってくる」

「とつぜんなんなの？　そんなことくらい知ってるわ。なんでそんなことを言い出すの？」

そう言い放つと、ロザリンドは出ていった。

だが、ひと目につかない道を通っていったので、分厚い窓《まど》ガラスをはめられた黒い馬車が同じように城へ向かっていることには気づかなかった。

17 おさえきれない好奇心《こうきしん》

釣り鐘形《ベルジャー》のガラスのなかのバラは、水にいけられているわけでもないのに枯《か》れていなかった。まるで宙《ちゅう》に浮《う》いているかのようで、月の光をあびてかすかにきらめいている。

ベルはすっかり心をうばわれ、バラに近づいていった。こんなものを見たのは生まれて初めてだ。磁力《じりょく》を帯びているとか？　天然磁石《てんねんじしゃく》みたいなものなんだろうか。どういう仕組みになっているんだろう。

さらに不思議なことに、そのバラになつかしさを感じた。この花びらの色……どこかで見たことがあるような気がする。

となりに置いてある銀の手鏡には目もくれず、手をのばして釣り鐘形《ベルジャー》のガラスをそっともちあげた。

やっぱり。思ったとおりバラは落ちなかった。目に見えない糸や針金《はりがね》で釣り鐘形《ベルジャー》のガラスに吊《つ》られているわけじゃない。バラは宙に浮かんだまま、きらめきながらゆっくりと回転している。その下には散った花びらが積もっている。

ベルはバラにふれようと手をのばした。

「さわるな!」

静寂《せいじゃく》につつまれていた部屋に、とつぜんおそろしい大きな吠《ほ》え声が響《ひび》きわたった。ビーストがベルめがけて四本足で駆《か》けてくる。

だが、ベルはビーストのことなど気にかけていなかった。これがどういう仕組みなのか、知りたくてたまらなかったのだ。

ベルはバラを手にとった。

18 ベルが見たもの

　昔むかし、森の奥《おく》深くにほろびかけた魔法《まほう》の王国がありました。かつては光りかがやいていた城に、ひとりのおさない王子が暮《く》らしていました。王子は世界中のだれもが望むものはなんでももっていたのに、身勝手で、わがままで、思いやりのかけらもありませんでした。

　王子が国王になる前の、凍《こご》えるほど寒いある冬の夜、物乞《ものご》いの老婆《ろうば》が城をおとずれ、血のように赤い一輪のバラを差し出して「これと引きかえに、一夜の宿を恵《めぐ》んでほしい」と頼《たの》みました。王子は老婆のみすぼらしい身なりを見て顔をしかめ、差し出されたバラをあざ笑い、老婆を追いはらおうとしました。老婆は「外見に惑《まど》わされてはいけない、真《まこと》の美しさは心の内にこそ宿るものなのだから」と忠告《ちゅうこく》します。

　それでも王子が相手にしないでいると、雷鳴《らいめい》がとどろき、老婆はすがたを消しました。するとと、老婆がいた場所に美しい魔女《まじょ》が立っていました。髪《かみ》は王子の母親の首飾《くびかざ》りのように金色に輝《かがや》き、さまざまな海の色を映《うつ》しとったような美しいドレスを身にまとっています。片方《かたほう》の手にはまだバラをもっていましたが、太くて長い杖《つえ》をついていたほうの手には、白くて細い榛《はん》の木の杖がにぎられていました。

魔女は太陽のようにきらめき、復讐《ふくしゅう》の天使のような怒《いか》りをたぎらせていました。

「ど、どうか」王子は言葉につまりながらいい、片ひざをつきました。「お許しください……」

けれど、もう手おくれでした。魔女は王子の心に愛がないことを知ってしまったからです。そして罰《ばっ》として、王子を醜《みにく》い野獣《ビースト》のすがたに変え、王国と城と召《め》し使いたちにも強力な呪《のろ》いをかけました。

「王子よ、おまえの心には愛がない。この王国を破滅《はめつ》へと追いこんだ、身勝手で残酷《ざんこく》なおまえの両親と同じように。

おまえは二十一歳《さい》の誕生日《たんじょうび》の前夜までに、以前のすがたと同じくらい心も美しくならなければならない。そして、このバラの最後の花びらが散るまでに、だれかを心から愛することを学び、相手からも愛されなければ、おまえもこの王国も城も召し使いたちも、すべて呪われたまま、わすれさられることになるだろう――永遠に」

おのれの怪物《かいぶつ》のようなすがたを恥《は》じて、王子は城に引きこもりました。外の世界と王子をつなぐたったひとつの窓《まど》である、魔法の鏡をかたわらに置いて。

一年、また一年と時が流れていくうちに、王子は絶望にしずみ、希望を失っていきました。野獣を愛してくれる者など、どこにいるというのでしょう。

19 絶望の叫《さけ》び

ベルはうろたえ、よろめいた。まるで目の前で起きているかのようにはっきりと、心の目に真実が見えたのだ。野獣《ビースト》になった王子、呪《のろ》い、バラ。

そしてあの魔女《まじょ》は……母さん？

このバラは、うちの庭で咲《さ》いていたものだ。だからなつかしさを感じたのね。おどろきにつつまれながら、つかんでいたバラを目の前にかかげる。さっき見たまぼろしのなかの母さんもこんなふうにバラをかかげていた。

だがそのとき、月の光のもとで、とつぜんバラがくずれはじめた。花びらは散ってきらめく赤い砂《すな》のようになり、床《ゆか》に落ちる前に消えた。茎《くき》も少しずつ薄《うす》れていき、あとにはなにも残らなかった。

そして、ビーストが絶望の叫《さけ》びをあげた。

PART 2

20 逃走

城がはげしくゆれた。とてつもなく大きな雷《かみなり》が塔《とう》に落ちたかのような、すさまじい揺《ゆ》れだ。得体《えたい》の知れない音があちこちから鳴りひびく。この音を、なぜだかどこかで聞いたことがあるような気がする。どこで聞いたんだろう……。ベルは記憶《きおく》をさぐった。パリパリとバリバリの中間のような音……けれど、もっと大きい……。

そうか、氷。

凍《こお》った池が割《わ》れるときの音に似ているのだ。身を切るような寒さのなか、足を踏《ふ》み出したとたん、氷面《ひょうめん》に亀裂《きれつ》が走ってずっと先まで広がっていき、死の恐怖《きょうふ》におそわれる、あの瞬間《しゅんかん》の音に。

いま城がすべてくずれさっても、ベルはおどろかなかっただろう。だが、そうはならなかった。

「**たったひとつの希望だったのだ！**」ビーストがさけんだ。「**呪《のろ》いをとくゆいいつの希望。それが消えてしまった。台無《だいな》しにしたのはおまえだ！**」

ビーストはその場に立ちつくしたまま、わめきつづけている。その声を聞きながら、ベルはほかのことに気をとられていた。城がくずれているんじゃない。外でなにかが起きている。不安にかられて窓《まど》に駆《か》けよった。

窓から外を見ると、城壁《じょうへき》の少し先の地面から象牙《ぞうげ》色の奇妙《きみょう》なものがつぎつぎとつき出してきていた。蔓《つる》と呼《よ》ぶには角張《かくば》っていて太く、氷よりもさらにかたそうに見える。最初はなんらかの力によって、土に埋《う》まっていたシカの角《つの》や骨《ほね》が押《お》し出されたのかと思った。だが、それは不《ぶ》気味《きみ》にどこまでものびつづけている。地面から出るなりくねくねとねじれながら自由自在《じゆうじざい》に向きを変え、かたい物にふれるなり、なんであろうと巻《ま》きついて、さらに先へとのびていく。城壁にぶちあたると動きが鈍《にぶ》くなったが、すぐに壁《かべ》を這《は》いあがり、窓につく霜《しも》のように縦横無尽《じゅうおうむじん》に広がっていく。

この気味の悪い物体は、クモの巣だ。

なぜだかベルにはそれがわかった。

茂《しげ》みや枝のあいだに放射状《ほうしゃじょう》に張られ、きれいな円形や八角形などを描《えが》き、真ん中に小さなクモがひっそりといるような巣ではない。もっと厄介《やっかい》な巣だ。空気の湿《しめ》った朝に、山だろうが谷だろうが一面真っ白にしてしまう雪のように、地面や草をおおいつくしてしまうクモの巣。クモがどこにひそんでいるのかもわからない。平面的ではなく立体的で、複雑《ふくざつ》にからみ合っている。

母さんが魔女《まじょ》だったことはなぜだか覚えていないけれど、いま見たまぼろしのなかの魔女はまちがいなく母さんだ。母さんはたしか……バラや……自然のものが好きだった。

だとしたら、このクモの巣が、母さんが城にかけた呪《のろ》いだとしてもおかしくない。

ベルはふりかえってビーストを見た。

その目にうごめいているのは獣《けもの》じみた怒《いか》りだけだ。人間らしい知性はかけらも感じられない。

ビーストは両手と両足を床《ゆか》につき、狂《くる》ったように吠《ほ》えた。「**出ていけ！**」

ベルはビーストのすさまじい剣幕《けんまく》にたじろいだが、すぐにわれに返ると、ビーストを押《お》しのけて部屋から飛び出した。

ふりかえりもせず、階段《かいだん》を二段や三段ぬかしで一気に駆《か》けおりていく。玄関《げんかん》の広間に足をつくなり、息つく間もなく駆《か》け出した。

ここから逃《に》げなきゃ。

「お嬢《マドモアゼル》さま！　そんなに急いでどちらへ？　なにがあったんですか？」ルミエールが暗がりからおろおろと飛び出してきて、ベルの背《せ》に向かって呼《よ》びかけた。

「いったい、なにをなさったんですか？」コグスワースが金切り声をあげる。

「ごめんなさい」ベルは涙《なみだ》ぐんだ。「わたし……」

いたたまれない気持ちがこみあげてくる。このかわいらしい物たちをあんな怪物《かいぶつ》のいる城に置きざりにしてしまうのだ。わたしが出ていったら、ビーストのすさまじい怒《いか》りはこの召《め》し使いたちにぶつけられてしまう。ずっと追いもとめてきた冒険《ぼうけん》がここにはあったのに、始まったばかりでめちゃくちゃにしてしまった。でも、もうここにはいられない。

玄関《げんかん》の扉《とびら》を勢いよく開け、前庭を走りぬけて噴水《ふんすい》のそばをすぎ、門へ向かった。鉄の門には手首ほどの太さのクモの糸がべったりとからみついていて、門はほとんど閉《し》まりかけている。ためらいながらも手をのばして糸にふれてみた。

少しねばねばしている。

それに冷たい。

こみあげてくるはげしい嫌悪感《けんおかん》をのみこみ、両手で糸をつかんで引っぱってみる。だが、思ったとおり、太いクモの糸はびくともしなかった。がちがちにかたくて、ちっとも曲がらない。しかたなく手をはなし、門扉《もんぴ》と門扉のあいだに開いているすきまを足でこじ開けながら体を押《お》しこんでみる。すると、服がふれたとたん、べとついたクモの糸が生きているかのようにからみついてきた。

ベルは悲鳴をあげながらじたばたと手足を動かした。すさまじい音をたてて服がやぶけたが、なんとか門の向こうの地面に転がり出て立ちあがり、服についたよごれをはたき落としていると、クモの巣にできた穴《あな》はあっという間にふさがった。さっきよりも分厚くなっている。まるでクモの巣がほころびを感知《かんち》して、みずから繕《つくろ》ったように。

ベルは身ぶるいした。

ありがたいことに、忠実《ちゅうじつ》な愛馬《あいば》フィリップはまだそこにいた。異変《いへん》を感じとっているのか耳をぴんと立て、目をきょろきょろさせて、いまにも走り出しそうだ。

ベルは手綱《たづな》をつかみ、フィリップの背《せ》に飛びのった。命令されなくとも、フィリップはどうすればいいかわかっている。

華麗《かれい》にターンするなり、フィリップは森に向かって全速力で駆《か》け出した。軍馬《ぐんば》の先祖《せんぞ》が見たら、さぞかし誇《ほこ》りに思ったことだろう。長い脚《あし》が地面を力強く踏《ふ》むたびに、ひづめがその下にあるものを蹴散《けち》らしていく。このまま家にたどり着けるかもしれない。ベルの胸《むね》に希望がふくらみはじめる。フィリップは雪のなかを駆けていった。

そのとき、フィリップが急に立ちどまって前脚《あし》をあげたので、ベルはあやうく地面にふり落とされそうになった。その瞬間《しゅんかん》、目がなにかをとらえた。

オオカミだ。

もちろん、ベルが暮《く》らしている村の周囲にもオオカミはいる。空腹《くうふく》に耐《た》えかねて山や森から出てきたオオカミが、羊飼《か》いのすきをついて羊をおそうことがある。だが、そんなことはめったにないし、よほど飢《う》えていないかぎり、人間の前にあらわれることはない。人間は、銃《じゅう》というおそろしい武器をもっているとわかっているのだろう。おさない子どもをこわがらせる悪者としてオオカミが登場するのは、夜に枕《まくら》もとで語られるおとぎ話や昔話のなかぐらいだ。

いつだったか早足で横切る灰《はい》色のオオカミを、遠くから父といっしょに見たことがある。だが、いま目の前にいるオオカミは、それとは見かけがだいぶちがう。

毛は白く、体はとてつもなく大きく、赤い目が不気味《ぶきみ》に光っている。

でも、ほんとうに光っているの？　そう見えるだけかもしれない。

わたしはいま、おしゃべりする家具がいて、野獣《ビースト》にすがたを変えた王子が支配する魔法《まほう》の城から逃《に》げ出してきたばかりだ。魔法をかけたのは……わたしの母さん。

ここにいるのもふつうのオオカミじゃなく、魔法でつくり出されたものにちがいない。城から逃げ出そうとするものをとめるために。

手綱《たづな》をつかんでぐいっと引き、フィリップの向きを変えた。

オオカミたちは、身の毛がよだつようなうなり声をあげながら追いかけてくる。

ベルはフィリップにしがみついているのがやっとで手綱《たづな》をさばくことなどできず、フィリップが走っていくにまかせた。そのまま雪におおわれた池の上を、野原を駆《か》けるがごとく勢いよく進みはじめたとたん、雪の下の氷が割《わ》れて、亀裂《きれつ》がどんどん広がっていった。城で聞いたのと似た、ぞっとするような音とともに。

オオカミたちが、そうとは知らずにあとを追いかけてくる。

フィリップのひづめが氷の薄《うす》くなっている部分を踏《ふ》んだ瞬間《しゅんかん》、ベルはフィリップとともに冷たい水のなかに落ちた。フィリップが水から這《は》いあがろうと必死に前脚《あし》を動かす。

オオカミたちも、つぎつぎと氷の割れ目に落ちていく。そのうちの二頭は暗い水の底へと消えていった。

フィリップはどうにか池の縁《ふち》にたどり着き、かたい地面の上に這《は》いあがった。ベルは寒さのあまり歯をがちがちと鳴らした。靴《くつ》のなかに氷のように冷たい水がしみこんで足の感覚がない。

フィリップは首を低くし、ふたたび森のなかへ駆けこんだ。ベルは枝にぶつかったり蔓《つる》にひっかかったりしないように身をかがめた。

森の空《あ》き地《ち》に飛び出すと、待ちぶせしていた三頭のオオカミに出くわした。

まわりからつめよられてパニックを起こしたフィリップは、目をむき、はげしくいないた。

乗り手のことなどすっかりわすれて、ひづめで敵《てき》を脅《おど》そうと前脚をあげる。

そのはずみで、ベルはフィリップの背《せ》からふり落とされた。

オオカミたちが近づいてきて、フィリップの脚にかみつく。

ベルは頭をふった。ふり落とされた衝撃《しょうげき》で頭ががんがんしている。だが、それ以外には、たいしたけがはしていないようだ。よろめきながら立ちあがり、武器になりそうなものをさがしてあたりを見まわす。すぐそばに、先が二股《ふたまた》に分かれた太い枝があった。それをつかみ、フィリップを背にしてかばいながら、オオカミの前に立ちはだかる。

「近づかないで！　わたしは魔女《まじょ》の娘《むすめ》なのよ！」

ベルの言葉を聞いても、オオカミたちはなんの反応もしめさない。

すると、一頭が飛びかかってきて、ベルがにぎっている枝をくわえてうばいとった。同時にべつの一頭も胸《むね》をめがけておそいかかってきて、ベルを押《お》したおす。

ベルはフィリップのひづめのついた足に踏《ふ》まれないように転がった。

さらにべつのオオカミがせまってきて、横たわっているベルの体に足をのせた。よだれまみれの口がすぐそばに見え、黄色い牙《きば》が月の光に反射《はんしゃ》してぎらりと光る。オオカミは吠《ほ》え声をあげると、ベルをかみちぎろうと口を大きく開けた。

ベルは顔をそむけて両手で頭をかかえた。もうおしまいだ。このままかみつかれてしまう。

そのとき、体にのしかかっていた重みがふっと軽くなった。

指のあいだから、そっと薄目《うすめ》を開けてたしかめる。

ビーストがそこにいて、ベルから引きはがしたオオカミを放りなげていた。オオカミの群れよりもずっと大きな吠《ほ》え声をあげている。残りのオオカミたちが、ビーストの脚《あし》に肩《かた》にといっせいにおそいかかる。

二本足で立っていたビーストは目にもとまらぬ速さで両手をつき、水滴《すいてき》でもはらうようにオオカミたちをふりはらった。

だが、オオカミにかみつかれた傷《きず》から血が流れ出ている。

ベルは大きな木のほうへ這《は》っていき、太い幹《みき》の後ろにかくれた。

ビーストはわたしを助けてくれたということ？

月明かりに、かぎ爪《づめ》をむき出しにしたビーストのすがたが一瞬《いっしゅん》くっきりと浮《う》かびあがった。クマの爪《つめ》よりも長い、象牙《ぞうげ》色のつやつやかなかぎ爪は、オオカミの腹《はら》を切り裂《さ》いたせいで真っ赤に染《そ》まっている。

そのすがたが影《かげ》のようにかすんだかと思うと、ビーストはオオカミの群れのなかに飛びこんだ。

オオカミたちが犬のような甲高《かんだか》い鳴き声をあげる。この敵《てき》にはかなわないと気づきはじめたのかもしれない。ビーストが一頭をつかんで木に向かって投げつけると、そのオオカミはぞっとするような鈍《にぶ》い音をたてて幹《みき》にぶつかり、ずるずると地面に落ちた。ベルのすぐ目の前にずだ袋《ぶくろ》のようにぐにゃりとなったオオカミが横たわっている。ベルは思わずたじろいだ。

ほかのオオカミたちは負けをみとめたのか、すっと暗がりに消えた。

ベルはビーストを見あげた。いまは二本足で立っていて、オオカミがもどってこないように低いうなり声をあげている。体はずたずたに切り裂《さ》かれ、片方《かたほう》の耳がおかしな具合に曲がっている。もともと不自然な体つきが、さらに不格好《ぶかっこう》になったように見え、右の足もとには小さな血だまりができている。

ビーストがおもむろに口を開く……

……だが、なんの言葉も発せられないまま、ビーストは切りたおされる木のように、ベルの足もとにたおれこんだ。

21 決心

ベルは身じろぎもせず、目を見開いてビーストを見つめながら、いま起きたばかりのことを頭のなかで思いかえしていた。

ビーストは目の前で、血まみれのまま意識を失った状態で横たわっている。この大きくて不格好《ぶかっこう》な怪物《かいぶつ》は中世の独裁者《どくさいしゃ》のように、無断《むだん》で城に侵入《しんにゅう》したというだけの理由で父さんを牢《ろう》に放りこみ、わたしを父さんの身代わりにして城に閉《と》じこめた。どう考えても善良《ぜんりょう》であるはずがない。

それなのに……ビーストはわたしをオオカミから救ってくれた。

ベルはふと、雪が舞《ま》い落ちているのに気づいた。どれくらいこうしてここにすわっていたのだろう。凍《こお》りつきそうなほど体が冷たい。

フィリップは空《あ》き地《ち》の反対側の端《はし》にいた。手綱《たづな》が蔓《つる》にからまってしまっている。不安そうに鼻息をたてながら足を踏《ふ》みならしているのは、オオカミや血のにおいがまだあたりにただよっていて落ち着かないからだろう。

ベルはまばたきをして、まつげにのっている雪片《せっぺん》を落とした。戦いのショックが薄《うす》れてくるにつれ、ぼんやりしていた頭がはっきりとしてくる。濡《ぬ》れた足がかじかんで痛《いた》い。いつまでもこうしていたら、凍《こご》えて動けなくなってしまうだろう。

そろそろと立ちあがり、かじかんだ足の感覚をとりもどそうと足踏《あしぶ》みした。そして、よろめきながら空き地を歩いてフィリップのもとへ行き、寒さでこわばった手で手綱にからまっている蔓をほどきはじめた。だいじょうぶよ、とフィリップにささやきかけながらようやく蔓をほどくと、ゆっくりとふりむいた。

オオカミの死骸《しがい》のそばにビーストがぐったりと横たわり、急にはげしくなった雪がその上に白く積もりはじめている。ベルはビーストに背《せ》を向けて立ちさろうとした。

でも、このまま置きざりにしたら、ビーストは凍え死んでしまう。

わたしの命を救ってくれたのに……。

びくびくしているフィリップをなだめながら引っぱって、内臓《ないぞう》まで飛び出している血まみれのオオカミの死骸をよけながら歩いていく。意外なことに、フィリップはビーストをいやがらなかった。オオカミの死骸ほどには恐《おそ》れを感じないようだ。

だが、フィリップは雪と血でぬかるんだ地面にひざをつこうとはしなかったので、ベルはあらんかぎりの力をふりしぼり、ビーストをどうにかフィリップの背《せ》に押《お》しあげた。ビーストはフィリップの背に腹《はら》をのせた格好で両腕《うで》と両足をぶらんとさせている。ビーストにふれるときには一瞬《いっしゅん》ためらったが、脂《あぶら》ぎってべとついてはいなかったし、毛も家畜小屋《かちくごや》のにおいが鼻先をかすめたくらいで思ったほど獣《けもの》くさくなかった。猫《ねこ》みたいに毛をなめたり、犬みたいに池に飛びこんだりしてきれいにしているんだろうか？

それはともかく、どっちへ行けばいい？

雪が降《ふ》りしきるなか、あたりを見まわした。フィリップが進んでいくにまかせて森を駆《か》けぬけてきたので、ここがどこなのかさっぱりわからない。眉根《まゆね》を寄せて空を見あげたが、もちろん星は出ていない。雪が舞《ま》い飛ぶ薄闇《うすやみ》に目を凝《こ》らしたが、目印《めじるし》になりそうなものは見あたらなかった。

寒さで震《ふる》えがとまらない。

白く凍《こお》る靴《くつ》の先を見て、あのクモの巣が城壁《じょうへき》を這《は》いあがっていく光景が頭をよぎった。まるで自分が不運な田舎娘《いなかむすめ》にでもなったような気分だった。ロシアの聖人伝《せいじんでん》に出てくる、家族を養うために雪に閉《と》ざされたシベリアにとりのこされた娘のよう……。

悲劇《ひげき》のヒロインぶっている場合じゃない。とにかくなんとかしないと。もともと非科学的なことはあまり信じないわたしの性格からして、ほんとうはこんなことはみとめたくないけれど……。

なんといってもわたしは魔女《まじょ》の娘なんだから、わたしだって……魔法《まほう》を使えるかもしれない……わよね？

目を閉《と》じて、太陽がきらめくあたたかい場面を思いうかべる。青い空に白い雲。雪よ、消え去れ！

目を開いてたしかめてみたけれど、なにも起こらない。

こぶしをぎゅっとにぎり、今度は火を想像した。目の前の木が黒焦《くろこ》げになる危険《きけん》はあるけれど、とにかくやってみよう。燃えよ！

そっと目を開く。やっぱり、なにも起こらない。

「風よ！　わたしを城に連れてかえりなさい！」と強気な態度で命令したあと、こうつけくわえる。「……お願いします」

でも、なにも起こらない。

肩《かた》を落とし、ビーストをのせたフィリップの向きをのろのろと変えると、自分たちの足あとをたどって城に向かった。

とてもきびしい道のりだった。パニックを起こさないよう、足の感覚がなくなっていることについては考えず、少女たちが荒野《こうや》で凍え死《こご》ぬおそろしいおとぎ話も思い出さないようにした。わたしは魔女《まじょ》の娘《むすめ》なのよ、とひたすら自分に言い聞かせて勇気をふるいたたせた。魔女の娘であることがどんな感覚なのか、味わおうとしただけかもしれない。城で見たあのまぼろしのなかの魔女はまちがいなく母さんだった。でも、おぼろげな記憶《きおく》のなかの母さんは、美しくてやさしい笑顔に、やわらかなひざまくら……断片的《だんぺんてき》な記憶しか残っていないけれど、どれもふつうの母親だ。なつかしさと会いたい気持ちが強すぎて思い出を美化《びか》しているのかもしれないけれど、魔女らしいところなんてなかったはずだ。どうして母さんが魔女だったことを覚えていないんだろう。

ようやく城にたどり着くと、ベルは思わず息をのんだ。城壁《じょうへき》が象牙《ぞうげ》色のクモの巣でびっしりとおおわれていたのだ。クモの糸は、いまでは速度がゆるんだものの、おそろしいほど執拗《しつよう》にまだ地面からのびつづけている。

ベルが門から無理やり出たときにできたクモの巣のほころびの上には、さらに分厚く糸が張りめぐらされていた。だが、手をのばしてふれたとたん、クモの糸はぽろぽろとくずれ落ちた。はっとおどろいたが、すぐにどういうことなのか気づいた。クモの巣は城のなかにいるものを外に出さないためにある。だから、なかに入るものを阻止《そし》する必要はないのだ。

数回、軽くはらっただけでクモの糸は落ちた。門を開けてフィリップをなかに連れていく。背後《はいご》で門が音をたてて閉《し》まると、糸がすぐに門をおおいはじめた。

城の玄関《げんかん》にはコグスワースとルミエール、それに羽《はね》ぼうきのようなものがいた。絶望に打ちひしがれたようすで夜の闇《やみ》を見つめている。ルミエールは、ろうそくのついた手をなぐさめるようにコグスワースの背《せ》にあてている。悲しみがただようなかにもかわいらしいそのすがたに、ベルは思わずほほえんだ。

ベルを見るなり、みんながはっとおどろいて跳《と》びはねた。

「ビーストをなかに入れて。すぐに体をあたためて手当てをしないと」ベルは呼《よ》びかけた。

「かしこまりました《セルテヌマン》」ルミエールがきびきびとした足取りで城へ入っていく。

「ええ、もちろんですとも。すぐに手当てをいたしましょう！」コグスワースもはきはきした口調で答えた。

城のなかでは、骨董品《こっとうひん》など、ベルがそれまで見たこともなかった物もふくめてさまざまな物たちがビーストを助けようとあちこち駆《か》けまわっていた。ポット夫人も湯気《ゆげ》をたてながら、台所用品たちに熱湯と蒸《む》しタオルを用意するようてきぱきと指示を出している。

ビーストが手当てを受けるために城の書斎《しょさい》に運びこまれると、ベルは重い足取りで前庭にもどった。

「助かったわ、ありがとう。もう家に帰りなさい。父さんのところへ」ベルはフィリップのやわらかい鼻先をなで、門まで連れていった。じわじわと広がりつづけるクモの巣を見てぞっとしたが、なんとか門を開けると、さあ行きなさい、と親しみをこめて力強くフィリップのわき腹《ばら》をたたいた。

フィリップは返事をするかのようにいななき、家に向かって森のなかを駆《か》けていった。さびしさがこみあげてくる。でも、なんとしてでもやりとげる、と心に決めたことがある。

ベルは早速、行動を開始し、書斎に入っていってコグスワースにたずねた。「悪いんだけど、ロープを用意してもらえる？」

「ええ、もちろんかまいません」コグスワースが答える。「すぐにご用意いたしますが、なにお使いになるんです？」

「ビーストをしばるのよ。質問に答えてくれるまでね」ベルは声に力をこめてこう続けた。「しばるのを手伝ってくれる？」

「し、し、しばるですって？　ご、ご、ご主人さまを？」

「だって父さんを冷えきった牢《ろう》に放りこみ、わたしを身代わりにして、この城に閉《と》じこめたのよ！　それにくらべれば、こっちは暖炉《だんろ》の前でしばるといってるんだから、感謝してもらってもいいくらいよ」

いいかえそうとしたコグスワースを、ベルはじろりとにらみつけた。

「ええ、まあ……そうともいえるかもしれません……」コグスワースはしどろもどろにいった。

「しかたありませんね。たしか……食料貯蔵庫《ちょぞうこ》にあったはず……いや物置だったか……あなたには、ここにいてもらわないとこまりますし……」

コグスワースは、ほんとうにそんなことをしてもいいのだろうかというふうにぶつぶついいながら、よたよたと書斎《しょさい》を出ていった。

ベルは、せっせと立ち働いている物たちを見つめながら、自分がこんなにも早く現状を受けいれてうまく対応《たいおう》していることに少しおどろいていた。魔法をかけられた城の存在《てんざい》を知ってからまだ一日もたっていないのに、これまでずっとそうしてきたかのように、ここで暮《く》らしている物たちに指示を出しているなんて。あのとき階段《かいだん》をのぼって立ち入り禁止の西の塔《とう》に行っていなかったら、いまごろどうなっていただろう。囚《とら》われの身のままだった？　おとぎ話でよくあるようにビーストと結婚《けっこん》させられていた？

なんであれ、図書室を見る自由さえうばわれたまま……。

銀のスプーンやフォークたちがビーストにロープをかけはじめたので、ベルはしっかりと結ばれているかどうかそばにたしかめにいった。金属を買うお金がないとき、父は発明品をつくるのに革《かわ》ひもやロープを代用していたりしていたので、ベルはそれを見たり手伝ったりしていたので、なにかをきちんとしばるのは得意なのだ。

ポット夫人がワゴンにのって入ってきた。ワゴンには紅茶《こうちゃ》とブランデー、それにスープが入っている皿とふたのついた深皿もある。においからすると、ビーストはふだん、あまり火を通していない肉を食べているようだ。

ベルはビーストの傷口《きずぐち》をきれいにするのを手伝うことにした。生きたモップやほうきでも、大きさとしては問題ないのでなんとかできるかもしれないが、傷口を布でそっとふき、よごれた布をお湯でゆすぐには、わたしの指のほうが役に立つ。

母さんだったら、指を鳴らすだけで傷を治せるんだろうか？

子どものころに、けがをしたときのことを思いかえしてみたけれど、記憶《きおく》のなかで、傷に軟《なん》膏《こう》をぬったり、包帯《ほうたい》を巻《ま》いたり、早くよくなりますようにとキスをしてくれたのはいつも父さんだ。母さんがなにかしてくれた記憶はひとつも残っていない。ほんとうにいっしょに暮《く》らしていたことがあるんだろうか……。

ベルはひと息つこうと紅茶をカップに注《つ》ぎ、砂糖《さとう》をたっぷりと入れた。家では砂糖は貴重《きちょう》品《ひん》でぜいたくには使えないけれど、ここにはつややかな茶色の角砂糖《かくざとう》が山ほどある。

そういえば、魔女も紅茶をのむんだろうか？　母さんは、森からとってきた材料でつくったハーブティーみたいなものしかのんでいなかったとか？　まぼろしのなかの母さんは、ふだん森にいるような感じには見えなかった。老婆《ろうば》から魔女《まじょ》のすがたにもどったときに着ていたドレスは美しかったけれど、とても派手《はで》で、まるで現代的で裕福《ゆうふく》な女性が、高慢《こうまん》な王子に自分の魅《み》力《りょく》を見せつけようとしているかのようだった。

現代的な魔女ってどんなすがただろう？　バッスル[*24]をつけて、白いふわふわのウィッグをかぶっていて……あれこれ想像しているうちに、だんだん、まぶたが重くなってきた。そのうちに床《ゆか》にぺたんとすわりこみ、ビーストをしばりつけている大きな椅子《いす》にもたれて寝入《ねい》ってしまった。

しばらくしてはっと目を覚ますと、それに合わせるかのようにビーストも目をしばたたいた。それを見ながらベルはぼんやりと思った。へえ、ビーストにもまつげがあるのね……。

だが、眠《ねむ》りのあとのおだやかな静寂《せいじゃく》はすぐにやぶられた。

完全に意識がもどったとたん、ビーストが吠《ほ》え声をあげたからだ。立ちあがろうとしてそれができないとわかると、さらにはげしく吠えたてる。

「静かにして！　城じゅうに聞こえるわよ」ベルはきつい口調でいった。

「なぜ、城の主《あるじ》であるわたしがこのように拘束《こうそく》されているのだ。いったいなに——ううっ！」

ビーストは椅子《いす》の上でどっと力をぬいた。もがいたせいでロープが傷口《きずぐち》に食いこんだらしい。唇《くちびる》をかみ、弱った犬のようなうなり声をあげる。

「オオカミから救ってくれてありがとう」ベルはおだやかにいいながら警戒《けいかい》を強めた。ビーストがロープをほどいてしまうのは時間の問題だ。ビーストが身をよじらせるごとに、ぴんと張ったロープがすり切れていく。

「礼をいうなら、なぜわたしをしばりつけたのだ？」ビーストが不機嫌《ふきげん》な声でいいかえす。

いまのビーストだったら、きちんと話ができそうね、とベルは思った。前にもそう感じたときと同じ口調だ。不機嫌だけれど、人間らしさが感じとれる。

「それはね」ベルは指を一本ずつ折り曲げながら理由をあげはじめた。「あなたが父を牢《ろう》に放りこんだから。そして、わたしを身代わりにして、この城に閉《と》じこめたから。それに、あなたには呪《のろ》いがかけられていて、それにはきっと理由があるから。それと、ほかにも質問したいことがあるからよ」

「ふんっ、そんなことか。だったらしばりつけたってむだだ。しばろうがしばるまいが、わたしがここに永遠に閉じこめられていることに変わりはないのだから」

ビーストはそうつぶやくと、むすっとした表情で傷口《きずぐち》をなめはじめた。

「傷口をなめたりしたらだめよ」ベルはビーストの腕《うで》を軽くたたいた。

ビーストが体をびくりとさせる。「痛《いた》いっ！」

「大げさね」ベルはあきれたように目をくるりとまわした。「オオカミにかまれた傷にくらべたら、いまのがそんなに痛いわけないじゃない」

ビーストはむっつりとだまったままだ。暖炉《だんろ》のちらちらとゆれる炎《ほのお》のもとでは、怪物《かいぶつ》らしくも人間らしくも見える。頭は目をみはるほど大きいが、狼男《ルー・ガルー》を思わせるようなオオカミっぽさはない。どちらかというと毛足の長い雄牛《おうし》といったふうだ。角《つの》があるせいでそう思えるのだろう。だが、太い眉《まゆ》は表情豊かに動くし、少しはなれたところから見たら、たてがみの下のほうはあごひげに見えるかもしれない。橙《だいだい》色の炎に照らされている目には知性が感じられるが、感情は読みとれない。

「おい」ビーストがとつぜん口を開いた。「どうしてわたしに呪《のろ》いがかけられていると知っているのだ？」

「あのバラにふれたときに……ごめんなさい！」

ビーストはすぐさましゅんとなり、椅子《いす》の上で縮《ちぢ》こまった。つらそうに眉《まゆ》を寄せ、大きな牙《きば》のあいだから、弱々《よわよわ》しい泣き声のようなものをもらす。

いまなら、ビーストがどうしてあんなに怒《おこ》ったのかよくわかる。

もちろん、なにもかもわかるわけじゃない。でも、ビーストが怪物《かいぶつ》のようなすがたから自由になれるゆいいつの方法を、わたしはうばってしまったのだ。わざとではなかったとはいえ……。

「バラにふれたときに、過去になにがあったのか見えたの。おさないころのあなたを見たわ……城で魔女《まじょ》に呪《のろ》いをかけられて……。バラをだめにしてしまって……ほんとうにごめんなさい」ベルは遠慮《えんりょ》がちにこう続けた。「心から申しわけなく思っているけど……どちらにしろ、呪いをとくのはむずかしかったんじゃないかしら。花びらはもともとずいぶん散っていたから。あなたの二十一歳《さい》の誕生日《たんじょうび》はもうすぐなんでしょう？　それまでに、どうにかして……わたしとか、だれかがあなたを愛するようにしむけられるのなら話はべつだけど……そんなことは……。きっと一か月もしないうちに、呪いをとく希望はなくなってしまっていたと思う」

ビーストは顔をそむけた。決まりが悪いのかもしれない。

ベルは皮肉まじりにいった。「それに今日わたしは、好きでもない相手と無理やり結婚《けっこん》させられるところだったんだけど、相手の思惑《おもわく》どおりになんてさせなかった。だから、はっきりといえる。そう簡単《かんたん》に、わたしを意のままにすることはできないわ」

ビーストはそう聞いてはっとおどろき、興味深げにベルを見たが、すぐに唇《くちびる》をかみ、ふたたび床《ゆか》に視線《しせん》を落とした。

「あの魔女があなたに呪《のろ》いをかけたのはなぜ？」

ビーストはうつむいたまま答えない。

「ねえ……どうして？」

「正気《しょうき》じゃない魔女がしたことだ。理由などわかるものか」ビーストは怒《おこ》ったように肩《かた》をこわばらせた。

「教えて、お願い」

ビーストは大声をあげた。「わたしはまだ十一歳《さい》だったんだ！　ほかにどうすればよかったのだ？」

ベルはだまりこんだ。たしかにそのとおりだ。あのまぼろしのなかの少年は、はっきりいって嫌《いや》な感じだったけれど、まだほんの子どもだった。

そして、どう見ても王子だった。

魔女《まじょ》は――わたしの母さんはなんといっていた?

〝王子よ、おまえの心には愛がない……おまえの両親と同じように〟

「あなたに呪《のろ》いをかけた魔女は……あなたのご両親を知っていたの?」

ビーストはむすっと口をつぐんだ。そんなことはいままで考えてもみなかったのかもしれない。しばらくするとこういった。「わたしの両親は国王と王妃《おうひ》だったのだ。だから、あの魔女はとうぜんながら、ふたりを知っていただろう」

ベルはもどかしさを感じながらこめかみを押《お》さえた。「じゃあ、あの魔女はみんなに知られた存在《そんざい》だった? なんらかの理由があってご両親に恨《うら》みを抱《いだ》いていたのかしら」いままで知らなかった母の一面を知ったいま、その母が、おとぎ話によく出てくる、なんの理由もなくひとや赤ん坊《ぼう》を呪ってまわるような悪い魔女のひとりだとは思いたくなかった。

「なぜ……そんなことを気にするのだ?」

「なぜって、わたしがここに閉《と》じこめられたのも、たぶんあなたと同じように十年前に起きたできごとが原因だから。その……じつをいうと、あの魔女がわたしの母親だってわかったからよ！」

ビーストはおどろきの表情を浮《う》かべた。ほとんど滑稽《こっけい》といっていいような表情を。いや、滑稽としかいえない表情を。

「な、なんだと？」

「あの魔女は、わたしの母なの」ベルは一語一語はっきりと繰《く》りかえした。

そう声に出していうと、奇妙《きみょう》な感じがした。

ベルの頭のなかに母親のすがたが浮かんだ。いまの自分よりも少し年を重ねているイメージだ。天使のような気高《けだか》い意志《いし》とおさえようのない怒《いか》りにつき動かされて、おさない王子を試したうえで呪《のろ》いをかけたんだろうか。

〝向こう見ず〟そんなことをするなんて、母さんは向こう見ずとしか思えない。

すると、頭のなかで小さな声がいった。

〝ベルだって向こう見ずでしょう？　呪われた城にのりこんで、父親の身代わりになったんだから。後先《あとさき》を考えずに〟

ベルは、その声をはらいのけるように手をふった。

「母だと？」ビーストは、まだおどろきに目をむいたままベルの言葉を繰《く》りかえした。落ち着きのない犬のように椅子《いす》の上でもぞもぞと動きながら、勢いこんでたずねる。「だったら、きみも魔女《まじょ》なのか？　この呪《のろ》いをとけるのか？」

「わたしは魔女じゃないの」とベルが答えると、ビーストはひどくがっかりした。その表情を見て胸《むね》が痛《いた》んだのに気づき、ベルはおどろいた。声をやわらげてこう続ける。「今日まで魔女が存在《そんざい》するなんて信じてさえいなかったもの。呪いも。魔法《まほう》にかけられた城も」

そのとき、銀の小さなデミタススプーンが二本とことことやってきて、たたんだ布ナプキンでこぼれていた紅茶《こうちゃ》をていねいにふきとると、またとことこと去っていった。

「ならば、母親はどこにいるのだ？　家か？　会いに行けるんだろう？」ビーストはロープにしばられたまま身をのり出し、期待をこめたまなざしをベルに向けた。

「わたしには……母の記憶《きおく》はほとんどないの。どこにいるのかもわからない。母は、わたしがおさないころに家を出ていったんだけど、それがいつのことなのかもはっきりとは覚えてないのよ。会いたくてたまらない。しかも母が魔女だとわかったいまはなおさらね。ききたいことが山ほどあるもの」

「だったら、なぜきみはここにいる？」ビーストは低い声でなじった。「母親が城に来てわたしに呪いをかけ、十年後にその娘《むすめ》が同じ城にあらわれるなんて、なにか理由があるとしか思えない」

「ええ、たしかにそうね。でも、わたしがここに来たのは父のためよ。フィリップ——うちの馬が父をのせずに帰ってきたからさがしに出たら、ここへたどり着いたの」

「うそをつくな。確実に呪いがかかるようになにかをしにきたんじゃないか？」

ベルはビーストをにらみつけた。「うそなんかついてない。そんなことするわけないじゃない。わたしは傷《きず》ついたあなたが凍死《とうし》しないよう城に連れかえったのよ」

そのとおりだと思ったのだろう。ビーストはいらだたしげに唇《くちびる》をかんだ。

しばらくして、ビーストはぽつりといった。「これから……どうすればいいのだ？」

ベルはその言葉にはっとしてビーストを見た。

ビーストはしばられたままの格好で腕《うで》を精いっぱい動かし、部屋を、城を、そして世界を指ししめすようなしぐさをした。

「わたしたちは……じきにここから出られなくなる。永遠にな。クモの巣は、いずれこの城をおおいつくすだろう。あのバラが散ってしまったせいで、呪いが完了に向かって進み出したのだ。すべてが呪いどおりになってしまう」

ベルは答えが見つかることを願いながら天井や壁《かべ》に視線《しせん》をさまよわせた。だが、部屋のすみの暗がりに、ちらちらする炎《ほのお》に合わせて自分たちの影《かげ》が不気味《ぶきみ》にゆれているだけだった。ゆっくりとまばたきをする。いま、わたしをのみこもうとしているのは恐《おそ》れじゃなく、疲《つか》れだ。父さんは、おまえは賢《かしこ》いといつもほめてくれる。けれど、疲れがどっとおそってきて、思うように考えることができない。

とにかく、すみのほうに静かにすわって考えに集中したかった。母さんのことをなんでもいいから思い出すのよ。それが解決の手がかりになるかもしれない。

たとえば髪《かみ》……母さんの髪の色は赤褐色《せっかっしょく》だとずっと思っていた。わたしの髪と似ているけれどもっと赤い。けれど、まぼろしのなかの母さんの髪は金色だった。どうしてそんな思いちがいをしていたんだろう。子どもが親のことを説明するとき、真《ま》っ先《さき》に話すのは髪の色よね？　母さんの髪からどんな香りがしたかも覚えていない。母さんにだきしめられた感触《かんしょく》も思い出せない。頭のなかにあるのは、もともとあったおぼろげな記憶《きおく》に、童謡《どうよう》やおとぎ話から悪漢小説《ピカレスク》まで、読んだことのある本の愛情あふれる場面を上書《うわが》きしたものばかり。

だからだろうか。まぼろしのなかで見た、復讐《ふくしゅう》の天使みたいなイメージは、わたしがもちつづけてきた母親像とはまるでちがう。あの魔女《まじょ》は〝母親〟なんかじゃない。わたしとは関係のない、見ず知らずの女のひと。

そう、わたしとはまったく関係がない。これまで一度も関係があったことなんてなかったひとよ……。

こめかみを押《お》しながらビーストにちらりと視線《しせん》を向けた。

ほんとうなら、こわがるべきなんだろう。こんなに大きくて凶暴《きょうぼう》な獣《けもの》なのだから。その気になれば、いく通りもの方法でやすやすとわたしを殺せるはずだ。けれど、オオカミから救ってくれた。つまり、わたしを傷《きず》つけるつもりなんかないということよね？　それに、人間と同じように話せる。いまだって、なんの問題もなく会話ができた。

ガストンを思いうかべる。もうひとりの、言葉を話せる大きな獣ともいうべき人物だ。

ガストンだったら、どんなことに対してももっとのみこみが悪いだろう。ガストンとの会話はもっと時間がかかって、いらいらさせられたにちがいない。それに、すきあらば結婚《けっこん》をせまってきただろう。ガストンは人間だけれど、気持ちを通じ合わせたり、話し合いをしたりできるような相手じゃない。

ベルはため息をついて立ちあがり、ビーストをしばりつけているロープをほどきはじめた。

そのあいだ、ビーストはじっとしたまま大きな目でいぶかしげにベルの動きを目で追っていた。

「どうして……急にほどいてくれる気になったのだ?」

ベルは肩《かた》をすくめた。「あなたがいうように、しばろうがしばるまいが、ここに……少なくともしばらくのあいだ閉《と》じこめられていることに変わりはないからよ。呪《のろ》いをとくためには、おたがいを信用して協力し合ったほうがいいでしょ?」

ロープがほどけて自由になると、ビーストはかぎ爪《づめ》のついた手を開いたり閉《と》じたりしていたが、椅子《いす》から立ちあがった瞬間《しゅんかん》、顔をしかめた。傷《きず》が痛《いた》むのか歯を食いしばっている。

「母が生きていれば」ベルは考えをまとめながらゆっくりと話し出した。「母を見つけられれば、呪《のろ》いをとくことができるかもしれない」

「どうやって見つけるのだ?」ビーストは片方《かたほう》の手でもう片方の手をもみながら低い声できいた。

「あれを使うのはどうかしら。母があなたに置いていった鏡」そうたずねるベルの頭にはあの鏡が浮《う》かんでいた。バラといっしょにテーブルの上にさりげなく置いてあった、装飾《そうしょく》の施《ほどこ》された銀の手鏡。「あの鏡は外の世界とあなたをつなぐたったひとつの窓《まど》なのよね? ということはつまり、どこでも映《うつ》し出してくれるということなんでしょう?」

「魔法《まほう》の鏡」ビーストは眉《まゆ》をつりあげた。「そうか！　あれにたずねてみればいいのか！」

「やっぱり魔法の鏡なのね。だったら、いますぐたずねにいきましょう」ベルはそう繰《く》りかえした。自分が魔法の鏡なんて言葉を口にしているなんて信じられないと思いながら。「それしかないわ。そのあとは森の魔女《まじょ》のところへ行って、お菓子《かし》の家をちょっとこわしておやつにしましょうよ」

ビーストはとまどうような目でベルを見つめた。さらにつりあがった眉《まゆ》は、青い目の上にかかる雨雲のようだ。

ベルはため息まじりにいった。「気にしないで。いまのは冗談《じょうだん》だから」

ベルはふたたび階段《かいだん》をのぼり、立ち入り禁止の西の塔《とう》へ向かっていた。だが、一度目のときとはだいぶ気分がちがっていた。つかれてはいるが恐怖心《きょうふしん》はない。甲冑《かっちゅう》がきしんだり、暗がりからささやき声が聞こえたりするように感じられることがちっともこわくないのは、頭のなかにさまざまな思考が渦巻《うずま》いているからだ。それに合わせて稲妻《いなずま》がぱっと光るときのように、金《きん》髪《ぱつ》で緑の目の母の顔が繰《く》りかえしあらわれる。母の失望に打ちひしがれる顔も勝ちほこった顔も、どちらも見ていてうれしいものではなかった。

ビーストは自分の部屋の前まで来ると、立ちどまった。悪魔《あくま》の形をした取っ手のついた扉《とびら》の前で入るのをためらっている。そのようすを見ているうちに、ベルの頭のなかに本で読んだある場面が浮《う》かんだ。男の子が好きな女の子を家に連れてきたものの、自分の部屋を見せるのをためらうのだ。がっかりさせてしまうんじゃないか、なにかまずいものを見られてしまうんじゃないかと心配して。

ベルは眉間《みけん》にしわを寄せながら考えた。こんなふうにためらっているのは、ばらばらにこわれた家具やしゃぶりつくされた骨《ほね》が散らばる〝ねぐら〟ということのほかに、もっと知られたくないことがあったりして。

ビーストはぎこちないしぐさながらも紳士《しんし》のように礼儀《れいぎ》正しく、ベルを先になかへ通した。部屋は寒々《さむざむ》として、前に来たときと同じように突風《とっぷう》が吹《ふ》きつけてカーテンが怒《おこ》ったようにひるがえった。まるで入ってくるな、とさけんでいるように。

「この絵に描《え》かれているひとはだれ？」ベルはぼろぼろに引き裂《さ》かれた絵を指さした。青い目の若《わか》い男のひとを描いた肖像画《しょうぞうが》だ。

ビーストはがっくりとうなだれた。

「わたしだ」そういってぎこちなく手をのばし、ぶらさがったキャンバスの断片《だんぺん》を一枚ずつもとにもどしていく。すると、ふたたび豪華《ごうか》な衣装《いしょう》を身にまとった王子があらわれた。背《せ》が高くてハンサムだが、目をそむけるな、と挑発《ちょうはつ》するかのようにするどい目つきでこっちをじっと見すえている。

「魔女《まじょ》はこの絵にも魔法《まほう》をかけたから、絵のなかのわたしもいっしょに年をとっていく。わたしが人間のままだったら、どんなすがたなのかを映《うつ》し出しているのだ。魔女に試されたときにうまくふるまえていたら、どう成長していたかを。わたしは……いつも、そうなっていたはずの自分を見せつけられているのだ」

ベルは首をかしげて、絵をじっくりと見た。きっと一流の画家が描《か》いたのだろう。王子が身につけているベルベットのジャケットは、つややかでやわらかそうで思わず手をのばしてふれたくなるほどだ。でも、この王子の目は……。

「気を悪くしないでほしいんだけど……この絵の王子は傲慢《ごうまん》で、ひとを見下しているように見える」

ビーストははっとベルを見た。ショックを受けた顔をしている。

「そう感じるのよ」ベルは絵のなかの王子を指さした。「この絵は、あなたが人間のままだったら、いまごろどんな外見だったかを映《うつ》し出しているのよね？　でも、いまのあなたの内面まで映し出すの？」

ビーストは不快《ふかい》そうにキャンバスの断片《だんぺん》から手をはなしてそっぽを向き、ふんっ、くだらない、などとぶつぶついった。ベルはそんなふてくされたビーストを見て、思わずほほえみそうになった。わたしったらいつの間にか、ビーストとこんなふうに会話したり、ちょっとからかったりするのを楽しんでる……。

ベルはビーストのあとについて、窓辺《まどべ》の白いテーブルに近づいていった。風はやみ、部屋じゅうが奇妙《きみょう》なほど静まりかえっている。ビーストはからっぽの釣り鐘形《ベルジャー》のガラスを見て息のみ、目をそむけた。

そのすがたを見て、ベルは胸《むね》が痛《いた》んだ。ぜんぶわたしのせいよ。すべてが呪《のろ》いどおりになってしまうまであと一か月しか残っていなかったとしても、そのあいだはまだ希望がもてたのだから。もしかしたら気のやさしい田舎娘《いなかむすめ》がやってきて、呪いをとくことになっていたかもしれない。母さんがそうするつもりだった可能性だってあるわよね？　ビーストをこのすがたのまま永遠に放っておくつもりなんてなかったかもしれないもの。

ビーストはおどろくほどやさしい手つきで鏡をつかむと、いかつい手でいとおしむようにつつみこんだ。バラと図案化《ずあんか》された野獣《ビースト》の顔の装飾《そうしょく》が施《ほどこ》された、まるで王女が使いそうなきれいな鏡だが、ぱっと見たところでは魔法の鏡のようには思えない。

「それでなにができるのか、くわしく教えて」ベルはたずねた。

ビーストが勢いこんで答える。「なんでも見ることができる。現実に存在《そんざい》するものならなんでも。極東《きょくとう》の万年雪《まんねんゆき》を頂《いただ》く山も見たし、明かりが灯《とも》され、祭りや市場《いちば》で人びとがにぎわうクリスマスシーズンのパリも見た」

ベルはほつれた髪《かみ》を耳にかけた。「世界中どこでも見られるの？」

「そうだ。ほら！」ビーストはベルのほうに鏡を向けた。

銀色の鏡面には、いぶかしげな表情の自分の顔が映《うつ》っているだけだった。ほつれ毛をさらに見つけて、あわてて耳にかける。こんなりっぱな鏡で自分の顔をまじまじと見たのなんて初めてかもしれない。黒ずんだ毛穴《けあな》まではっきりと映し出さなくてもいいのに……。あれ？　目の横に小さな傷《きず》がある。いままで気づかなかった……。

「鏡よ、パリを見せよ」ビーストが命令した。

息を吹《ふ》きかけたかのように鏡面がくもっていく。そのくもりがぱっと晴れた瞬間《しゅんかん》、ベルは息をのんだ。鏡をもっていたのがわたしじゃなくてよかった。わたしだったら落としていたかもしれない。

まるで、目の前でじっさいに起きていることを窓《まど》ガラス越《ご》しに見ているようだった。石畳《いしだたみ》の通りを走りすぎるきらびやかな馬車に、本でしか読んだことのないすてきな衣装《いしょう》に身をつつんだ紳士淑女《しんししゅくじょ》たち。通りは網《あみ》の目のように縦横《じゅうおう》にのびていて、建物や店がびっしりと立ちならび、そのあいだに噴水《ふんすい》も見える。それに、どこもかしこもひとでたくさん！　制服を着たメイドを引き連れた貴婦人《きふじん》や、継《つ》ぎをあてた帽子《ぼうし》をかぶっているけれど洗練《せんれん》された雰囲気《ふんいき》の商人……それに物乞《ものご》いや、おなかをすかせていそうな子どもたち……小銭《こぜに》を拾おうとしているのか、くすねようとしているのか、人ごみを縫《ぬ》うようにして進んでいく……。

ベルは言葉を失ったまま目の前の景色に見入った。こんな鏡をもっていたら、本を読む気になんてならなかったかもしれない。あらゆる魅力《みりょく》にあふれた世界を、すぐそこに見ることができるのだから。

ベルはふと、自分が鏡に顔を近づけていたことに気づいた。人びとの声を聞き、香水のにおいを嗅《か》ぎ、街の空気を肌《はだ》で感じようとして。

でも、音もにおいも空気も伝わってはこない。

絵のように美しいけれど、それ以外はなにも感じられないなんて、なんだか少し味気《あじけ》ない気もする。

「この鏡はわたしにとってかけがえのないものだ」ビーストがしずんだ声でいった。「わたしにはもうこれしか残されていない。これのおかげで、わたしが失った世界を、送っていたであろう人生を見ることができる」

ベルに向けていた鏡をビーストが手もとにもどすと、ベルは眉根《まゆね》を寄せた。

「でも……こんな鏡をもっていて、呪《のろ》いをとく方法だって知ってるのに、どうして鏡を使おうとしなかったの？　呪いをといてくれそうな相手を見つけ出すことだってできたかもしれないのに……」

ビーストは顔をしかめてもう一度ベルのほうへ鏡を向けると、うなるようにしてこういった。

「鏡よ、あの赤い髪《かみ》の少年を見せよ！」

すると、さっきと同じように、鏡に映《うつ》っていたベルの顔がべつのものに変わった。少年だ。手の形がほかのひととちがうという理由で、檻《おり》のなかで見世物《みせもの》にされている。檻の前ではおおぜいのひとが少年をあざ笑ったり、からかったりしていて、なかには見かけはきちんとした〝紳士《しんし》〟なのに、ステッキで少年の指をつついている者までいる。

ベルの胸《むね》をなによりえぐったのは陰湿《いんしつ》なからかいよりも、少年のあきらめきったような表情だった。なんてうつろな目をしているんだろう。こんな運命からぬけ出す気力などすっかり消えうせてしまっているように見える。

「子どもにすらこんなことをするんだ。野獣《ビースト》の存在《そんざい》を知ったらなにをすると思う？」

ベルは唇《くちびる》をかみしめた。返す言葉が見つからない。村のひとたちからの心ない言葉や偏見《へんけん》に傷《きず》つけられたことはある。でも、これほど残酷《ざんこく》な行為《こうい》を目にしたのは初めてだ。物語のなかだけでなく、現実の世界でもこんなことがじっさいにあるなんて。

少年の頬《ほお》にふれてなぐさめてあげたい。吐《は》き気《け》がこみあげてくる。なんてひどい……。

ビーストは鏡をおろしてつぶやいた。

「川の向こうの村に住んでいるおろかな猟師《りょうし》などは、わたしの毛皮を床《ゆか》に敷《し》きたがるだろう」

「ガストン？」ベルは目を見開いてききかえした。「ガストンのことをいってるの？」

「名前はわからない。鏡からは音は聞こえないのだ」ビーストは鏡をゆらした。「あの猟師は森にやってきては、大きい獲物《えもの》や美しい獲物やめずらしい獲物を見境《みさかい》なく撃《う》っている。ただなにかが動いただけでも……。ほかにもシカや鳥を撃ちにくる猟師はいる……生きていくために肉が必要だからだ。だからそれは問題ない。だが、あの男はただ殺したい、剝製《はくせい》にしたいという理由だけで命をうばう。肉がほしいからではない」

ベルは、ビーストの〝肉〟という言い方がなぜだかひっかかったので、あとでゆっくり考えることにした。百キロは優《ゆう》にこえていそうなビーストが、トーストを食べるだけで体重を維持《いじ》しているとは思えない。

「城を出て、ひとたび見つけられたら最後、まちがいなくひどい目に遭《あ》わされるだろう。とらえられてサーカスで見世物《みせもの》にされるにちがいない……それですむならまだ運がいいほうだ。だから、ここで外の世界を見ることにしたのだ。そのほうが安全だから」

「安全かもしれないけど、ただじっとしているだけじゃ呪《のろ》いはとけないでしょう？」

ビーストはいらついた感じで肩《かた》をすくめた。「鏡で母親をさがしたいんだろう？」

「そう、そうだったわね。見てみましょう」

「鏡よ、わたしに呪いをかけた魔女を見せよ！」ビーストがいった。

鏡はくもりはじめたが、輝《かがや》きを失った銀色のような、なんともいえない灰色に変わっただけでなにも映《うつ》し出さない。

「こんなことは初めてだ」ビーストがけげんな顔でいい、こうすればもとにもどるかもしれないというふうに鏡をふった。

「わたしにやらせて」ベルはビーストの返事を待たずに命じた。「鏡よ、父を見せよ」

すると、鏡に父が映し出された。がっくりと肩《かた》を落とし、車輪のない馬車のなかでゆられながら、どうにかして窓《まど》から城を見ようとしている。

ベルは胸《むね》が張りさけそうだった。

「父さん！」

「きみの父親は、自分の妻がどこにいるのか知っているのか？」ビーストがはやる思いをこらえきれないようにしてたずねる。

「えっ？　いいえ」ベルは父に気をとられながら答えた。「父さんが……母さんについて話したことは一度もないの。母さんがいなくなったショックから立ち直れていないせいだと思っていたけど……もしかしたら……母さんのことを思い出せないだけなのかもしれない。わたしと同じように」

「ふんっ」ビーストはベルから鏡をひったくった。「鏡よ、あの魔女《まじょ》を見せよ！」

だが、鏡はくもりはじめたあと、あのなんともいえない灰色に変わっただけでなにも映《うつ》し出さない。

「でも、父さんは……」ベルは口を開いた。

「父親がどうした？」

「父さんにはわたしがいないと……」

「きみをひとりで育ててきたんだろう？　その結果、ここにこうしてずいぶんとりっぱに育った娘《むすめ》がいるじゃないか。ひとりになったところで問題ないはずだ」

ベルはビーストをにらみつけた。

父さんには無理よ……だってできるわけがない……料理をするのも、庭の手入れをするのも、自分で育てられない食べ物を買うためにお金を稼《かせ》ぐのも、発明だって、すべてわたしが手助けしてきたんだもの。でも、わたしがまだ小さくて手伝えるようになる前は……父さんがわたしの世話をしていたわけだし……。

そっと唇《くちびる》をかむ。そうね、ひとりでもだいじょうぶかもしれない。

あれ？　そういえば……。

「いま、ずいぶんとりっぱに育った娘っていってたけど、それってほんとにそう思ってるの？」

ベルは、きかずにはいられなかった。

ビーストははずかしそうに肩《かた》をすくめた。

ベルは思わずほほえんだ。

もしかしたら、ビーストもほほえみかえしてくれているのかもしれない。だって目もとが……。

でも、すぐにきびしい現実に引きもどされた。

「それで、つぎはどうするんだ？」ビーストは役に立たなかった鏡を指さした。

ベルはつかれきっていて、新しいアイデアなんかいまはとても浮《う》かびそうになかった。「わからない。長い一日だったし、もうへとへとなの」

今度こそビーストはほほえんだ。といっても弱々《よわよわ》しい笑みだったけれど。「わたしもだ。今夜はもう眠《ねむ》ったほうがよさそうだな」そういって肩《かた》をすくめる。

「解決策《かいけつさく》を考える時間なら、それこそ永遠にあるものね」ベルは力のない声でいった。

部屋を出て、ならんで歩き出した。話しかけたい気持ちはあるものの、ふたりをつつむ沈黙《ちんもく》が心地よくて、おたがいにだまったまま進んでいく。

結局どちらも口を開かないままベルの部屋の扉《とびら》の前に着いた。

ベルは扉の取っ手をつかもうとしていた手をとちゅうでとめた。ビーストにどういえばいい？　だれかになにかを伝えたいときに、こんなに真剣《しんけん》に言葉をさがしたのは初めてだ。これまでは村のひとたちになにかいわれても、あたりさわりのない返事をしたり、さりげなく嫌味《いやみ》を返したり、冗談《じょうだん》をいったりしてうまくかわしてきた。でもいまは、そんな表面上の言葉のやりとりではなく、自分の心からの気持ちを正直に伝えたいのに、言葉がうまく出てこない。まるで井戸のなかから、ぎざぎざしてとり出しにくいものを引っぱり出そうとするかのように。

「あの……ごめんなさい」ベルは小さな声で話しかけた。「ほんとうにごめんなさい。あのバラにさわったりしなければよかった」

顔をあげてビーストの目をまっすぐに見つめる。その獣《けもの》らしからぬ目を。

ビーストは悲しげにほほえんだ。「きみはもう、わたしの囚《とら》われびとではない。だから、わたしのいうことにしたがう必要はないのだ。それに……そんなことはもうどうだっていい……どちらにしろ、きみのいうとおり、わたしひとりの力では、二十一歳《さい》の誕生日《たんじょうび》の前夜までに呪《のろ》いをとくのは無理だっただろう」

ビーストは足もとに視線《しせん》を落とした。雪が降《ふ》るように沈黙《ちんもく》がそっとふたりにおりてくる。

しばらくしてベルは口を開いた。「おやすみなさい」扉《とびら》を開けて部屋に入っていく。

そのときにはもう、ビーストは闇《やみ》にまぎれて音もなくすがたを消していた。

＊24　スカートの後ろの腰《こし》の部分を張り出させるのに用いるパッド、枠《わく》などの腰あて

22　〝なにか〟がいる

　扉《とびら》が閉《し》まった瞬間《しゅんかん》、部屋は深い静寂《せいじゃく》につつまれた。ベルは木の扉に背《せ》をあずけて目を閉《と》じた。外から開けられないよう、扉の前に椅子《いす》を置いたほうがいいかもしれないという考えが頭をよぎったが、今夜、ビーストがもどってくることはもうないだろう。それに、そんなことをする必要があるとも思えない。

　両手で顔をごしごしとこする。肌《はだ》は乾燥《かんそう》してかさかさだ。化粧台《けしょうだい》の上に、王女が使うような美しい洗面器《せんめんき》と水差し《ピッチャー》が置いてあったのを思い出し、そこまで歩いていく。そして、手をカップのようにまるめて水を注《そそ》ぎ、顔を洗った。

「ご入《い》り用でしたら、そこにタオルがありますよ」衣装《いしょう》だんすが気をきかせて後ろから声をかけてきた。

　ベルはとつぜん話しかけられて、びくりとするというより身ぶるいした。そんな反応をしてしまったことを気はずかしく思いながらもとりあえずあたりを見まわすと、衣装だんすのいうとおり、すぐそばにふかふかできれいなタオルがかかっていた。

「ありがとう」

「お湯のほうがよろしければ、すぐにもってこさせますが」衣装だんすが気づかうようにつけくわえる。

「その必要はないわ。ご親切にありがとう」

ベルはそう答えながらも、心のなかでは、蒸《む》しタオルが使えたらどんなにいいだろうと思っていた。家で蒸しタオルを用意するには、朝食か夕食をつくるタイミングに合わせなければならなかった。鍋《なべ》はふたつしかなく、そのうちのひとつにはいつも料理したものが入っている。父さんが発明した自動水汲《く》みあげ機のおかげで、きれいな井戸水はいつでも簡単《かんたん》に手に入れられるようになったけれど、その水をあたためるとなると手間《てま》がかかる。父さんが発明に使っている炉《ろ》に火が入っているときは、その上に鍋を置いて湯をわかすこともあった。

とにかくいまはとてもつかれているし、おしゃべりして動きまわるおかしな物たちの相手をするのはできれば避《さ》けたい。衣装だんすが……いるだけでもじゅうぶんすぎるくらいなのに。

ベルがそんなことを考えていると、扉《とびら》をたたく音がした。

「どうぞ、入って」ベルは気づくとていねいな口調でそう答えていた。

「失礼するぞ」そういいながらあらわれたのは、革《かわ》と金属でできた物だった。その背中《せなか》（だと思う）に太い薪《まき》をいくつものせて、落とさないよう気をつけながら進んでくる。あれは……たぶん火かき棒《ぼう》よね、と考えはじめたとき、続けてルミエールが跳《と》びはねながら入ってきた。

「寒さに凍《こご》えることのないよう、いまのうちに暖炉《だんろ》に火をおこしておこうと思いましてね。お休みになられたあとおじゃましないように」ルミエールがいった。火かき棒らしき物は炉床《ろしょう》の上にていねいに薪を積みあげて、暖炉にあった小枝をのせた。ルミエールが芝居《しばい》がかったしぐさで優雅《ゆうが》におじぎして、ろうそくの手を薪の山にさっとかざす。するとたちまち火がつき、あたたかい橙《だいだい》色の炎《ほのお》が燃えあがった。

「ありがとう、ルミエール」ベルは心をこめていった。もちろん火ぐらい自分でおこせるし、絶やさないようにすることもできる。むかしこの部屋で暮《く》らしていたであろうお姫《ひめ》さまたちとはちがうのだ。でも、〝お休みになられたあとおじゃましないように〟という気づかいがうれしかった。

ルミエールはさっきとちがってあまりおしゃべりはせず、もう一度おじぎすると、跳びはねながら部屋から出ていった。火かき棒らしき物（ルミエールは給仕頭《きゅうじがしら》だけれど、この火かき棒はたぶん従僕《じゅうぼく》？）もすぐあとに続いた。

火がぱちぱちと心地よい音を出して燃えている。その音は静けさをやぶるというよりも、さらに際立《きわだ》たせているようだ。ベルは伸《の》びをしてあくびをすると、服の背《せ》のひもをゆるめはじめた。

「よろしければ、すてきなナイトガウンもご用意できますよ」衣装《いしょう》だんすが熱心な口調で話しかけてきた。

「そうなの？　でも……今夜は遠慮《えんりょ》しておく。ありがとう。気を悪くしないでね」

「ええ、もちろん気を悪くなんてしませんとも」衣装だんすがあわてて答える。

「思いがけないことばかり起きて……とても長い……一日だったから……とにかく眠《ねむ》りたいの。今夜は自分の服で」ベルは衣装だんすを傷《きず》つけないよう、口調に気をつけながらいった。

すると、衣装だんすの見た目が変わった。うまく言葉であらわせないけれど、輪郭《りんかく》がゴムになったかのようにやわらかい雰囲気《ふんいき》になったのだ。

「ええ、ええ、そうですわね」衣装だんすの声にいたわるような響《ひび》きがにじむ。「お眠りになったほうがよろしいですわ。ほんとうに長い一日でした。わたしたちにとっても」

「ありがとう」ベルはふうっとため息をもらすと、エプロンを外し、エプロンドレスとブラウスをぬいでていねいにたたんで椅子《いす》の上に置いた。衣装だんすは服を自分のひきだしにしまいたかったかもしれないが、気をつかったのかなにもいわなかった。

ベルはスリップだけになると、おどろくほどふかふかの上掛《うわが》けをめくって、ベッドにもぐりこんだ。シルクのシーツにふれたとたんひんやりとして体をまるめたが、こうしていればすぐにあたたかくなって体をのばせるだろう。

ふと、母のことが頭に浮《う》かんだ。

バラにふれたときにわっとおそってきたまぼろしを頭からふりはらい、母の記憶《きおく》に集中しようとした。といってもほんのわずかしか残っていない記憶だ。まぼろしのなかの険《けわ》しい表情をしていた母とちがって、記憶のなかの母はやさしくほほえんでいる。それにバラの香りがして、おひさまのぬくもりが感じられたような気がする。バラとおひさまと母は切りはなすことができない。三つそろっていなければ存在《そんざい》できないかのように、ひとつにまじり合っている。

どっちがほんとうの母さんなんだろう？　おぼろげな記憶のなかの母さんと、まぼろしのなかの母さん。

でも、その答えを考えはじめる前にべつの疑問《ぎもん》が浮かんできた。

どっちのほうが、夫とおさない娘《むすめ》を置いて家を出ていってしまいそう？

母がいつ家を出ていったのか、はっきりとは思い出せなかった。父と愛馬《あいば》のフィリップとバラ園の記憶はとぎれることなくあるけれど、母とすごした記憶はおぼろげで断片的《だんぺんてき》にしかない。

村には、母親がいないなんてかわいそうに、と同情してくれる親切なひともいた。なかには、うちで引きとってきちんとした娘に育ててあげようとまでいってくれるひともいた。父親に男の子のように育てられてきたせいで、この子は少し……変わっているからと。でも、それっていけないことなの？

けれど、村のひとたちのいうとおりなんだろうか？

母さんがいたら、どんな暮《く》らしをしていただろう？

夜、わたしの長い髪《かみ》をとかしてくれた？ そのあいだ、わたしがその日にあったことや村のいじわるな女の子の話をするのを聞いてくれた？ 焼き菓子《がし》のつくり方や、爪《つめ》の手入れの方法や、ヤギの乳《ちち》の上手《じょうず》なしぼり方を教えてくれた？

それとも……眉間《みけん》にしわを寄せて考える。魔法《まほう》のバラの育て方や、ひとを呪《のろ》ったり、手から稲妻《いなずま》を出したりする方法を教えてくれただろうか。

わっ、すごい。そんな可能性もあったってことよね？

ベッドはだいぶあたたまってきたけれど、なぜだか寝心地《ねごこち》が悪くて、何度も寝返りを打った。ぎざぎざした考えが心の内側を引き裂《さ》いて穴《あな》を開け、その穴をめがけて胸《むね》をえぐるようにべつの考えがしのびこんでくる。

ベルはしばらく寝返《ねがえ》りを繰《く》りかえしていたが、やがて、蔓《つる》が目や鼻や口からしのびこむように睡魔《すいま》がおそってきて、眠《ねむ》りについた。

暗闇《くらやみ》のなかで、ベルははっと目を覚ました。

まだ真夜中だろうか。いま何時だかさっぱりわからない。家には時計がいくつかあったし、時計を見なくても、ニワトリなどの家畜《かちく》の鳴き声や動く気配、部屋の明るさからだいたいの想像はついた。

でもここには、そういった手段《しゅだん》はまったくない。寝入ってから五分しかたっていないかもしれないし、五時間たっているかもしれなかった。

部屋は、暖炉《だんろ》のそばがぼうっと橙《だいだい》色に染《そ》まっているほかは真っ暗だ。肌《はだ》にふれる空気はひんやりしている。眠りについたときと同じように静まりかえっていて、家にいたらよく聞こえてくるネズミが走りまわる音もしない。

父と暮《く》らしている小さな家と、夏に食料をさがしに出た森でしか寝起きしたことはないけれど、どちらも聞きなれた虫や野鳥の鳴き声がいつもしていた。

〝ベル……〟

いまのはなに？　耳にとどいたわけでも、頭のなかで聞こえたわけでもない。強《し》いていえば、ぱっとよぎった記憶《きおく》のかけらとでもいえばいいだろうか。それをつかまえられれば、なにかを思い出せそうな気がするのに、そのなにかがなんなのか説明できない。

ベッドの上で体を起こす。

衣装《いしょう》だんすはぴくりとも動かない。眠《ねむ》っているのか、まどろんでいるのか、夢でも見ているんだろうか。

ベルはほとんど無意識のうちにベッドにすわったまま向きを変え、床《ゆか》に両足をつけた。

天井にのびている影《かげ》が不気味《ぶきみ》なひび割《わ》れもようになっていて、眉根《まゆね》を寄せて目を凝《こ》らす。だいじょうぶ、こわがらなくていい。あんなもようになっているのは暖炉《だんろ》の火がゆれているからよ。だって、影のなかに煙《けむり》のように細い正体不明《しょうたいふめい》のなにか……がうろうろしているはずないもの。

ゆっくりとベッドから立ちあがった。あたりを見まわし、壁《かべ》にとりつけられている燭台《しょくだい》から太いろうそくをとって暖炉にかざし、火が消えないように手でかこいながら歩き出す。

最後にもう一度、部屋を見まわしてからそっと扉《とびら》を開けて外に出た。

廊下《ろうか》は真っ暗で、一瞬《いっしゅん》、立ちすくんだ。

目が慣れてくると、だんだん暗がりのなかに物の輪郭《りんかく》がぼんやりと浮《う》かんできた。明かりといえば手もとにあるろうそくの頼《たよ》りない火しかないのに、正体不明のなにかが視界《しかい》の端《はし》で動いた気がしてはっとおどろく。不気味《ぶきみ》な細い触手《しょくしゅ》をのばすように闇《やみ》が壁《かべ》や天井のすみに巣を張っているように思えてならない。

〝ベル……〟

自分を呼《よ》ぶ声に誘《さそ》われるように、あるいは逃《に》げるようにさまよっているうちに玄関《げんかん》の広間に出た。足音がふかふかのじゅうたんに吸《す》いこまれるせいで、さらに不気味さが増す。

グレコ・ローマン様式[*25]のレプリカの彫像《ちょうぞう》は、初めて見たときは神々《かみがみ》や英雄《えいゆう》をかたどっていると思ったけれど、そうじゃない。あれは歯をむき出しにして絶叫《ぜっきょう》している悪魔《あくま》だ。

立ちどまり、彫像を見つめた。この城に初めて入ったときからずっとこうだった？　わたしが気づかなかっただけ？

ありふれた天使のように見えていた彫像も、口をくわっと開き怪物《かいぶつ》のようなするどい歯をむき出しにしている。

アーチ形の天井をささえている石膏《せっこう》のケルビム[*26]の彫像は、いまは白目をむき、おそろしい形《ぎょう》相《そう》で近づく者につかみかかろうと手をのばしている。そのおぞましい目や牙《きば》やかぎ爪《づめ》が、ろうそくの火に合わせてゆらめく。

思わずあとずさりし、後ろにあったテーブルにぶつかった。背中《せなか》に花びんがあたったのを感じて、たおれるのを受けとめようとあわててふりかえる。その瞬間《しゅんかん》、息をのんだ。テーブルの脚《あし》がよだれを垂《た》らした怪物《かいぶつ》に見えたのだ。怪物は自分の上にのっているものが重くてささえきれないかのように不快感《ふかいかん》をあらわにしている。

〝ベル……〟

立ち入り禁止の西の塔《とう》になにかあるにちがいない。見落としているなにかが。

いまはもう立ち入り禁止じゃないけれど、こんな真夜中に、ひとりであそこに足を踏《ふ》みいれたくはない。でも、あそこにはビーストがいると思えば少しは恐怖《きょうふ》がやわらぐ。たとえ眠《ねむ》っているとしても、そこにいてくれさえすれば。

そう考えると勇気がわいてきた。

気持ちをふるいたたせようと、力をこめて足を踏《ふ》み出す。これはわたしが自分で決めたこと。謎《なぞ》をときあかしにいくのよ。前に読んだことのある軽い恋愛《れんあい》小説に、ナイトガウンを着てろうそくをもって、ひとりでおびえる少女が出てきたけれど、わたしはそんな少女とはちがう。そう考えるとさらに勇気がわいた。ベル、だいじょうぶよ、あなたは愚《おろ》か者《もの》じゃないんだから。

そう自分をはげまして階段《かいだん》をのぼりはじめたとき、ふと思った。

ぜんぶわたしが頭のなかで勝手につくり出したものかもしれないでしょう？　そんなもののためにつきすすんでいく必要なんてある？　それこそ愚《おろ》か者のすることよ。

でも、城がわたしをつかまえようとしている気がする。四方からせまってくる影《かげ》に巨大《きょだい》な檻《おり》のなかへと追いたてられるようだ。城壁《じょうへき》がみるみるうちに象牙《ぞうげ》色のクモの糸におおわれていったように。階段《かいだん》まで、父がつくったネズミを罠《わな》へ誘《さそ》うスロープみたいに思えてくる。

ベッドにもどるか、まだ起きている物の召《め》し使いたちをさがしにいったほうがいいかもしれない……。階段をおりようとくるりと向きを変える。

すると、階段のとちゅうに人の形をしたなにかが立っていた。蔦《つた》でできているらしい。さっきはこんなものはなかったはずだ。

恐怖《きょうふ》のあまり叫《さけ》び声すら出てこない。さっとこぶしを口にあてて指の関節をかむ。そんな自分を冷静に見ている自分もいて、頭のなかでこんなささやき声がする。そうか、物語のなかの登場人物がおそろしいことに直面したときにこんなしぐさをするのは、さけんだとたん、狂気《きょうき》の波にのまれそうになるのをおさえるためかもしれない。

蔦の像《ぞう》はうっすらと雪におおわれていて足もとには水たまりができていた。ぽとりぽとりとしずくがしたたり落ちるのが、なぜだかなによりおそろしい。そんなばかな、と思いながらもこう考えている自分がいる。この蔦の像は庭から入ってきたにちがいない。くるくると巻《ま》きついて人の形をつくっている蔦のなかは空洞《くうどう》のようだ。よく見ると女性のようなすがたをしている。蔦の像は緑色の腕《うで》をゆっくりともちあげた。なにかを懇願《こんがん》するように。

ベルは蔦の像から目をはなさないまま後ろ向きに階段をのぼっていった。蔦の像はその場から動かない。

ベルは体をふるわせ、喉《のど》の奥《おく》からか細《ぼそ》い泣き声をもらしながら進みつづけ、階段のいちばん上に着いたあとも、さらに足をあげた。まだ階段があると思ったのだ。だが、なかったので床《ゆか》を思い切り踏《ふ》みつけたとたん、足首から背骨《せぼね》へ衝撃《しょうげき》が走った。思わず悲鳴をあげ、バランスをくずしてたおれたが、ろうそくはしっかりとにぎっていたので、なんとか落とさずにすんだ。

蔦の像から目をはなしたことに気づいてあわてて立ちあがり、階段を見る。すると、像はすぐそばまで来ていた。

ベルの目に涙《なみだ》がにじんでくる。

蔦の像は、ベルが逃《に》げ出すのをとめるかのように両腕《うで》を広げている。謎《なぞ》をときあかしにいくと自分で決めたのだろう？　それをわすれたのか？

ベルははっと息をのみ、数メートル先にあるビーストのねぐらに向かって駆《か》け出した。扉《とびら》の前まで来て、ブロンズ製の悪魔《あくま》の形をした取っ手をつかんで開けようとしたとき、足の裏《うら》にするどい痛《いた》みが走った。

足の裏にガラスの破片《はへん》のようなものが刺《さ》さっていた。破片から血がぽたぽたとしたたり落ちている。顔をしかめ、手をのばして破片を引きぬいた。それは壁《かべ》から落ちて床《ゆか》に散らばっていた鏡の破片だった。鏡をたたき割《わ》ったのはビーストにちがいない。そこに映《うつ》る自分のすがたを見つづけることに耐《た》えられずに。

ベルは鏡の縁《ふち》にそって残っている鏡面の破片にろうそくを近づけた。破片はぎざぎざしているし、ろうそくの頼《たよ》りない明かりだけではわかりにくいが、目を凝《こ》らしているうちに、そこに映っているのが自分やまわりにあるものではないことに気づいた。さらに顔を寄せてじっと見つめる。

ある破片には、金髪《きんぱつ》の女のひとが映っていた。小さな女の子のぽっちゃりした手をそっとつかんで、土に開けた穴《あな》にいっしょに種を入れている……。

べつの破片では、同じ女のひとが女の子の頭上に雪のように落ち葉を降《ふ》らせている……。

さらにべつの破片では、女のひとと女の子がおそろいの服を着て、楽しそうにくるくるとまわりながら笑っている……。

いくつもの破片を見つめているうちに、ベルはあることに気づき、息がとまるほどおどろいた。鏡の破片に映し出されているのは、どれもおさないころのわたしと母さんだ。わたしをぎゅっとだきしめている母さん。泣きながら逃《に》げまわるわたしを追いかけている母さん。小さなベッドで寄りそって寝《ね》ている母さんと父さんとわたし。

赤ちゃんのころのわたしを映し出している破片もある。記憶《きおく》にはないこぢんまりとしたアパートメントに三人で住んでいて、バラ園は見あたらず、背景《はいけい》には城がそびえている。あの城には見覚えがある……まさか……。

この城だ！　ベルは息をのんだ。わたしは赤ちゃんのころ、この王国に住んでいたの？　いま住んでいる村に引っ越《こ》してくる前は。

そのころのことをなにも思い出せない。まるでビーストの魔法《まほう》の鏡を通して、自分とはまったく関係のないひとたちの人生を見ているようだ。この鏡の破片に映し出されているのは知らない家族で、いまとはちがう時代に、見知らぬひとたちに起こったできごとのように思える。

「どうして……」ベルはつぶやいた。「どうしてわたしはなにも覚えてないの、母さん？　ここに映っているものはなんなの？」

その問いに答えるかのようにとつぜん鏡の破片がどれも真っ暗になったかと思うと、そこにひとつの顔が浮《う》かびあがった。闇《やみ》にしずむその顔は傷《きず》だらけで怪物《かいぶつ》のようだ。ビーストよりもおそろしい。ずたずたに切り裂《さ》かれ、血まみれで目も口も鼻もよく判別《はんべつ》できないのに、この顔の持ち主《ぬし》が人間だということはわかるからだ。

〝ベル……〟

それはしわがれた声でそういうと、ぬっとベルにせまってきた。

〝裏切《うらぎ》り者がいる……闇《ダーク》に近づくな、闇から身を守れ……〟

ベルは悲鳴をあげながら、あとずさりした。

暗闇《くらやみ》のなかで恐怖《きょうふ》と狂気《きょうき》がどんどんふくれあがり、悲鳴をとめることができない。

こんな状態が永遠に続くのではないかという不安におそわれたとき、扉《とびら》が開いてビーストがあらわれた。ビーストは太くて毛むくじゃらの腕《うで》にベルをだきかかえた。ベルが手足をばたばたさせ、さらに叫《さけ》び声を大きくして抵抗《ていこう》する。ビーストはベルがやみくもにふりまわす手にあたらないよう顔をのけぞらせながら、ベルの部屋に向かって歩き出した。

「いや！」ベルは声を張りあげた。**「あの部屋にはもどらない！**　真っ暗で、影《かげ》のなかになにかがいるんだもの！」

暖炉《だんろ》のそば以外は真っ暗なあの部屋で、しゃべる衣装《いしょう》だんすや、影のなかにいる不気味《ぶきみ》ななにかといっしょに閉《と》じこめられるなんて耐《た》えられない。

ビーストは足をとめて考えていたが、やがて、自分がしばりあげられた書斎《しょさい》にベルを運んだ。眠《ねむ》そうなようすの召《め》し使いたちがやってきて、暖炉《だんろ》に火をおこし、ビーストが寝椅子《ねいす》にベルを寝かせるのを心配そうに見守った。

「さあ、これをのんでくださいな」とポット夫人の声がして、ベルは乱《みだ》れた気持ちのままそっちを見た。ポット夫人は毛糸を編んだティーポットカバーをつけている。まるでナイトガウンを着ているようだ。差し出されたカップはチップではなく、中身は色からして紅茶《こうちゃ》じゃない。

「いやよ、のまない」

「いとしいひと《マ・シェリ》」ルミエールがやさしい声でいった。「のまないとおっしゃるのですね。でも、毒を盛《も》るつもりなら、とっくにそうしていると思いませんか？」

ベルはまだ頭のなかが混乱《こんらん》していたが、ルミエールのいうとおりだと気づいた。それに、自分のふるまいがとても子どもじみていることにも。この物たちは、いまではもう友だちといってもいい存在《そんざい》なのに、わたしったら、こんなひどく感情的な態度で接するなんて。

ベルはカップをもちあげて、ひと息にのみほした。

「そんなにあわてなくてもだいじょうぶですよ、かわいいひと《モン・プティ・シュー》」ルミエールが声をたてて笑う。

ベルは咳《せ》きこんだり、むせたりしなかった。喉《のど》から胃《い》へと、じわっと心地よいあたたかさが広がっていく。

だんだん興奮《こうふん》がおさまってきた……コグスワースの時計の針《はり》が刻《きざ》むチクタクという音を聞いているとさらに気分が落ち着いてきて眠気《ねむけ》が押《お》しよせてくる。

「行かないで！」眠りに落ちる寸前《すんぜん》、ベルはささやいた。だれかにそばにいてほしかった。

たとえ、それがビーストでも。

＊25 ヨーロッパの美術様式のひとつ。紀元前二世紀なかごろから四世紀初めごろ、ギリシアの影響《えいきょう》を受けて古代ローマで制作された美術作品についていう

＊26 天使。美術では翼《つばさ》がありまるまるとしたかわいらしい子どものすがたで表現されている

23 図書室

ベルは目を覚ました。書斎《しょさい》には窓《まど》がなく、日差しが入ってこないので薄暗《うすぐら》い。だが、城壁《じょうへき》をおおう気味の悪いクモの巣を目にしなくてすむのはありがたかった。

暖炉《だんろ》の薪《まき》は残り少なく、橙《だいだい》色の火がちろちろと燃えている。影《かげ》のなかにいる不気味《ぶきみ》ななにかの気配もない。

だれかがふかふかの上掛《うわが》けをかけてくれたらしい。この肌《はだ》ざわりはシルク？　とてもあたたかい。それに、頭の下には枕《まくら》も置いてある。夜中にあんなことがあったのがうそのよう。心地よいまどろみのなかで、安心感につつまれる。

ベルにはなぜだか、もう日がのぼってだいぶ時間がたっているとわかった。悪魔《あくま》や悪夢は消え、夜まであらわれることはないだろう。いまはなにもおそれる心配はない。

傷《きず》があるかどうかたしかめようと足を引きよせた。

ある。

ぜんぶ現実だったのね。

大きくため息をつく。

超《ちょう》自然的で怪奇《かいき》なできごとが起こり、恐怖感《きょうふかん》を売り物とするゴシック・ロマンスの小説を自分でもおどろくほどたくさん読んでいて、イギリスの小説の『オトラント城奇譚《きたん》』[*27]は、お気に入りの作品のひとつだ。呪《のろ》われた城をさまよい、影《かげ》のなかにいるなにかにすくみあがり、物音にびくつくなんて、昨日の夜のわたしはびくびくとおびえるヒロインのようね。

それに、いくらいろいろな本をたくさん読んでいるとはいえ、蔦《つた》でできた像《ぞう》がこっそりあとをついてくるなんて思いつきもしなかった。

両手でごしごしと顔をこする。母さんは家を出ていっただけだと思っていたけれど、もしかしたら死んでしまって、この城にとりついたの？　だから、この城には母さんの魂《たましい》が残っていて記憶《きおく》があふれているんだろうか。

鏡の破片《はへん》に映《うつ》っていたのは、よくできた物語に出てくる、幸せな母娘《おやこ》のお手本のような場面ばかりではなかった。ふたりでけんかしている場面もあれば、なにもしていない場面もあった。破片が小さいせいで細かいところまではよく見えなかったけれど、母さんが顔をしかめたり、髪《かみ》をふり乱《みだ》したりしている場面もあった。でも、こんな完璧《かんぺき》とはいえない関係こそ、ほんとうの母娘《おやこ》なのかもしれない……。

それに、あのこぢんまりとしたアパートメントはなんだったの？　あのアパートメントのことをわたしはぜんぜん覚えていない。この城の周辺の町にあるんだろうか。とにかく、破片に映っていた場面が、わたしが失った記憶《きおく》の断片《だんぺん》であるのはまちがいない。

わたしたち家族になにが起きたんだろう？

立ちあがり、暖炉《だんろ》のそばへ歩いていって火かき棒《ぼう》をつかんだ。祈《いの》るように床《ゆか》にひざをつき、薪《まき》の燃えさしをつつきはじめる。火を大きくしたいというよりも、なにかせずにはいられなかったのだ。

心の奥底《おくそこ》にずっとしまいこんでいた思いが、じわじわとわきあがってくる。意識すると胸《むね》がうずくので、わざと目をそらしていた思い。

どうしてわたしには母さんがいないの？　母さんはどこに行ってしまったんだろう。

この気持ちにずっとふたをしてきたけれど、ほんとうは母さんにそばにいてほしいと願っていたのだ。

父さんに髪《かみ》をとかしてもらおうが、母さんに髪をとかしてもらおうが、たいしたちがいはないと思いこもうとしてきた。

でも、やっぱりちがう。

「おはようございます」ポット夫人が、注《つ》ぎ口《くち》から湯気《ゆげ》を出しながらおどるようにして入ってきた。その後ろにはコグスワースがいて、ワゴンには朝食のホットチョコレートとクロワッサン、香《こう》ばしいにおいのベーコンとあたたかいコンポート[*28]がのっている。

「まあ、燃えさしなんかつついて」ポット夫人が声をあげた。「それは火かき棒のジェイムズの仕事ですから、あなたがなさらなくてもジェイムズが自分でやりますよ！　立ってください。すてきなスリッパが灰《はい》でよごれてしまうじゃありませんか！」

ベルは不思議に思った。どうしてみんな、わたしが目を覚ましたってわかったんだろう？　部屋になにかがひそんでいて、テレパシーかなにかを使って城じゅうにメッセージを伝えてるとか？　それとも、優秀《ゆうしゅう》な召《め》し使いにはそういうことを感じとれる能力がそなわっているものなのかしら。

どちらにしろ、もう少しひとりでいる時間がほしい。

とはいえ、ベーコンのにおいのなんておいしそうなこと。

「お召《め》し物をお持ちしました」羽《は》ぼうきのメイドが、羽根《はね》をひらめかせながら軽やかに入ってくると、ベルにエプロンドレスとエプロンとブラウスを差し出した。洗濯《せんたく》ずみでアイロンまでかけてある。「衣装《いしょう》だんすから……これをお召しになりたいはずだ、と申しつけられたものですから」

「どうもありがとう」ベルはていねいにお礼をいった。「それと、昨日の夜はごめんなさい……」

ポット夫人がさっとベルのほうを向いた。「まあ、そんなこと気になさらなくていいんです。魔法《まほう》にかけられた城ですごす初めての夜だったんですから！　だれもあなたを責めたりしませんよ」

三つの物たちが、返事を待つかのように見あげてくる。それを見つめかえしながら、ベルはひそかに思った。だめだ。やっぱりまだ、みんなの相手ができるほどはっきりと目が覚めてないし、元気じゃない。

「あの……そろそろ着がえたいんだけど、いいかしら」ベルは遠慮《えんりょ》がちにいった。

「あっ、これは失礼いたしました！」コグスワースがあわてていった。つんのめるようにしておじぎしたあと、じりじりとあとずさっていく。

「なにか必要なものがありましたら気兼《きが》ねなくいってくださいね」ポット夫人はそういうと、注《つ》ぎ口《くち》で、行くわよ、と羽《はね》ぼうきに合図して扉《とびら》に向かった。

みんなが書斎《しょさい》から出ていって扉が閉《し》まると、ベルは思わずため息をもらした。朝食と服をもってくるだけなのに、ずいぶんにぎやかだったわね。ずっとこんな調子なのかしら……。そういえばこんな話を読んだことがある。毎朝、フランス王妃《おうひ》に下着を直々《じきじき》に手わたしする特権《とっけん》をめぐって召《め》し使いや側近《そっきん》たちが争い、そのあいだ、王妃はベッドのなかで寒さにふるえながら待っていたという話だ。

ベルはすばやく着がえた。もたもたしていたら、またいつじゃまが入るかわからない。

着がえを終えて、ホットチョコレートをカップに注《つ》ぎ、クロワッサンをかじりはじめたとき、扉《とびら》をノックする音がした。大きいけれどこもったような音。まるで獣《けもの》のような肉厚《にくあつ》の手でたたいたみたい。扉が数センチだけ開く。

「入っても……いいだろうか」ビーストが遠慮《えんりょ》がちにたずねた。

「どうぞ」

よかった、ビーストだわ。ベルは声の主《ぬし》がビーストだと知ってほっとしたことにおどろいた。ビーストもいまわたしが置かれている状況《じょうきょう》もふつうじゃないのに。父さんを牢《ろう》に放りこみ、わたしを身代わりにして城に閉《と》じこめた相手なのよ。親しみなんか抱《いだ》くわけがない。でも皮肉にも、ビーストには召し使いたちよりも人間らしいなにかが感じられる。

「もう……だいじょうぶなのか？」ビーストはぶっきらぼうにそうたずねると、はずかしそうにあたりを見まわした。

「ええ、ありがとう。これから毎晩《まいばん》あんなことが起こらないよう祈《いの》るわ。ずっとここにいなくちゃならないんだから。ホットチョコレートはいる？」

「いや、けっこうだ」

ビーストはそわそわと落ち着かないようすだった。自分の机《つくえ》まで歩いていって椅子《いす》に腰《こし》かけ、もぞもぞと体を動かしたり、暖炉《だんろ》の火に目をやったりしている。

だが、また立ちあがると、とうとう話を切り出した。「じつは獲物《えもの》を狩《か》りに出たいんだが、出られない」

獲物を狩る？　ベルは胃《い》がむかむかするのを感じた。やっぱりビーストは獣《けもの》としての習性《しゅうせい》を無視《むし》できないんだろうか……。だがそんなベルの推測《すいそく》も、つぎの言葉で吹《ふ》きとんだ。

「いまや、すべての城門が完全にクモの巣でふさがれてしまった。もう外には出られない」

もう外には出られない？

ベルは心臓《しんぞう》がどくどくとはげしく脈打《みゃくう》つのを感じた。あのときビーストを城に連れてかえると決めたために、わたし自身の運命まで封印《ふういん》してしまったのだ。永遠に。

気持ちを落ち着かせようとごくりとつばをのみこみ、自分に言い聞かせる。パニックを起こしたってなにも解決しない。立ちあがって寝椅子《ねいす》にもどり、きちんとたたまれた上掛《うわが》けのとなりにそっと腰《こし》をおろした。「昨日の夜、不思議なものを見たの」

ビーストはなにもいわず、ただ片方《かたほう》の眉《まゆ》をあげた。

「そうだといいきる自信はないんだけど……母がわたしになにかを伝えようとしてる気がするの。母が生きているのか死んでいるのかもわからない。でも、母の魂《たましい》というか分身《ぶんしん》のようなものがわたしに接触《せっしょく》してきて、この城にかけられた呪《のろ》いを通して警告《けいこく》しようとしてる。裏切《うらぎ》り者がどうとかいってた。それに、闇《ダーク》に近づくなとも」

ベルの話を聞いて、ビーストの表情がぱっと明るくなった。内容は不気味《ぶきみ》だが、呪いをとく手がかりになると期待しているのかもしれない。「きみは、母親はまだ生きていると思ってるのか?」

「ずっと、母は家を出ていっただけだと思ってたの。でも、昨日の夜、初めて、もしかしたら死んでしまってこの城にとりついたのかもしれないと思った。けれど……やっぱり生きている気がする」そう答えながら、ベルの心のなかで母は生きているという考えがだんだん強くなっていった。だって死んだのなら、はっきりとそう伝えたほうが話は簡単《かんたん》だ。母親を亡《な》くしたかわいそうな娘《むすめ》として村のひとに哀《あわ》れだと思われることはあったかもしれないけれど、ほんとうは死んでるのに、生きていると思ってさがしつづけるようなむだなことをしなくてすむ。

「それと、わたしはこの王国に住んでいたことがあるみたいなの」ベルは頭のなかを整理しながらゆっくりと話しはじめた。「まだ赤ちゃんだったころに。上の階の鏡の破片《はへん》に映《うつ》ってるのを見たのよ。おさないころに、いま住んでる村に引っ越《こ》してきたのはまちがいない。それで……気づいたことがあるの」

ビーストはベルをまっすぐに見つめた。「気づいたこと？」

「ええ……呪《のろ》いをかけたり、魔《ま》法《ほう》のバラを育てたり、魔法の鏡を使ったりできるような強い魔《ま》女《じょ》だったら、かなり有名だったはずよ。この不思議な王国に母がほんとうに住んでいたのならね。母についてもっと知ることができたら、役に立つと思うの。だれかに裏《うら》切《ぎ》られたから、あなたに呪いをかけたのかもしれない。それを調べて真実をつきとめれば、母の魂や分身のようなものをなぐさめられるんじゃないかしら。だれか、相談できるひとがいればいいんだけど。それか、わたしが赤ちゃんのころに住んでいたアパートメントをさがし出すとか……でも、城門の外には出られないんだからそれは無理ね……」

ベルはいらだちをこらえきれず、そばにあったワゴンを力まかせにバンッとたたいた。その反動で、ワゴンの上にのっている物がぶつかり合って音をたてる。それを見ていたビーストはぎょっとして、わずかにあとずさりした。

「調べる手立《てだ》てがなにもなかったら……真実をつきとめることなんてできないわ」

ビーストは眉間《みけん》にしわを寄せて考えこんでいる。ベルには、ビーストのたてがみにおおわれた大きな頭のなかで、歯車が回転しているのが見えるような気がした。

やがて、ビーストはためらいがちに口を開いた。「本……ではだめだろうか」

ベルは目をぱちくりさせた。

「この王国の民《たみ》について書かれた本を調べてみたらどうだろう……民の歴史を」話すにつれてビーストの声が興奮《こうふん》を帯びていく。「あるいは地域《ちいき》に伝わる言い伝えなどを記《しる》した本とか……」

「いい考えだと思うけど、どこにそんな本があるの？」

「図書室だ」そういって、ビーストは肩《かた》をすくめて背後《はいご》を指さした。その人間らしい、なにげないしぐさにベルはどきりとした。

そういえば……。

「図書室」と声に出しながら、ベルはあることを思い出した。ルミエールとコグスワースが話してたっけ……。わたしを立ち入り禁止の西の塔《とう》に行かせまいとしたときに。

「そうね、この城には図書室があるのよね！」

「わあ、なんてすばらしいの《モン・ディユー》！」

ベルは図書室の入り口で足をとめ、ぼうぜんと立ちつくした。

ビーストはベルのために扉《とびら》を押《お》さえたまま、前方を照らすためにルミエールをかかげている。

ベルがいつまでもなかに入ろうとしないので、ビーストとルミエールはこまったように顔を見合わせた。

図書室はずっと奥《おく》まで続いていた。大きな暖炉《だんろ》や、書見台《しょけんだい》のついたふかふかのベルベット張りの読書椅子《いす》、大型本《おおがたぼん》を広げるための低くて小さいテーブルもあり、色とりどりの風景画が何枚も飾《かざ》られている。

そして、数えきれないくらいの本……。

吹《ふ》きぬけになっている部屋の壁《かべ》には、床《ゆか》から三階分ほどの高さのある天井まで本棚《ほんだな》がずらりと立ちならび、どの本棚にもぎっしりと本がつまっている。

本棚にそってめぐらされた金色のバルコニーには美しい弧《こ》を描《えが》く階段《かいだん》がついていて、はしごもあちこちに立てかけてあり、高いところの本もとりにいけるようになっている。ベルは本棚を数えはじめたが、二十まで数えたところであきらめた。

薄暗《うすぐら》くて不気味《ぶきみ》な城のほかの場所とちがって、図書室はすみずみまで明るい雰囲気《ふんいき》に満ちている。石の床《ゆか》には真珠《しんじゅ》のように輝《かがや》く象嵌細工《ぞうがんざいく》が、白い漆喰《しっくい》の壁《かべ》には金色の装飾《そうしょく》が施《ほどこ》され、銀色の天井は縦長《たてなが》の窓《まど》から差しこむ日の光を反射《はんしゃ》してかすかにきらめいている。長椅子《ながいす》がならんだスペースは分厚いカーテンでかこみ、そこにすわって読書に集中できるようになっている。

「ほんとうにすてき！」

ベルはそっと足を踏《ふ》みいれた。圧倒《あっとう》されて頭がくらくらしてくる。

「まるで……なんていったらいいんだろう……そう！　大学にいるみたい！　それか、パリの図書館とか！　それとも……」

ビーストは太い脚《あし》をもぞもぞさせながら、初めておとずれたかのように図書室を見まわすと、ぼそりとつぶやいた。

「ここは城の図書室……じゃなかったのか？」

いまのは、わたしをからかおうとしたのかしら。ベルはビーストをじっと見つめたが、その毛むくじゃらの顔からはなにを考えているのか読みとれない。でも、目は少し笑っているような気がする……。

「魔法《まほう》の鏡を見たときは、こんな鏡をもっていたら、本を読む気になんてならなかったかもしれないって思ったけど、やっぱり訂正《ていせい》する。わたしがここの住人なら、一生、ここで本を読んですごすわ」

「どれも……ただの本じゃないか……」

ビーストは正面《しょうめん》の壁にとりつけられている燭台《しょくだい》に火を灯《とも》すと、ルミエールを床に置いて下がらせた。

「ただの本？　それって、アレクサンドリア図書館[*29]をただの図書館だっていってるようなものよ」ベルは近くの本棚《ほんだな》まで駆《か》けていって、首をかしげながら背表紙《せびょうし》のタイトルを端《はし》からながめていった。「もうっ、わかってないのね。どうしてわからないのか理解できない。ほら、これは天文学について書かれた古代ギリシアの本よ。それから……となりには天文学者のガリレオ・ガリレイが書いた本がぜんぶそろってる！　この棚には恒星《こうせい》とか惑星《わくせい》とか宇宙《うちゅう》に関する本が置いてあるのね！」

ビーストはその場につっ立ったまま、決まり悪そうに首の後ろを掻《か》いている。

ベルは本を一冊《さつ》引きぬいてもどると、ビーストの顔の前にその本をつきつけた。「このコペルニクスという天文学者があらわれるまでは、地球が宇宙《うちゅう》の中心に静止し、ほかの天体は地球のまわりをまわってるって考えられてたのよ」ぱらぱらとページをめくっていき、あるページで手をとめた。そこには惑星《わくせい》とその軌道《きどう》を描《えが》いた版画《はんが》があり、その下にはそれぞれの惑星の名前や軌道の長さが小さい字で説明してある。「いまわたしたちが、宇宙《うちゅう》の中心にあるのは太陽で、地球は太陽のまわりを回転していること、そして地球のまわりをまわってるのは月だけだと知ってるのは、コペルニクスや、天文学者のティコ・ブラーエやケプラーのようなひとたちのおかげなのよ」

「本に、そういったことが書いてあるのか？」ビーストはベルの手から本をとって、顔をしかめながら文字を目で追った。

「本にはなんだって書いてあるわ。人類が知り得たことや想像したことは、ほとんどすべて」

ベルはいったん口をつぐんでからこう続けた。「わたしが育ったのは小さな村だから、本から学ぶことができなかったら、いまごろどんな大人になっていたかわからない。あそこでは……ちっぽけな人生しか送れない。とてもせまい世界なの。同じ顔ぶれに、何度も繰《く》りかえされるうわさ話、食べるものだって代わりばえしないものばかり。でも、本を読むことで、川の向こうには、わたしや父を変わり者あつかいするひとたちがいる村のほかにも広い世界があるって気づけたの。科学者とか作家とか探検家《たんけんか》とか、魅力的《みりょくてき》なひとがたくさんいて、わくわくするような人生を送ってるんだって……。

あなたには魔法《まほう》の鏡があったから、この城以外の広い世界を見ることができた。わたしには本があった。本を読めば、いろんな場所を旅している気分になれる。べつの人物になって、べつの人生を生きることだってできる。そうしていると、毎日の暮《く》らしから悲しみやさびしさが減《へ》っていくの」

ビーストはページをめくりながら、眉《まゆ》を寄せてじっと本に見入っている。

「家庭教師が読んでくれたこともあったが、読書は好きじゃなかった。狩《か》りに行ったり、馬にのったりするほうが好きだったのだ。いままで知らなかった……本にはそんな力があるなんて」

そういうと、ビーストはなんともいえない表情でベルを見た。

「きみは、ずっと悲しみやさびしさをかかえてきたのか？」

「ええ」ベルは急にはずかしくなり、ビーストが手にしていた本をとって本棚《ほんだな》にもどした。

ビーストはまだ困惑《こんわく》した表情でベルを見つめている。そうしていれば、ベルの心のなかをのぞきこめるとでもいうように。

「ここには、わたしの母のこと、つまりあなたに魔法をかけた魔女《まじょ》のことを調べるために来たんじゃなかった？」ベルは精いっぱい集中している表情をつくり、本棚にならんでいる本の背《せ》表紙《びょうし》に指先を走らせた。どれもほこりっぽいけれど、ほこりにまみれているというほどじゃない。小さな召《め》し使いたちが、ここも掃除《そうじ》しているのかもしれない。いつの日か、本を大切に思うだれかがやってくると信じて。

もしかして魔法《まほう》をかけられた本もある？　そう考えただけで胸《むね》がわくわくする。それに、そんな本があれば助かるはずよ。棚《たな》に見出しはついてないし、案内してくれるムッシュ・レヴィもいない。どの棚にどんな本がならんでいるのか、ぜんぜんわからないんだもの。

ベルがそんなことを考えていると、さがしはじめて数分もしないうちにビーストがぼやく声がした。「無理だ。こんなにたくさんの本のなかから目あての本をさがしあてるなんて！」まるでわたしの心の内を読みとったみたい。ベルのいる位置からビーストは見えなかったが、ビーストのくしゃみが聞こえたとたん、棚という棚がゆれてベルが立っているはしごもゆれた。

「そう思いたくなる気持ちもわかるけど、とにかく……なにかを記録してある本にしぼってさがしてみましょう」ベルは考えに集中しながら提案《ていあん》した。「たとえば……歴代《れきだい》の王の系図《けいず》とか戦記《せんき》とか国土分割史《こくどぶんかつし》とか。それか、教会関係の資料でもいいかもしれない。教会ではほかでは記録していないことも残していたりするから」

「そうだな。だが、そういったものは見あたらない。じん……こう……ちょう……なんとかと書いてある本がずらりとならんでいる棚はあるが」

ベルの手がとまった。それって、もしかして人口調査《じんこうちょうさ》のこと？

ビーストも、はっとした顔になる。

「ああ、どうやら見つけたようだ」

＊27 イギリスの小説家ホレス・ウォルポール（一七一七年―一七九七年）による、イギリスのゴシック・ロマンスの元祖《がんそ》と考えられている作品

＊28 果物の砂糖煮《さとうに》、または砂糖漬《づ》け

＊29 紀元前三世紀ごろ、エジプトを支配したプトレマイオス朝の首都アレクサンドリアにあった図書館。古代図書館のなかでは最大とされる

24 奇妙《きみょう》な印

十分後、ベルとビーストは図書室の暖炉《だんろ》の前にいた。火にあたっているとぽかぽかとあたたかくて心地いい。呼《よ》び鈴《りん》の音を聞きつけたルミエールが、無愛想《ぶあいそう》な火かき棒《ぼう》の助けを借りながら、火をおこしてくれたのだ。ビーストの両親よりも前の時代から、図書室内は飲食禁止《いんしょくきんし》と決められているが、せめて飲み物くらいはという計《はか》らいで、ポット夫人のおすすめの紅茶《こうちゃ》が入ったポットと、ルミエールのおすすめのスパイス入りのホットワインが入ったフラゴン*30がワゴンで運びこまれていた。

ふたりのまわりには古い本を積みあげた山がいくつもあった。ビーストは読むのは速くなかったが、力があるので、何百ページにもわたる記録を記《しる》した分厚い本を一度に何冊《さつ》も運ぶことができた。

心地よい静けさのなか、ふたりで黙々《もくもく》とページをめくっていく。ベルはときどき顔をあげるたびに、ぎょっとした。大きくて見るからに獰猛《どうもう》そうなビーストが、本におおいかぶさるようにして背《せ》をまるめ、かぎ爪《づめ》を動かして文章をなぞりながら、ぶつぶつとつぶやいている。鼻めがねをかけたビーストのすがたがおかしくて、くすっと笑い声をもらさないようにこらえた。

だが、しばらくすると、ビーストがもぞもぞしはじめた。

集中しようと椅子《いす》の上であらゆるすわり方を試し、背《せ》もたれに足をひっかけてほとんど逆《さか》さまになるような格好までした。紅茶《こうちゃ》をのむといっては何度も休憩《きゅうけい》をとり、あくびを繰《く》りかえし、運動の時間だといってストレッチをしたり、ネズミのにおいがするといって追いかけようとしたり。

さらには、足で床《ゆか》を踏《ふ》みならしたり、耳をもぞもぞ動かしたり、調子外れな声で鼻歌まで歌い出す。あたりをきょろきょろと見まわすが、その視線《しせん》は本にだけはとまらない。

「お願いだから静かにしてくれる？」こらえきれなくなったベルは、やさしくたしなめた。

「すまない」ビーストは自分でも不甲斐《ふがい》なく思っているのか、しゅんとうなだれた。

ベルが読んでいる本のほうが、よっぽど退屈《たいくつ》なはずだった。題名は『一六二三年から現在までの農地区画と教会への十分の一税[*31]の記録』。わざとおもしろくなさそうなほうを選び、ビーストには『ある司教代理《しきょうだいり》が記録した王国の口頭伝承《こうとうでんしょう》』をわたした。そのなかには、目あての記録だけじゃなく昔話や言い伝えなんかもあって、ビーストの興味を引くにちがいないと思ったのだ。

でも、どうやらそうではなかったらしい。

「どうしていままで、母親をさがそうとしなかったんだ？」ビーストはものの一分もしないうちにたずねた。

ベルは目にかかっていた前髪《まえがみ》をふーっと吹《ふ》いた。「とくに理由はないわ。はっきりとは覚えてないけれど、母がいなくなったとき、わたしはまだおさなかったし、ずっと父とふたりで暮《く》らしてきて、とくに問題もなかったから」

そう答えながらも、ベルは自分の口調が芝居《しばい》じみて、元気がないように感じられた。バラにふれたとたん浮《う》かんだまぼろしや鏡の破片《はへん》に映《うつ》った場面を見たあとでは、物事の見方がこれまでとはすっかり変わってしまい、心の奥底《おくそこ》にずっとしまいこんでいたいくつもの疑問《ぎもん》を呼《よ》びさましてしまったのだ。

たとえばこんな疑問だ。母さんはわたしを愛していなかったの？

もちろん愛してくれていただろう。鏡の破片に映っていた母さんも、いらいらするそぶりを見せることはあったけれど、わたしを心から愛しているように見えた。

だったら、どうして家を出ていってしまったの？　偉大《いだい》な魔女《まじょ》には、田舎《いなか》の小さな村での暮《く》らしは物足りなかったんだろうか。ずばぬけた力をもつ魔女には、魔法《まほう》や呪《のろ》いをかけたりするのに、もっとふさわしい場所があったんだろうか。

それとも、わたしと同じように、どこかべつの場所へ冒険《ぼうけん》をさがしにいきたいと願ったの？

ビーストは身をのり出して目を見開き、ベルの顔に浮《う》かぶ表情の変化を食い入るように見つめている。従順《じゅうじゅん》な犬が飼い主《ぬし》の指示を待つように、ベルがなにか言い出すのを期待しながら。

「わたしは母の記憶《きおく》を消されたんだと思うの」ベルはゆっくりと話し出した。「母にかかわることはほとんどすべて。きっと魔法かなにかを使ってね。この王国やあなたのことをだれも知らないのと同じように」

「そういえば……呪《のろ》いをかけたとき魔女はこういっていた。〝このバラの最後の花びらが散るまでに、だれかを心から愛することを学び、相手からも愛されなければ、おまえもこの王国も城も召《め》し使いたちも、すべて呪《のろ》われたまま、わすれさられることになるだろう――永遠に〟と」

ビーストが一度にこんなに多くの言葉を語ったのは、これが初めてだった。思い出すとつらいのか、目をぎゅっとつぶったまま一言一句《いちごんいっく》そらんじた。

ベルは胸《むね》がしめつけられるようだった。たしかにビーストは父さんを牢《ろう》に放りこんだ。でも……いっしょに呪いをとこうと協力しはじめてからは、たとえたった十一歳《さい》の男の子だったとしても、このひとは呪いをかけられてとうぜんだと思うほどの残忍《ざんにん》さをビーストが見せたことはない。

そもそも十一歳の男の子に、愛とはどういうものなのか理解できるのだろうか？

沈黙《ちんもく》が流れる。やがて、ビーストは目を開いて本に視線《しせん》をもどした。ベルも本を調べはじめる。

しばらくしてビーストがかぎ爪《づめ》でベルのひざをつつきながらいった。「ベル、ちょっといいか……」

「なんなの？」集中していたベルは思わず強い口調できかえした。

ビーストは一瞬《いっしゅん》ぎょっとしたが、真剣《しんけん》な表情にもどって話しはじめた。「これ……魔女《まじょ》について書いてあると思うんだが」

「ごめんなさい、集中してたものだから……。よく見つけたわね。なんて書いてあるの？」

ビーストは気をとり直すように咳《せき》ばらいすると、本をもちあげ、文字にそってかぎ爪を動かしながら読みはじめた。

「……あるとき、パーソンズ・ロックの町の西のほうにある泉《いずみ》が腐《くさ》ってしまったが、その町で暮《く》らす魔女の力によって、あまくおいしい水にもどった。そのあたりでは、もっとも力のある魔女として広く知られていたため、もとにもどしてほしいと懇願《こんがん》されて引きうけたという。人びとはこう口をそろえる。その稀有《けう》な魔法《まほう》の力をしのぐのは、その美しさだけであると。金色の髪《かみ》と緑色の目を見て、天使と呼《よ》ぶ者もいたほど……」

「どうだ？」ビーストは興奮《こうふん》のにじむ声でいった。「金色の髪と緑色の目。まちがいない！」

「すごいわ！」ベルは顔をほころばせた。「ほかにはなんて書いてあるの？」

その先の文章を目で追いはじめたビーストの顔がくもる。「それだけだ。このあとは妖精《ようせい》や森のこびと、それに都会の医者より腕《うで》がいい村の呪術医《じゅじゅつい》の話とかだ。ほかにもいろいろあるが……その地域《ちいき》に伝わる興味深い言い伝えや不思議な話などを集めたんだろう。といっても、この王国の民《たみ》たちは、どの話も事実だと知っている。わたしがおさないころには、そういった話がよくあった」

「えっ……それって……」ベルは頭がくらくらした。「この王国には母以外にも……つまり魔女以外ってことだけど、妖精とかもいたってこと？」

「ああ、そうだ」ビーストは肩《かた》をすくめた。「それほど多くはなかっただろうが、危険《きけん》な連中だったようだ。父と母が、なんとかしてこの王国から追いはらいたいと話しているのを聞いた覚えがあるからな」

そう聞いて、ベルは、ずいぶんとひどいことをいうのね、と思った。妖精を追いはらいたいだなんて。わたしは、妖精がほんとうにいたらどんなにいいだろうと願いながら、妖精について書いてある本を読みあさってきたのに。その妖精《ようせい》が、ここにはずっと存在《そんざい》してたなんて！

だけど……。

もし妖精が母さんみたいに強い魔法《まほう》の力をもっていて、理由はあったにせよ呪《のろ》いをかけてしまうのだとしたら……国王と王妃《おうひ》が追いはらいたいと考えるのもわからなくはない。母さんは、いったいなにに対してそんなに怒《いか》りを感じていたんだろう。世界で最後の魔法の王国をわすれさらせるほどのことだったの？

「考えたんだけど……母を見つけ出すことにこだわらなくてもいいのかもしれない。強力な魔法の力をもつべつの魔法使いをさがせばいいのよ」

ビーストは肩《かた》をすくめた。「ほかにはもういないと思う。彼女《かのじょ》がこの王国の最後の魔女《まじょ》だとみんながいっていたのを覚えてる」

「そう……。じゃあ、やっぱり母の情報をさがすしかないわね……」

「そういえば、きみの母親の名前はなんていうんだ？　納税者《のうぜいしゃ》の記録などを見れば、なにか情報がのっているかもしれない」

ベルははっとして本を置き、両脚《りょうあし》を引きよせて腕《うで》でかかえこんだ。「わからない」とぽつりと答える。

「なんだと？」ビーストが怒鳴《どな》った。

ベルはぶるっと身ぶるいした。でもそれはビーストに怒鳴られたせいじゃない。自分の母親の名前を知らないなんて……。その事実に気づき、背《せ》すじがぞくりとして言いようのない恐怖《きょうふ》におそわれた。父さんはモーリス。母さんは……？

どうしてわたしは、自分の母親の名前すら知らないんだろう。

「母の名前は覚えてないの……理由はわからないけど、思い出せないのよ。きっと魔法が関係してるんだと思う。そのせいでわすれて……」

あぜんとしてベルを見つめていたビーストが、とつぜん怒《いか》りの吠《ほ》え声をあげた。なにかが動く気配がしたかと思うと、ベルが見ていた革装丁《かわそうてい》の本がいつの間にか引き裂《さ》かれていた。ベルは息をのんでさっと手を引いたが、そのときにはもう、ビーストのかぎ爪《づめ》はそこにはなかった。

無意識のうちにとめていた息をはき出し、ようやく声が出せるようになるとベルはいった。

「本に八《や》つ当たりしたってなんの意味もないのに」

「名前も知らない女をさがすのもな！」ビーストは吠《ほ》えるように怒鳴りつけた。**「まったくなんの意味もない！」**

「わたしだって、いいたくてこんなことをいってるわけじゃない！」ベルはいいかえした。「いま初めて、自分の母親の名前すら知らないって気づいたのよ！　それがどれほど不可解《ふかかい》でおそろしいことなのかわかる？」

ビーストはうつむき、耳をふせた。「きみのいうとおりだ」とぼそりとつぶやく。

ベルは首を横にふって、こめかみをこすった。「とりあえず、わかっていることを整理しましょう。母がこの王国に住んでいて、しかも有名だったのはまちがいない。それと、わたしがここで生まれたのもね。鏡の破片《はへん》に映《うつ》っていたから、それはたしかだと思う。ということは、やっぱり人口調査《じんこうちょうさ》の記録簿《ぼ》を調べればいいのよ。そこに、わたしの出生《しゅっしょう》や洗礼《せんれい》の記録、それに父と母の名前が残っているはずよ。納税者《のうぜいしゃ》の記録もね」深く息を吸《す》ってこう続ける。「もしかしたら母の死と死因《しいん》の記録ということもありえるけど……。とにかく調べてみないことにはなにが見つかるかわからない。でも、なにかしら見つかるはずよ」

「いわれてみれば……そうだな」ビーストはしぶしぶみとめた。

「じゃあ、あれから始めて」ベルはつんとすました顔でいい、ビーストが引き裂《さ》いた本の残骸《ざんがい》を指さした。「どの年の記録なのか、ちゃんとたしかめながら調べてね」

ビーストはおとなしくしたがった。

ところがいざ調べはじめると、ベルの目にはどの記録も同じに見えた。納税者《のうぜいしゃ》の名前がずらりとならんでいるのだが、どう見ても関係のなさそうな農民の名前がえんえんと続いている。ジャックとフランソワという名前のなんと多いことか。

おまけに女性の納税者の名前が記録されていることはごくまれで、世帯主《せたいぬし》である男性の名前がほとんどだ。

それに読みにくい小さな字でぎゅうぎゅうづめに書いてあるので、うっかりすると、つぎの年の記録の変わり目を見逃《みのが》しそうになり、つねにどの年の記録なのか注意深くたしかめる必要があった。

だが調べていくうちに、この城に呪《のろ》いがかけられる二十年ほど前あたりの記録から、名前の横にところどころ小さくて奇妙《きみょう》な印がついていることに気づいた。自分たちがさがしていることには関係ないかもしれないが興味を引かれ、ページを行きつ戻《もど》りつしながらたしかめてみた。この印はなんだろう。納税額《のうぜいがく》が増えたひととか身分が変わったひと？　それとも城の財務担当《ざいむたんとう》者《しゃ》にとってなにか重要な意味があるとか……うーん、どれもちがうみたい。

ただ、名前の横に印がついているひとたちには、ひとつだけ共通点があった。それっきり、このあとの記録にいっさい出てこないのだ。死亡《しぼう》したという記録すらない。

生まれた年も性別も職業もばらばらで、ほかにはなんのつながりも見つけられない……。不思議に思いながら記録を調べつづける。

「あった！」ベルは一瞬《いっしゅん》、印のこともわすれて思わずさけんだ。「見つけたわ！　わたしの出生《しゅっしょう》の記録よ！」

ビーストは獲物《えもの》を狙《ねら》う獣《けもの》のように音もたてずにさっと近づくと、長椅子《ながいす》にすわっているベルの後ろからのぞきこんだ。

「氏名：ベル、性別：女性、父：モーリス……ああ……」ベルの表情がかげる。「それしか書いてない」

ビーストがうなりはじめる。ベルはふりむきもせずに片手《かたて》をさっとあげて、ビーストの口をふさいだ。

「きみの母親はいったいなんなのだ？」ビーストは口をふさがれたまま、もごもごといった。「まるでどこにも存在《そんざい》しないみたいじゃないか」

「母は自分の存在の痕跡《こんせき》を消したんだと思う。なんらかの理由があって。家族に魔法使《まほう》いがいると、こういうことが起きても不思議じゃないのかもしれない……」ベルはため息をもらした。

「ところで、これを見て。ほら、名前の横に小さな印があるでしょ。いくつもあるのよ。父の名前のとなり、ほんとうだったら母の名前があるはずの場所にも書いてある。母となにか関係があると思う」

「だから、なんだというのだ？」

「この印に見覚えはある？　どんな意味があるのか知ってる？」

「いや、ない」ビーストは眉間《みけん》にしわを寄せた。

「なにか重要な意味があるはずよ。この印がついているひとたちは男でも女でも、それっきり、このあとの記録にいっさい出てこないの。ほら見て」ベルはページをあちこちめくって、いくつか指さした。「このひとたちはみんな、どうなってしまったのかしら？」

ビーストがしずんだ声でいった。「疫病《えきびょう》が流行《はや》ったんだ。わたしが子どものころに」

「それは関係ない」ベルはそっけなく答え、二冊《さつ》の記録簿《ぼ》を交互《こうご》に見ながら首を横にふった。

ビーストはおどろいた顔でベルを見た。

ベルははっとした。〝それは関係ない〟という言い方が、どれほど冷たく響《ひび》いたかに気づいたのだ。

「ごめんなさい！　無神経《むしんけい》だったわね……あなたを傷《きず》つけるつもりなんてなかったの。ただ、疫病が流行ったということでは、このひとたちが記録から消えてしまった説明はつかないといいたかっただけなの。ここを見て。疫病で死んだってはっきりと書いてある。ほら、ここにも、こっちにも。そう書いてあるひとは数えきれないほどいる。でも印がついてるひとたちには……死亡《しぼう》と死因《しいん》の記述はない。だから死んだんじゃないと思う。ただ記録から消えただけで」

「だったらおそらく引っ越《こ》したのだろう。きみと同じように」

「このひとたちぜんぶ？　いくらこの王国がわすれさられるよう呪《のろ》いをかけられたからといって、こんなにたくさんのひとが引っ越したら、だれかが気づくはずよ。わたしが育った村のひとたちは、いつもとちがうことが起きたり、よそ者が入ってきたりするのを嫌《きら》う。そんなことが起きてたら、文句《もんく》をいうひとがいたはずだけど、そんな記憶《きおく》はないもの」

ふたりのあいだに重苦しい沈黙《ちんもく》が流れる。ベルは、たしかなことなんかどこにもないように思えた。いますわっているこの長椅子《いす》が急に消えてしまい、床《ゆか》にしりもちをつくようなことだって起きそうな気がする。意味のわからないことばかり。母を見つけ出す手がかりとなるような記録も見つからない。ひざの上にあるのはただの古い紙切れみたいなもので、そこに書いてある言葉も情報もなんの役にも立たない。

「アラリック……」ビーストがぽつりとつぶやいた。

ベルが顔をあげると、ビーストは宙《ちゅう》の一点をぼんやりと見つめていた。

「この城にアラリックという名前の厩舎長《きゅうしゃちょう》がいたのだが、とつぜんすがたを消したのだ……呪いがかけられる前のことなんだが……。アラリックの名前の横に、その印があるかどうかたしかめてくれ」

「すがたを消したって、どういう意味？　なにを思い出したの？」ベルは記録簿《ぼ》を一冊《さつ》手にとった。

「急に……仕事に来なくなってしまったのだ。アラリックになにが起きたのか、家族でさえ知らない。両親は、わたしのせいだといった。わたしが親切にしすぎたから、あの男は仕事も家族も捨《す》てて、疫病《えきびょう》が蔓延《まんえん》するこの王国を逃《のが》れ、べつの人生を生きることにしたのだろうと。あ・・・・あいう連中は、少しでも金を手に入れるとそうするものだからと」

「子どもにそんなことをいうなんてひどい」ベルは信じられない思いだった。

「アラリックに金をわたしたのは事実だ。それに宝石《ほうせき》も少し。馬にこっそりニンジンや砂糖《さとう》をあげるような軽い気持ちで。いいことをしたつもりでいたのだ」

ほんとうに〝心に愛がない〟子どもだったら、そんなことはしないんじゃないだろうか。

「城の馬たちに、こっそり砂糖をあげてたのね」ベルはほほえんだ。

「ああ、あいつらが好きだったから。おさないころから馬は大好きなのだ」ビーストはさびしげな表情を浮《う》かべた。「だが……呪《のろ》いをかけられたあと……ぜんぶ自由にしてやった。こんなすがたになったわたしを見て、ひどくおびえたから」

ベルの頭のなかにある場面が浮《う》かんだ。大きなビーストが厩舎《きゅうしゃ》の馬房《ばぼう》をひとつずつ開けて、おさないころから大切にしてきた愛馬《あいば》たちを解放する……自分のすがたを馬たちがこわがるからと。どう考えても残忍《ざんにん》な獣《けもの》がすることとは思えない……。

なんて悲しそうな顔をしているんだろう……。ベルはビーストを見つめていたが、口調をあらためるとこういった。「アラリックってひとのことも、ここにのってるはずだからさがしてみましょう。名字はなんていうの？」

「ポットだ」

ベルは目をぱちくりさせた。

「えっ？」聞きまちがえたのかもしれない、と問い直す。

「ポットだ。アラリック・ポット」

「ポットって……ここのポット夫人と同じ？」

「ああ、ポット夫人はアラリックの妻だから……もしかしたら未亡人《みぼうじん》というべきかもしれないが」

ベルの手から記録簿《ぼ》がぽとりと落ちる。

「じゃあ、ここにいる物たちは人間だったってこと？　コグスワースも、ルミエールも？」

ビーストは、なにをいまさらそんなにおどろいているんだ、という目でベルを見た。「もちろんだ。みんなわたしの召《め》し使いだった。なんだと思っていたのだ？」

「この城の……ひとたちは……あなたにかけられた呪《のろ》いのせいで、いまのすがたになったの？」

「そうだ。城全体に呪いがかけられたのだから」ビーストはベルの反応にまだ困惑《こんわく》しているようすで答えた。

「母はあなたを罰《ばっ》するために、城じゅうのひとを物に変えたということ？」

「そうだな……」ビーストは考えながらいった。「おそらく、呪いが続いているあいだは召し使いたちの時間をとめて、年をとらないようにするためとか、そういうことだと思うが。なぜ……そんなにうろたえているのだ？」

ベルはうめくように答えた。「あまやかされた十一歳《さい》の王子を呪うのなら、まだわかる。それだってひどいけど、この城のひとたちがいったいなにをしたっていうの？　こんなむごい運命にしばりつけられなきゃならないなんておかしい」

ビーストはぶつぶつといった。「そんなふうには、これまで一度も考えたことはなかった。

彼《かれ》らは……ただの召《め》し使いだし」

「そのただの召し使いが、わたしのせいで、ずっと衣装《いしょう》だんすや燭台《しょくだい》のままなのよ。永遠に！どうすればいいの？」

ベルは長椅子《ながいす》のクッションを引きよせて、その上につっぷした。涙《なみだ》がとめどなくこぼれる。

「ちがう、それは……」ビーストはいったん口ごもり、こう続けた。「きみのせいではない」

泣くなんてあまえてるし身勝手だ、とベルにはわかっていた。悔《く》やんでいたって召し使いたちを救うことはできない。みんなを助けたいなら、なんとかして呪《のろ》いをとくしかない。

ベルは大きく深呼吸《しんこきゅう》した。クッションから引きはがすようにして体を起こし、涙をとめようと両手を目に押《お》しあてる。

手をはなして目を開けたとき、ビーストの顔がすぐ近くにあってびくりとした。ビーストはなにかいおうとしているのか、あごがかすかに動いている。

そのとき、足もとから小さな咳《せき》ばらいが聞こえた。

見おろすと、コグスワースが立っていて、手（だと思う）をにぎり合わせている。

「今夜のディナーでお召《め》しあがりになりたいものがあるかどうか、おうかがいしようと思いまして」コグスワースはそういって、こほんとひとつ咳をした。

「ちょうどいま、ふたりでポット夫人に会いにいこうと思っていたところなの。だから、ポット夫人に直接伝えるわ」ベルはできるだけ気持ちを落ち着かせて、声に震《ふる》えが出ないようにした。さっと立ちあがり、扉《とびら》へ向かう。それ以上コグスワースを見ていたら、また泣き出してしまいそうだったから。

＊30 ワインなどを入れる、ふたと注《つ》ぎ口と取っ手のついた大きなびん

＊31 教会の費用にあてるため、教区の住民が収入の十分の一を納《おさ》めた。古くはおもに現物納《げんぶつのう》であったが、のちに現金納となった（フランスでは十八世紀に、ドイツでは十九世紀に廃《はい》止《し》）

25 ポット夫人の煮《に》えたぎった紅《こう》茶《ちゃ》

ベルは厨房《ちゅうぼう》に向かっていた。ビーストは無言《むごん》のままそのあとに続き、コグスワースは主人に声をかけるべきか、そっとしておくべきか迷っているようすで、よたよたとそのあとをついてきている。

どこからかくすくすと笑う声が聞こえたような気がしてあたりを見まわすと、カーテンのかげからルミエールがあらわれた。ちぐはぐな一行《いっこう》がどんな表情をしているのか見ようと真ん中のろうそく（頭だと思う）をかしげる。

「いかがおすごしですか、いとしいひと《マ・シェリ》。この城でのご滞在《たいざい》を楽しんでいただいていますか？」

ルミエールは優雅《ゆうが》におじぎした。

「ええ、精いっぱい楽しんでいるわ」ベルは嫌味《いやみ》に聞こえないよう気をつけながら答えた。「ルミエールがいっていたとおり、ほんとうにすばらしい図書室ね。感動したわ」

ベルは小さな枝つき燭台《しょくだい》にひそんでいるはずの人間の面影《おもかげ》を見ようとした。だが、場違《ばちが》いな場所に置かれていることに違和感《いわかん》を覚えるくらいで、じっとしているかぎり、ただの燭台《しょくだい》にしか見えない。わずかに片方《かたほう》の枝が曲がっているとはいえ、火のなかにも目や鼻や口に見えるようなものは見あたらない。〝光〟という意味をあらわすルミエールという名前は、このすがたになってからつけられたのかもしれない。ダニエル・デフォー[*32]などの小説で、イギリスでは大きな屋敷《やしき》の主人が新しい使用人を雇《やと》うときに、新たに名前をあたえる場合があると読んだことがある。男の使用人にやたらとジョンやジェイムズという名前が多いのも、そういう理由からきているのだろう。親につけてもらった名前だとしたら、あまりにも数が多すぎる。ルミエールの名前も、呪《のろ》いがかけられてすがたが変わったあとに、ビーストがあたえたんだろうか。

「厨房《ちゅうぼう》に行くところなの」ベルは床《ゆか》にひざをつき、やさしくいった。「ルミエールもいっしょに行く？　よければ、わたしがもっていってあげるけど……」

「いえいえ、お嬢《マドモアゼル》さま」ルミエールは小さくおじぎして答えた。「べつの場所へ向かうところでしたので……ええと……仕事があって……」

またもやカーテンのかげから、くすくすと笑う声がした。今度ははっきりと聞こえたので空《そら》耳《みみ》じゃないはずだ。ベルは楽しそうな声につられて笑いそうになったが、なんとかこらえ、カーテンのかげや閉《と》じられた扉《とびら》の向こうで、家具たちがなにをしているのか想像しないようにした。そうでないと、たとえば書き物机《づくえ》をふつうの書き物机として見ることは、もう二度とできなくなってしまいそうだ。

コグスワースは身じろぎもせずにルミエールのほうを向いている。もしかしたら、ルミエールをにらみつけているのかもしれない。

ベルはぎこちなく話しはじめた。「わたし、知らなくて、あなたたちが……。いま、ふたりで呪《のろ》いをとく方法をさがしているところなの」事態《じたい》はますます複雑《ふくざつ》になり、切迫《せっぱく》している。なにしろ、この城にいるひとたちの人生がこの先どうなるかは、わたしの肩《かた》にかかっているのだから。

「おふたりでしたら、きっと呪いをとく方法を見つけ出してくれると信じておりますとも！」

ルミエールはおどけた声でいった。その声がとってつけたようで、無理して明るく話しているように聞こえたのは、わたしの気のせいだろうか。「生きているかぎり希望はある。そうじゃありませんか？　さあ行こう、コグスワース。お若《わか》いふたりのじゃまを……お仕事のじゃまをするわけにはいかないからね。では、わたくしどもにできることがございましたら、いつでもお申しつけくださいませ」

「ええ、もちろんそうさせてもらうわ」ベルは答えた。自信をもって約束できるのはそれくらいしかない。

ルミエールとコグスワースは肩（だと思う）を寄せ合い、夕日に向かって足を引きずりながら歩く老兵《ろうへい》のようによたよたと去っていった。ささやき合うふたりの妙《みょう》に甲高《かんだか》い声を聞いているうちに、ベルは心の奥底《おくそこ》がしんと冷えて、悲しみがわいてくるような気がした。

そのあいだ表情を変えずに待っていたビーストは、ベルが動き出すとあとに続いた。

厨房《ちゅうぼう》は活気があってあたたかく、ベルは思わずほっと息をもらした。図書室で悲しい事実を知ったあと、薄暗《うすぐら》い廊下《ろうか》を歩いてきたせいで気分がしずんでいたのだ。かまどはぶつぶつといいながら上にのせた鍋《なべ》の中身をかきまぜ、ときどきオーブンのふたを開けては温度を調整している。あざやかな橙《だいだい》色の炎《ほのお》が食器棚《しょっきだな》のくもりひとつないガラスに反射《はんしゃ》してきらめく。石鹸水《せっけんすい》を張った泡《あわ》だらけの桶《おけ》のなかでは、ブラシがせっせとカップをこすっていた。

「まあ！」テーブルの上で銀食器に話しかけていたポット夫人がふりかえり、ビーストを見ておどろいた。「ディナーにお召《め》しあがりになりたいものがあるか、コグスワースにたずねにいかせたところなんですよ。久しぶりにご主人さまをおむかえできてうれしいですわ！」

ポット夫人がうれしそうに跳《と》びはねると、ちゃぷんちゃぷんと音がした。頬《ほお》のようにふくらんだ部分がピンクにそまっているように見える。

「コグスワースには会ったのよ」ベルは、どう話を切り出そうか言葉をさがしながらこう続けた。「でも、あなたと話がしたくてここへ来たの」

「なにかお困《こま》りですか？」ポット夫人はベルに近づくために、テーブルの端《はし》のぎりぎりのところまで跳《は》ねてきた。「紅茶《こうちゃ》が冷めてしまいましたか？　図書室では、ほんとうならビスケットなどの食べ物はお出しできない決まりになっているのですけど、お望みでしたら、そうおっしゃってくだされればよか――」

「アラリックになにがあったのだ？」ビーストがいらだちをこらえきれずに話をさえぎった。

ベルは思わずビーストをにらみつけた。いきなりそんなふうにきくなんて無神経すぎる。

ポット夫人もビーストを見ているようだった。目も口もないので表情を読みとるのはむずかしいが、なんとなく、口をあんぐりと開けておどろいているように思える。

「わ、わたしの……夫のことをおっしゃってるのですか？」

「そうだ。おまえの夫のアラリック・ポットのことだ。厩舎長《きゅうしゃちょう》の。アラリックはどうしたのだ？」

ビーストがたずねた。

「たぶん、こういいたいんだと思うの」ベルはあわてて口をはさんだ。「わたしたちはいま呪《のろ》いをとくために新たな切り口からいろいろ調べているのだが、アラリックがすがたを消したことについて、なにか知っていればどんなことでもいいからぜひとも教えてほしいって」

「厩舎長のアラリック・ポットは、ご主人さまのいちばんのお気に入りでしたわね。わたしたち召《め》し使いのなかで」ポット夫人は感情をおしころしたような声でゆっくりと話しはじめた。

「そうだ。アラリックになにがあった？　なぜいなくなったのだ？　両親は、あの男は仕事も家族も捨《す》てて、この王国から逃《に》げ出したといっていた。おそらく、わたしのせいだとも」

「ご主人さまのせい……？　あのひとがいなくなって十年以上もたつのに、どうしていまごろになって、そんなことをおたずねになるのですか」

それまでベルは、家政婦長《かせいふちょう》のポット夫人に対して、まるまるとして小さくてかわいらしく、面倒見《めんどうみ》がよくて親切で、母親らしいやさしさに満ちているというイメージしかもっていなかった。

でも、いまの口調は家政婦長のものでも母親のものでもなかった。はげしい怒《いか》りに満ちた威《い》厳《げん》のある大人の女性のものだ。

その声にたじろいだのか、ビーストは言いわけがましくいった。「わたしはまだ子どもだったのだ。それに、いろいろなことが起きていて……疫病《えきびょう》でわたしの両親も……」

「ええ、そうですわね。ですが……とつぜんすがたを消した召し使いになにが起きたのか、いまごろになってようやくたずねる気になったわけですか？　お気に入りの召し使いだったのに？」ポット夫人は怒《いか》りにふるえる声でたたみかけた。「ええ、いいですわ、教えてさしあげますとも、アラリック・ポットのことを！」

　ポット夫人は飛びかからんばかりにビーストに近づいていったので、ふたがはげしく音をたてて上下に動いた。ベルは、ふたが吹《ふ》っとんで割《わ》れてしまうのではないかと心配になり、手をのばしておさえようとしたが、ポット夫人のはげしい怒りに気圧《けお》されてなにもできなかった。

「アラリック・ポットは、わたしが出会ったなかで、いちばん親切で、りっぱで、寛大《かんだい》で、思いやりのあるひとでした」ポット夫人はきっぱりといった。ひとことというたびに、注《つ》ぎ口《くち》から湯気《ゆげ》がふき出す。「ときには親切すぎるほどでした。相手が王子だろうとノーム*33だろうと態度を変えることはありませんでした。わたしやチップをはじめ家族みんなに……城じゅうのひとに愛情を注《そそ》いでいたんです。そう、ご主人さま、あなたにも。ほんとうの息子と変わらないくらいに。そして、厩舎《きゅうしゃ》での仕事も馬たちもほんとうに好きでした。

　夫が家に帰らなかったあの夜、なにが起きたのかわかりません。わたしだけでなく、だれも知らないのです。あのひとは、ほかのひとたちと同じように、こつぜんとすがたを消した。でもそのあと長いあいだずっと、わたしは疫病《えきびょう》や忌《い》ま忌ましい呪《のろ》いを耐《た》えしのび、精いっぱい明るくふるまってきました。なにもかも父親を失った息子のためです。わたしたちがいままでどんな気持ちですごしてきたのかおわかりですか？　少しくらい相手の身になって考えたらどうですか」

ベルはそっとビーストのようすをうかがった。ビーストはショックを受けているようだった……後ろめたい気持ちになっているのかもしれない。

「なのに……ゴボッ……十年以上もたってから……ゴボゴボッ……のこのことたずねにくるなんて……」

ポット夫人のなかの紅茶《こうちゃ》が怒《いか》りのあまり沸騰《ふっとう》してふき出した。

ベルはぎょっとしたが、どうしていいかわからなかった。煮《に》えたぎった紅茶がポット夫人の注《つ》ぎ口《くち》やふたからふきこぼれる。

ビーストもあっけにとられ、わずかにあとずさりする。

ポット夫人はしばらくのあいだふるえながらかっかとしていたが、だんだん落ち着いてきて、おとなしくなった。

それどころかぴたりと動きがとまり、凍《こお》りついたようにかたまっている。

ベルはだんだん心配になってきた。

「ポット夫人……？」ためらいがちに声をかける。

ビーストのほうにちらりと目を向けると、ビーストも心配そうな顔をしている。

ポット夫人はいまや……ただのティーポットになっていた。とても動いておしゃべりするティーポットには見えない。

だが、とつぜん、ぶるぶるっとふるえたかと思うと、何事もなかったかのように話し出した。

「少し……休ませていただきます。もう限界《げんかい》です」とさけぶなり、ポット夫人はくるりと向きを変え、注《つ》ぎ口《くち》をつんと上に向けながら進み出した。ベルとビーストが目で追う前で、テーブルから椅子《いす》へ、椅子から床《ゆか》へと飛びおり、食料貯蔵庫《ちょぞうこ》へ入っていく。ガチャガチャという音がしばらく聞こえていたが、棚《たな》に入ったのか音はぴたりとやんだ。


〈下巻へつづく〉

＊32　イギリスの小説家、ジャーナリスト（一六六〇年ごろ―一七三一年）
＊33　地中の宝《たから》を守ると信じられたこびとのすがたをした地の精《せい》

ディズニー ツイステッドテール

ゆがめられた世界
ビューティ ＆ ビースト 上

2024年10月29日 第1刷発行

著 リズ・ブラスウェル
訳 池本 尚美
発行人 土屋 徹
編集人 芳賀 靖彦
発行所 株式会社Gakken
〒141-8416 東京都品川区西五反田2-11-8
印刷所 中央精版印刷株式会社

絵 水溜鳥
ブックデザイン LYCANTHROPE Design Lab. 武本 勝利
DTP Tokyo Immigrants Design 宮永 真之
編集協力 芳賀 真美

【お客様へ】
この本に関する各種お問い合わせ先
●本の内容については、下記サイトのお問い合わせフォームよりお願いいたします。
https://www.corp-gakken.co.jp/contact/
●在庫については Tel 03-6431-1197（販売部）
●不良品（落丁、乱丁）については Tel 0570-000577
学研業務センター 〒354-0045 埼玉県入間郡三芳町上富279-1
●上記以外のお問い合わせは Tel 0570-056-710（学研グループ総合案内）